Einaudi. Stile Libero Big

Dello stesso autore nel catalogo Einaudi

Mi fido di te (con M. Carlotto)
Cosí si dice
Chiedo scusa (con S. Mastrofranco)
Un posto anche per me
Mia madre e altre catastrofi
Torpedone trapiantati

Francesco Abate

I delitti della salina

Einaudi

www.einaudi.it

ISBN 978-88-06-21282-7

I delitti della salina

Le piramidi di salgemma si accesero di rosa. Anche quella mattina di fine agosto concesse ai quarzi di riflettere la luce del sole appena sorto sulle vasche dell'immensa salina, che si infiammò di rosso e ocra.

Fatta eccezione per qualche cavaliere d'Italia che si aggirava tra gli acquitrini, tutto era immobile, quieto. Dalla spiaggia confinante, a sud, non si sentiva che il lieve sciabordio della risacca. Da nord, il risveglio concitato della città e del suo porto non inquinava la pace di quell'oasi, lontana solo qualche chilometro dai primi casali.

Lungo i canneti, barriera delle terre salmastre, le bisce non erano ancora uscite dalle tane e le donnole vi avevano appena fatto rientro con il loro bottino di rane, uova e lepri.

In lontananza, il raglio di un mulo spezzò il silenzio e annunciò da ovest l'arrivo dei detenuti del bagno penale. In fila per due, circa trecento uomini, mansueti quanto bestie da soma, marciavano scortati da una ventina di guardie in divisa coloniale, ben accomodate sui due carri che aprivano e chiudevano la taciturna carovana.

Il caldo era già asfissiante e le uniformi color cachi dei forzati erano impregnate di sudore.

Era stata una notte umida e appiccicosa. Ma il vento di scirocco non aveva scalfito i cumuli di sale che i coscritti, una pala a testa, avevano composto nei giorni precedenti, con mano esperta, sotto il sole impietoso e gli attacchi delle zanzare.

Le suole chiodate degli scarponi fecero cigolare il ponte di legno quando la marmaglia oltrepassò il canale che collegava al mare il grande dedalo di piscine. Un fiume poco profondo, placido e color smeraldo, attraversato ora da tre tartarughe.

Superato il viadotto, senza che il conducente a cassetta dovesse fare lo sforzo di impartire un comando, come d'abitudine i muli del primo carro lasciarono la strada maestra e si infilarono lungo il sentiero che fiancheggiava le acque del naviglio, dove sonnacchiosa si muoveva una chiatta. A bordo, circa cinquanta operai civili in tuta bianca che ben presto si sarebbero uniti ai lavori.

I salinieri a terra e quelli imbarcati si salutarono appena, giusto un debole cenno del capo. Solo uno di loro, il piú giovane, gli occhi vispi, a poppa del battello sembrava cercare con impazienza un volto amico nella doppia fila in marcia.

Il suo entusiasmo fu distratto dal passaggio delle tartarughe che, tagliando la strada alla chiatta, andarono a fermarsi sulla riva e, contendendosi il posto con un gabbiano, presero ad accanirsi su un sacco di stracci, mordicchiandolo.

Il giovane restò attonito per qualche secondo. Poi mise meglio a fuoco e urlò al timoniere: – Accosta, Dio santissimo, accosta!

Fu cosí che, riverso tra il fango e la sabbia, trovarono il cadavere.

Un corpo piccolo e sgraziato, mezz'ora piú tardi, fu issato su un carro e scortato di gran lena a Cagliari da un drappello di carabinieri a cavallo.

1.

– «A Parigi è stato arrestato, in circostanze eccezionali, il feroce assassino del milionario Flement di Tours. Nella *Brasserie Talaguas*, un giovanotto ha ordinato da bere e ha iniziato a corteggiare le kellerine. Fattasene sedere una accanto, le ha tenuto codesto discorso: "Io, tale e quale mi vedete, ho ucciso un uomo, un milionario, e gli ho portato via parecchie migliaia di franchi. Ma a mia volta sono stato derubato. Peccato, cara signorina, avrei regalato l'intero bottino per i vostri occhi belli!"»

Distratta da un brusio indistinto che veniva da basso, Clara abbandonò la lettura a voce alta del giornale. Aguzzò l'udito, ma non sentí piú nulla. Sbuffò guardando il porto che si estendeva sotto le sue finestre. Forse quel rumore era la concitazione in arrivo dalle banchine, dove due bastimenti di famiglia si preparavano a levare le ancore, e uno si intravedeva entrare in rada.

Si schiarí la voce e riprese con avidità a scorrere l'articolo. Le parole rimbombarono nel salone, fra i ritratti degli avi e le poltrone damascate: – «A un segno convenzionale della donna, che teneva a bada con moine il singolare avventore, il padrone della *brasserie* è corso a chiamare la gendarmeria. Questa è giunta mentre l'uomo misterioso continuava a raccontare le sue gesta, vinto dal fascino degli occhi della kellerina».

Clara si fermò di nuovo e si domandò perché mai Fassberger avesse voluto testardamente usare un termine tedesco e, inoltre, ben poco in voga, per definire una cameriera: «kellerina». Eppure il pomeriggio precedente lei aveva segnalato al direttore che sarebbe stato piú opportuno preferire l'italiano, o al limite attenersi alla lingua del Paese in cui erano avvenuti i fatti, il francese.

Non c'era stato nulla da fare, però, i suoi consigli non erano stati presi in considerazione.

Dal secondo piano del caseggiato, rintocchi secchi e vivaci suonarono la decima ora della mattina, quando un miscuglio di strepiti umani e latrati animali salí prepotente dalle scale. Poi, d'improvviso, il baccano si quietò.

– Maledetti marinai e maledetto questo palazzo, – imprecò Clara, rinsaldando con fare nervoso la presa sui fogli del quotidiano e cercando la concentrazione necessaria per dedicarsi alla sua grande passione, la seconda, in realtà: leggere a voce alta le notizie del giorno per rivelare errori, sbavature e mancanza di ritmo negli articoli che, seppur in minima parte, erano anche opera sua.

– Visto che non mi concedono piú di scrivere, che almeno mi si lasci leggere in santa pace, – mugugnò tra i denti. Quindi si schiarí di nuovo la voce e riprese: – «Condotto in sezione, l'omicida ha confessato con un cinismo ributtante, e si è dilettato nel narrare, sin nei dettagli minori, l'assassinio commesso a colpi di martello sul cranio della vittima, come in uno dei piú terrorizzanti racconti di Edgar Allan Poe».

Clara sorrise, soddisfatta d'essere riuscita a far passare questa finezza – «come in uno dei piú terrorizzanti racconti di Edgar Allan Poe» – sulla prima pagina delle quattro che componevano il quotidiano dei sardi, «L'Unione».

Poté però gongolarsi per poco, perché dai piani bassi il trambusto lievitò fino a trasformarsi in un baccano non piú ignorabile. Si alzò di scatto, furiosa, buttò il giornale sulla poltrona, lasciò il salone, percorse il lungo corridoio e uscí dal suo appartamento in vestaglia, senza curarsi di essere scalza.

– Oh, insomma, chi fa tutto questo chiasso? – strillò affacciandosi nella tromba delle scale. Sportasi dalla balaustra, vide il vecchio portiere con accanto il suo cagnetto indemoniato. L'uomo si agitava e urlava contro qualcuno che sbraitava piú di lui, ma che da quella altezza Clara non riusciva a distinguere. Il pinscher nano abbaiava a sostegno del padrone, rendendo incomprensibili le parole dei contendenti e, dunque, la ragione dell'alterco.

– Serafino! Che succede? – gridò Clara senza essere ascoltata. Il portiere sembrava occupato a respingere un'invasione, mentre il cagnetto, con la furia di un mastino, aveva agganciato un pezzo di stoffa, un logoro e vetusto tendaggio.

– Santa pazienza! – soffiò Clara scendendo di corsa la prima rampa di scale, per provare a sentire e vedere meglio. La treccia nera in cui aveva annodato con maestria i lunghissimi capelli le percuoteva la schiena, ora a destra ora a sinistra, come il batacchio di un portone.

A metà strada fra il terzo e il secondo piano di Palazzo Simon, si scontrò con le impiegate in grembiale nero e polsini bianchi che, curiose, avevano disertato gli uffici della società di famiglia ed erano tracimate sullo scalone per assistere dalle ringhiere al manicomio sottostante.

Clara si fece largo, guizzando verso il primo piano. Lo trovò, oltre che saturo di forti odori, intasato dagli equipaggi appena sbarcati dai vascelli della Compagnia di Navigazione Simon e in attesa di paga allo sportello dell'economato. – Chi è questa madonna? – ebbe il tempo di dire un nocchiere di prima nomina, mentre i veterani si davano di gomito, complici.

Stufa, Clara scese ancora e trovò posto sul pianerottolo del mezzanino, dal quale ebbe finalmente una buona visuale; capí subito che era meglio svignarsela il piú in fretta possibile.

– Signorina Simon!

Accidenti, l'aveva vista.

Un donnone, in camicia bianca e coprispalle grigio, i capelli raccolti in una grossa cipolla, la additò: – Signorina Simon! Signorina Simon! Siamo qua per lei! Glielo dica, a questo babbuino, di farci passare.

– Qui non passa nessuno che non sia lavorante, famiglio o iscritto nel registro delle visite. E tu, Sarrana, non sei nulla di tutto ciò, – sentenziò il portiere, mentre il cagnetto si accaniva, ringhiando, sulla lunga gonna di una povera vecchina. Piú che un essere umano, l'anziana donna sembrava un corvo: aveva il volto scuro e incartapecorito, incorniciato da un fazzoletto nero. Immobile come un pennuto impagliato, pareva non far caso né al tormento che le dava la bestiola né alla baraonda.

– Signorina Simon! La prego, è un caso di estrema necessità!

Sarrana non si era mai persa d'animo, nella vita. Non si era spaventata alla carica dei carabinieri, l'anno precedente, di fronte ai cancelli della Manifattura dei tabacchi, né al roteare dei bastoni dei crumiri, figurarsi se potevano intimorirla un bisbetico che le arrivava ai fianchi e un topo che neppure le superava i polpacci.

Clara la guardò impassibile, lasciandosi andare a un commento che, in mezzo a quella confusione, pensava non potesse essere udito: – Mi avete già rovinato l'esistenza in passato...

– Signorina Simon, non dica cosí, la prego, le sigaraie della manifattura le saranno grate per sempre, e io con loro.

– La vostra gratitudine non mi ha salvato da... – Clara si bloccò, realizzando che non era certo davanti a metà dei dipendenti della Compagnia Simon che avrebbe dovuto mettere in piazza i fatti suoi. Fatti che, già da anni, erano abbondantemente sulla bocca di tutti.

Fu in quell'istante che si rese conto di essere in vestaglia e scalza, alla mercé degli sguardi, degli apprezzamenti, delle risatine e dei commenti della folla assiepata sulle ringhiere.

A porre fine a quel carosello fu una voce baritonale: – Serafino! Fa' tacere quella bestiaccia! Oppure, a Natale, il tuo caro Tino ce lo facciamo a suchitu, al posto del coniglio!

L'immenso cavaliere Ottavio Simon comparve nell'androne e il palazzo piombò nel silenzio.

In un lampo, contabili, segretarie, telefoniste, dattilografe, capitani e marinai di ogni grado ritornarono dentro gli uffici. Persino Tino mollò la presa e indietreggiò, tremante e con la coda in mezzo alle zampe, per andare ad accucciarsi dietro il deschetto del portinaio, lontano dallo sguardo severo del padrone di tutta la baracca e di buona parte del porto di Cagliari.

La vecchia lo squadrò. Forse era l'uomo piú alto e massiccio che avesse mai visto. Non fiatò.

– Signore, vi prego di lasciare il nostro palazzo, – disse in tono pacato ma fermo il cavaliere. A quelle parole Serafino esibí un sorriso carico di soddisfazione, si aggiustò i bordi del gilet liso e guardò Sarrana con aria di sfida, mentre il pinscher osava sbucare oltre i legni, dove si era rintanato, quasi in cerca di rivalsa.

– Quanto a lei, – proseguí Ottavio Simon levandosi dalla testa canuta il capello a larghe tese e fissando dritto negli occhi il donnone, – sia chiaro che non è per divergenze politiche né per cattiva educazione che la allontano dalla nostra proprietà, ma per la scia di guai che la sua presenza porta inevitabilmente con sé.

Sarrana serrò le mascelle e indirizzò gli occhi alla balaustra: – Seppure ora vi negate, so che siete entrambi di cuore gentile. E non resterete impassibili davanti alle preghiere di una povera nonna in cerca di aiuto per la scomparsa del nipote, – e indicò la vecchia.

Clara trasalí, ma riuscí a non farlo trasparire.

– Ci sono i carabinieri, per questo, – disse il cavaliere.

– Buoni, quelli, – replicò la donna.

– Allora, visto che non è sua abitudine rivolgersi al potere costituito, può ricorrere ai suoi cari amici della Camera del lavoro. Non siete forse tutte socialiste, voi sigaraie?

– Fra le nostre operaie, che si spezzano la schiena a confezionare i suoi amati sigari, c'è anche qualche anarchica. Ma siamo gente perbene, cavalier Simon, e lei lo sa. Se no da anni avremmo mischiato fra i trinciati, le polveri da fiuto e le foglie di tabacco un bel po' di veleno per topi e avremmo risolto per sempre i nostri conflitti in città.

Simon si concesse una grassa risata, Serafino si vide costretto a imitarlo, mentre Clara restò stupefatta da quel teatrino.

– Bene, vi saluto, mie signore, – disse il cavaliere incamminandosi verso i piani alti e lanciando uno sguardo di rimprovero a Clara che, al segnale, si apprestò a risalire.

– Signorina Simon, lei è una delle principali benefattrici dell'asilo che presto sorgerà dentro la manifattura! – La voce di Sarrana la raggiunse sulle scale. – E so che non resterà insensibile alla mia richiesta di incontrarla. La aspetto domani alle quattro e mezza del pomeriggio davanti all'ingresso dell'«Unione», fortuna vuole che il suo giornale e la nostra fabbrica siano dirimpettai.

– Non lo faccia! – urlò Clara senza voltarsi, continuando a salire le scale. – E si ricordi che quello non è il *mio* giornale, la manifattura non è la *vostra* fabbrica, ed è solo una grande sfortuna che siano l'uno davanti all'altra.

– Non è l'unico bambino scomparso! Non è l'unico! – furono le ultime parole che Clara udí prima di chiudersi la porta del suo lussuoso appartamento alle spalle.

2.

Le braccia pendenti come due lunghi bambú e le gambe troppo sottili per reggere un busto tanto corto e massiccio: che essere sgraziato! Avevano fatto bene a ribattezzarla Sarrana, perché proprio a una rana dell'acquitrino somigliava, quella sfrontata petulante.

Durante la sua salutare passeggiata mattutina, Clara non riusciva a scacciare i pensieri che si rincorrevano nella mente come zanzare moleste, dopo il fastidioso incontro del giorno prima con una delle caposquadra della fabbrica di sigari e sigaretti.

– Non è l'unico bambino scomparso? Ebbene, non è affar mio, – si disse. Aver giocato la carta della giustiziera, brava scema, in passato le era costato caro, e niente avrebbe reso meno pesante il prezzo che ancora stava pagando.

– Le sigaraie mi saranno grate per sempre? Proprio una bella consolazione. Intanto al giornale, a far da balia letteraria a quei quattro somari, ci sto io. *Io* finirò i miei giorni a correggere bozze, altro che gratitudine!

Passò vicino al grande cantiere di fronte al molo maggiore.

La fabbrica del nuovo palazzo civico era a buon punto. Notò che le sette arcate del porticato erano state ultimate. Imponenti, in pietraforte, guardavano in faccia il porto e di sbieco la stazione ferroviaria, come per dare il benvenuto ai viaggiatori che arrivavano in città. Oppure il bentornato a chi, rientrato dopo anni a Cagliari, si stupiva nel vedere trambusto e magnificenza là dove sino al 1899 c'era stato solo un modesto stabilimento di bibite.

«Non è l'unico». La voce della sigaraia le batteva con prepotenza in testa.

Riparata dal candido ombrellino, Clara fu quasi travolta da due ragazzini che, uno con la mano destra e l'altro con la sinistra, reggevano a stento un cesto pieno e correvano a zig-zag.

– Dannazione! – borbottò contro i due piccoli facchini, e un po' anche contro sé stessa per non essere riuscita a scacciare dalla mente quell'assillo. «Non è l'unico».

Si aggiustò un ciuffo che le pendeva sulla fronte, infilandolo sotto le falde del cappellino, e cercò di imporsi di fare ciò che sempre aveva fatto lungo la strada che la portava al *Caffè Elvetico* degli amici Fassberger: petto in fuori, naso all'insú, osservare e curiosare da brava giornalista. Seppur degradata.

Il suo sguardo si fissò sul cantiere: la costruzione delle due torri ottagonali andava a rilento. Clara si fermò e si chiese quando sarebbero svettate su ciò che, in quell'istante, le sembrava una torta glassata, piú che un municipio. Stucchevole.

Secondo il volere dell'architetto Crescentino Caselli, le linee gotiche di scuola catalana dovevano amoreggiare con le rifiniture liberty. Ma nella pratica, di spettanza dell'ingegner Annibale Rigotti, l'innesto risultava pacchiano, intimando nuove soluzioni e ritardando la fine dell'opera.

Eppure il sindaco Ottone Bacaredda l'aveva promesso: per il 1907, nel giro quindi di meno di due anni, la nuova casa avrebbe accolto i novelli amministratori. E lui ne sarebbe stato a capo, ancora una volta.

Che raro personaggio, pensò Clara di uno dei migliori alleati del nonno, mentre con fastidio sentiva su di sé gli occhi degli operai. Erano appesi ai tralicci come scimmie. E come scimmie si muovevano rapidi in una foresta di legni, marmi, ferri, vetri che venivano battuti, issati, fusi, trapanati per completare nei tempi il grande edificio. Questo non impediva loro, però, di guardare e commentare.

Clara stava per perdere la pazienza, in una giornata in cui il suo umore era già dei peggiori.

La stretta del fiocco sul colletto alto e steccato della camicia rosa si era fatta insopportabile. I suoi stivaletti bianchi, chiusi con bottoni sin sotto il polpaccio, sbucavano dalla gonna, che lambiva il terreno con un accenno di strascico. Il piede destro ballava nervoso: all'udito le arrivava il mormorio dei giovani muratori. Non ci si sarebbe mai abituata.

Ogni sua passeggiata era sempre stata accompagnata da quel ronzio. A partire dall'infanzia, poi al ginnasio, fino al liceo in piazzetta Dettori, a pochi passi da Palazzo Simon.

Al di là del nonno, Clara aveva potuto contare solo su Ugo Fassberger, sulla cara compagna Emma Mereu – da due anni trasferitasi per studio a Torino –, e sulla complicità velata del rione del porto.

Il resto della città l'aveva scartata, nonostante appartenesse a una famiglia borghese. E la questione, seppur con dolore, si sarebbe potuta chiudere lí. Era la reiterazione delle malevolenze a farle ribollire il sangue nelle vene.

Da ragazzina avrebbe voluto dare una bella lezione a metà delle giovinette della sua classe, alle signorine del circolo ippico, a quelle della società del melodramma. In seguito le sarebbe tanto piaciuto dare del filo da torcere alle spelacchiate cornacchie della nobiltà spagnola, al drappello delle mogli, con i volti geometrici e slavati, dei funzionari di governo, approdati in Sardegna per punizione o per fare carriera.

Ma chi davvero le faceva perdere la ragione era la gran parte delle associate del reale circolo delle lettrici, capeggiato dalla professoressa Maria Vittoria Dessy Pinna, latinista pregiata, eccelsa negli studi quanto nella meschinità. Zia del conte Roberto Cappai Pinna, padrone di una buona fetta di città, aveva costretto Clara al «volontario» ritiro dal cenacolo, quando le era giunta la voce che i potenti Simon erano riusciti a procurarle una scrivania all'«Unione». Una donna giornalista, per di piú un incrocio di razze: era un abominio che andava punito.

Come se non bastasse, la sua presenza scatenava forti pruriti fra le braghe di virgulti fidanzati e decrepiti mariti della pletora di denigratrici. Bene che le andasse, Clara Simon era una bizzarra e appetitosa mutazione del genere umano femminile. Diversamente, un oltraggio. Imposto a tutti dal vecchio e potentissimo Ottavio Simon.

Ora, il fatto che Sarrana le riconoscesse un merito non bastava a consolarla delle angherie passate e presenti.

«Tanto, lo so, mi si lusinga solo per avere un nuovo favore».

Ai piedi della fabbrica il brontolio prese corpo, materializzandosi in un commento a voce sostenuta.

– Cio-Cio-San!

L'urlo arrivò forte dal ponteggio. Clara si girò di scatto, abbassò l'ombrellino, alzò la testa verso il loggione dei muratori e, invece di indignarsi, regalò loro prima un immenso sorriso, quindi una risata. I suoi occhi divennero fessure impenetrabili, due fossette le comparvero sulle guance ambrate e gli incisivi, un po' sporgenti, brillarono al sole. Per i ragazzi fu una visione celestiale. Qualcuno rischiò persino di perdere l'equilibrio e cascare giú.

Seguí un applauso scrosciante, che richiamò l'attenzione dei passanti.

– Evviva Cio-Cio-San! – si udí dalle impalcature, e subito partí un altro applauso. Clara cercò di individuare il capo. Lo identificò in un bell'uomo sulla trentina, talmente sporco di polvere calcarea da sembrare una statua in canotta e calzoni corti.

L'operaio accennò un inchino maldestro: – Non si offenda, signorina Simon. Qui tutti la si ammira. Le voci corrono, specie fra noi povera gente. Sicché si sa che Clara Simon è dalla parte dei proletari, dei diseredati, e che tanto si è data da fare contro l'ingiustizia, – disse con un forte accento toscano, allargando le braccia quasi a voler includere nel discorso ogni lavoratore. Poi, abbassando la voce, aggiunse: – E siam popolo che non dimentica.

Clara provò uno strano sentimento, un misto di orgoglio e commozione.

– Evviva Cio-Cio-San! – urlò ancora l'uomo.

– Evviva Cio-Cio-San! – ripeterono all'unisono le maestranze.

– Evviva i difensori del proletariato!

– Evviva!

Un'altra ragazza avrebbe risposto platealmente a quell'ovazione. Persone di differente pasta ne avrebbero fatto medaglia; non Clara Simon.

– Signori, vi prego, non dite sciocchezze, – si schermí lei. – E voi tutti avete dunque conoscenza della nuova opera del maestro Puccini?

– Certo, signorina! A teatro si va anche noi! – disse il toscano. – Mica solo voi, bella gente.

– Canta, Anacleto, ajò! Fagliela sentire! – si udí dal gruppo di muratori che si era radunato al primo livello dei ponteggi.

– Questo è per lei, signorina Simon! Un omaggio dei lavoratori liberi a una donna di coraggio e cuore! – Il capomastro le regalò un altro mezzo inchino e subito intonò la celebre aria *Addio, fiorito asil*, che da alcuni mesi echeggiava ovunque, persino in quella fabbrica sorta in un angolo remoto del Mediterraneo.

La voce si levò in cielo e il cantiere si fermò. Nessuno osò battere un ferro, forare una pietra. I carrettieri, da basso, pronti a scaricare sacchi e utensili, restarono seduti a cassetta, le serve che si avviavano al mercato civico poggiarono a terra i cesti e alzarono il naso in direzione del canto. Le imitarono i signori di rientro dalla Banca di Roma e i pescatori scalzi diretti ai loro ormeggi oltre la strada.

Clara si lasciò trasportare e rabbrividí. Lentamente sentí sciogliersi il groppo in gola e il peso allo stomaco, spuntati come gramigna tra l'isolamento sociale, la gogna e la censura degli anni passati, ma soprattutto dei mesi appena trascorsi. E per la prima volta fu certa della bontà del gesto che l'aveva portata a perdere i gradi. L'unica giornalista donna della Sardegna era finita in un sottoscala a correggere le bozze di due rubriche di scarso valore per aver osato far venire a galla la verità. Una verità che non era piaciuta a molti.

Tra quei muratori sporchi e sudati avvertí una serenità sconosciuta. Un senso di appartenenza che non aveva provato né al liceo né al circolo melodrammatico né tanto meno alla società letteraria. Sulle note di *Madama Butterfly*, fu consapevole di aver agito nel giusto.

Un caloroso applauso mise fine al canto.

– Forza, ragazzi, la ricreazione è terminata, si torna al lavoro! – ordinò il capomastro ai suoi, che risalirono sui ponteggi piú alti dei ballatoi, mentre il drappello di curiosi si disperdeva e ciascuno tornava alle proprie faccende.

– Buona giornata, signorina Simon! – si congedò Anacleto.

– Aspetti! – urlò Clara. – Tanto per essere precisi, non sono giapponese come la povera Cio-Cio-San, sono cinese… o meglio, per metà cinese e per l'altra…

– Si sa, signorina, si sa! – la interruppe il toscano. – Siamo gente di mondo, seppur muratori! E si ricordi: «*Nostra patria è il mondo intero!*» – gridò scomparendo dalla sua vista.

Clara si ripeté quella frase: «Nostra patria è il mondo intero». No, non era l'aria di nessuna romanza né di alcuna canzonetta popolare di sua conoscenza.

Roteando l'ombrellino sulla testa, leggiadra e ritemprata, Clara riprese a camminare. Un mondo l'aveva marchiata come reietta, un altro la stava accogliendo a braccia aperte e necessitava ancora una volta del suo aiuto.

3.

Il conte Roberto Cappai Pinna scese al trotto la scala del palazzo in cui aveva sede «L'Unione». Sfoderava un sorriso colmo di compiacimento. Il direttore della salina di Molentargius, gestita per conto del regno, nonché padrone di molte altre cose cagliaritane, poteva dirsi piú che soddisfatto.

Basso di statura, muscoloso e con la mascella squadrata, come molti ex ginnasti aveva messo qualche chilo in piú rispetto a quando primeggiava nella lotta greco-romana e si dilettava agli anelli. Amando la buona tavola e il buon vino, da anni aveva perso il suo peso forma. Nonostante ciò, dimostrava ancora un'ottima prestanza fisica.

Con passo dinamico raggiunse il piano terra e si lasciò alle spalle il lussureggiante cortile interno, impreziosito da una moltitudine di piante – che con le loro larghe foglie impedivano alla luce di farsi spazio – e da una fontana foderata di muschio, da cui emergeva una formosa vergine con brocca. Imboccò l'androne e irruppe sul ripido viale regina Margherita.

I suoi occhi, di un azzurro marino, soffrirono nel passaggio dalla penombra alla luce abbacinante che si riverberava sui graniti candidi del marciapiede di recente posa. Il campanile della vicina chiesa di San Francesco da Paola, patrono dei naviganti, batté la mezza ora dopo le quattro. Il sole era ancora prepotente.

Si infilò la paglietta in testa e, quasi accecato, si diresse lento e incerto verso la sua Type 81B Phaéton, giunta direttamente dalla casa automobilistica francese Peugeot: una delle sei macchine presenti in città nell'anno 1905.

Pochi passi prima di salire a bordo, lo sguardo ferito del nobile incrociò quello di Clara Simon che, in lieve affanno per la salita, si stava dirigendo alla manifattura.

Digrignando i denti, il conte si levò il cappello di paglia candida, le sorrise affabile e attese di essere a un soffio per sussurrarle: – Purtroppo in lei scorre sangue cattivo, e a questo non posso rimediare. Ma a tutte le altre storture che ha causato con il suo agire, stia pur tranquilla, provvederò, eh sí, che provvederò, ben oltre quanto non abbia già provveduto. Le sia chiaro, la sua sola presenza nella nostra città mi infastidisce. Si guardi dal mettere piede nelle mie proprietà o dal frequentare qualsiasi luogo di mia competenza.

Clara restò immobile. Sbigottita osservò il conte Cappai Pinna aprire lo sportello della macchina, scacciare dal posto di guida l'autista – che si fece piccolo nel sedile accanto – e partire a trattenuta velocità. Come trattenuto e ben calibrato era stato il suo rancore.

Per qualche istante non si mosse, paralizzata dall'incredulità. Infine, ancora sconvolta, proseguí in direzione dell'ingresso della manifattura, dove tronfia di gioia l'attendeva Sarrana.

– Dal modo in cui il conte le ha sorriso mi è sembrato di capire che abbiate fatto pace, – le disse la giunonica sigaraia.

– Tutt'altro. Mi ha appena minacciata, – rispose con voce strozzata Clara. – Non mi perdoneranno mai. Lui, la dirigenza della manifattura, e tutti i notabili della città.

– Lei ha fatto finire in galera un crumiro al posto di una povera operaia dei trinciati. Si infastidiscono al solo pensiero che gli si tocchi persino uno dei loro cani da guardia, come bestia e servo era quella carogna.

– La verità è che non mi perdonano di essere nata, – sospirò Clara.

– Non le perdonano di essere nata e di avergli rotto le uova nel paniere. Poi oggi, figurarsi, ha proprio scelto il giorno giusto per incrociare il nostro conte.

– Che è successo?

– Non lo sa, signorina Simon?

– E no che non lo so. Di cosa sta parlando?

– Due mattine fa è stato ritrovato un corpo senza vita.

– Un morto!

– Il giornale non ne ha dato notizia. Cosí come non ha dedicato nemmeno una riga alle altre sparizioni.

– Un morto... – Clara si portò la mano alla bocca.

– È per questo che l'ho cercata. Da mesi, oramai, sono scomparsi diversi piciocus de crobi. Spariti. Svaniti nel nulla.

Clara conosceva bene i piciocus, i facchini del mercato, e il loro mondo di miseria. Bestioline per lo piú orfane o provenienti da famiglie mischinissime. La gran parte viveva sotto i colonnati del mercato disputandosi il posto con i grossi ratti dei depositi, qualcun altro invece nei magazzini della darsena, combattendo una battaglia impari con pulci e cimici. I piú fortunati avevano un alloggio nei bassi della Marina o del Castello, dove in una stanza si ammassava una parentela mista e non ben identificata. Luoghi che puzzavano di incesto, malattia, lordume.

– Nessuno ne parla, delle sparizioni. E ora nemmeno di questo disgraziato. Lei lo sa meglio di chiunque: se un fatto non finisce sull'«Unione», allora non è mai accaduto. E se non è accaduto, be', nessuno indaga, nessuno se ne occupa, tutto va bene e avanti cosí, senza giustizia alcuna...

Clara scosse la testa: – Si fermi, non dica altro. Io sono stata messa ai margini. Correggo bozze, oramai. Non posso esservi d'aiuto.

– Lei no, ma magari il suo caro amico Fassberger.

– Ugo non si occupa di crimini, e a dirla tutta... – Clara si bloccò.

– Lo so, non è il tipo d'uomo dotato del coraggio necessario.

– Non ho detto questo. Solo che né io né lui ce ne possiamo occupare.

– Neppure se le dico dove è stato trovato il cadavere?

Clara sbuffò: – E su, mi dica, dove è stato trovato?

– Nel canale principale della salina in concessione regia al conte Cappai Pinna.

Le parole di Sarrana ebbero l'effetto di una cannonata. Clara si incupí, poi le si piazzò sul volto una smorfia. – Un cadavere nella salina... e il giornale non ne ha ancora dato conto...

– Un cadavere, esatto. Nella salina, esatto. E si dice, ma non è certo, che possa essere un bambino.

– Un bambino?

– Cosí si mormora.

– Pensa possa essere il nipote della sua protetta, la vecchina di ieri?

– Non si sa ancora, il riconoscimento sarà domani.

– E immagino che la signora sia stata convocata, la sua amica, come si chiama, quella...

– Tedde Antonietta, signorina Simon, – una voce timida e flebile le interruppe. – Tedde Antonietta –. Dal lato del cancello in ferro della manifattura sbucò la donna, avvolta nel suo scialle nero. – Sapevamo già che sarebbe venuta. Sarrana lo sapeva, e pure io, che sono un po' brùscia.

Clara la guardò in cerca di una spiegazione.

– Brùscia, strega, – precisò Sarrana.

La minuta signora Tedde si guardò intorno con fare circospetto, poi, sicura che nessuno la sentisse, proseguí: – Che bella che è, signorina Simon; è proprio la figlia della sua brava mamma. Che Dio l'abbia in gloria. Anche se era cinese. Le volevamo tutti bene, giú al rione, – e indicò alle sue spalle la Marina, il quartiere dei mille popoli dell'angiporto. – Peccato che lei non l'abbia conosciuta.

– No, non l'ho conosciuta, – rispose senza un tentennamento Clara. Sarrana, in evidente imbarazzo, iniziò a soffrire al posto suo. – Signora Tedde… – provò a interrompere la vecchia. Inutilmente.

– E di suo padre, signorina? Del capitano Simon, abbiamo saputo piú nulla? – proseguí quella.

– No, nulla, signora –. Clara non perse la pazienza. Sarrana avrebbe voluto scavare una fossa, lí, in quel momento, e seppellirsi con le proprie mani.

– Eeeh… – sospirò l'anziana, – quando si dice che i soldi non fanno la felicità. Vede, lei è ricca. Però è orfana di madre dalla nascita e di suo padre nulla si sa da dopo la guerra. Disperso, o sbaglio? Cosí si dice, in italiano, «disperso»? Sparèssiu.

La signora Tedde, in un moto di tenerezza, prese con le sue dita ossute la mano destra di Clara, che al contatto restò stupita. Si aspettava di toccare qualcosa di gelido, quasi senza vita, invece percepí calore e morbidezza.

– Sparèssiu, – sospirò ancora la vecchia cornacchia. – Ecco, signorina Simon, lei che capisce cosa significa perdere una persona cara… io ho perso mio nipote.

– Chi era suo nipote? – chiese Clara, e le prese l'altra mano, mentre Sarrana ricominciava a respirare.

– Unu piciocu de crobi. Avrà portato mille volte la spesa anche a sua nonna e suo nonno.

– Come si chiama? – domandò Clara.

– Massimiliano, ma tutti lo conoscono come Carboneddu: è scuro scuro, mischinetto.

– Massimiliano Tedde, detto Carboneddu, bene.

– No! – strillò, d'improvviso la signora Tedde spalancando gli occhi, persino quello inutile.

– No, cosa? – domandò sorpresa Clara. Sarrana sussultò preoccupata.

– Non si chiama Tedde! – sbraitò la donna.

– Certo, che stupida. Va bene, signora Tedde, – si scusò Clara, – ovviamente porta il cognome del marito di sua figlia.

– No! Carboneddu porta il cognome di Pilittu Elisa, una delle migliori ragazze del casino della signora Tedde! Il padre manco sappiamo chi è, forse un tunisino, forse…

Clara guardò Sarrana con occhi di fuoco e provò a non perdere la calma. – Dunque non è proprio suo nipote, eh, signora Tedde…

– Per me, le mie ragazze sono come figlie… – la donna si riappropriò della voce tenue e dell'aspetto indifeso. A Clara parve persino che una lacrima le solcasse il viso rugoso, ma subito si disse certa che era solo una goccia di sudore che le colava dal fazzoletto nero. – A che ora è, questo riconoscimento? – chiese.

– Alle dieci, al San Giovanni di Dio.

– Ci vediamo lí, – e, senza aggiungere altro, Clara si voltò per attraversare la strada e tornare a casa.

– Oggi non va all'«Unione»? – chiese Sarrana.

– No! E per merito suo! All'«Unione» ci posso mettere piede solo due volte alla settimana, e questo non è il giorno giusto, – tagliò corto Clara e attraversò, evitando di farsi travolgere da uno dei carri che dalla darsena si inerpicavano per il viale.

– Signorina Simon... – la chiamò Sarrana.

– Che c'è ancora? – Clara si bloccò al centro della carreggiata e si girò.

– Perché ha cambiato idea ed è venuta?

– Per colpa di una canzone.

Sarrana la guardò disorientata. Un carro si interpose fra loro alzando un polverone. Quando sfilò via, Clara era ancora lí e puntava l'ombrellino chiuso su Sarrana come se fosse un fioretto: – Mi tolga una curiosità: chi canta *Nostra patria è il mondo intero*?

– Gli anarchici, – rispose Sarrana senza indugio.

4.

Su Cagliari pioveva sabbia. Il colonnino di mercurio che il professor Callisto Rombi aveva appeso a una delle alte pareti del suo studio medico segnava ventisette gradi, quando un fulmine squarciò l'aria densa e calda di quel primo lunedí di un settembre che pareva agosto. Lo scirocco era tornato a soffiare prepotente e aveva portato nuvole gialle cariche di polvere dei deserti africani. Pennellate di argilla, annunciate dal ruggito dei tuoni, coloravano tetti, piazze, vie, animali ed esseri umani.

In attesa dei suoi ospiti, Rombi si accostò alla finestra che dava su via Ospedale, una stretta carrozzabile medievale che in prossimità del nosocomio si apriva in un grande sterrato ai piedi dell'antica città fortificata. Un budello, che dal rione di Stampace si arrampicava verso Castello, a cui, come una cordata di rocciatori, erano legati gli edifici tra i quali si divideva la sua vita. La casa e l'ospedale civile San Giovanni di Dio, dove si trovava sin dalle prime luci dell'alba.

Rombi, uomo dall'aspetto nobile e rassicurante, osservando le mura turrite battute dall'acqua, portò la mano al panciotto di cotone grigio, da un taschino tirò fuori il suo orologio a cipolla e notò che mancavano solo due minuti alle dieci. Si infilò la giacca e premette il pulsante di un campanello d'ottone incastonato nella sua scrivania.

Dopo pochi secondi fecero il loro ingresso nello studio all'ultimo piano del San Giovanni una giovane donna, non molto alta, magra, i capelli scuri che contrastavano con il candore della cuffia e del camice, e un ufficiale dei carabinieri.

– Tenente, dottoressa Molinas, siamo dunque pronti? – chiese Rombi con voce profonda.

– Signorsí, – rispose l'ufficiale.

– Sí, professore, al piano di sotto ci attende la famiglia, – aggiunse la dottoressa Paola Molinas.

Con un cenno del capo il professor Callisto Rombi, direttore del nosocomio – sulle cui spalle gravava la tradizione di una scuola di Medicina legale e polizia medica inaugurata a Cagliari nel 1857 dal professor Faustino Cannas –, fece loro segno di seguirlo.

Fuori dalla porta li attendevano due infermieri, un appuntato e un brigadiere. Al passaggio del direttore dell'istituto, della collega e del tenente, i sottoposti si accodarono alla colonna, che mosse i suoi passi lungo un tetro corridoio e sbucò in un ampio andito, silenzioso e deserto, ai cui lati si estendevano i reparti e da cui arrivava, forte, un odore di malattia e disinfettanti.

Lo percorsero svelti, dirigendosi verso uno scalone che scesero con altrettanta celerità, sino a giungere nel grande atrio circolare dove, sotto lo sguardo marmoreo dei numi tutelari di quel luogo di cura, le lavoratrici della casa di piacere della signora Tedde attendevano.

Nel soffermarsi sulle fattezze della mezza dozzina di donne lí ammassata, il professor Rombi si domandò chi avrebbe mai potuto provare sollazzo fra quelle cosce avvizzite e quelle facce smunte. In quegli occhi tristi. Sentí pena e ribrezzo.

Privatе dei favori che le ombre e le luci fioche della casa di tolleranza concedevano, in quell'atrio le ragazze si ritrovarono nude, e provarono un imbarazzo che non pensavano potesse appartenere alla loro natura. Circondate dai marmi sontuosi, mostravano tutte le crepe e il peso di una vita crudele e scellerata che non aveva fatto sconti a nessuna. Si strinsero l'una con l'altra, come animali terrorizzati dall'imminente ma imprevedibile attacco di un predatore.

– Di sei non se ne farebbe una buona, – commentò sottovoce il tenente. Non abbastanza sottovoce, visto che la dottoressa lo fulminò. Nello stesso istante il luminare chiese in tono affabile: – Chi di voi è la madre?

A quelle parole Clara Simon, che con Sarrana se ne stava in disparte sotto il busto in pietra di Gaetano Cima, nume tutelare e fondatore del San Giovanni, si sarebbe aspettata di veder emergere dal gruppo la piú scura delle signorine. Si era immaginata che la madre di Carboneddu fosse quella con i riccioli corvini, la pelle secca e bruna, le gambe arcuate, infagottata in una tunica a fiori. Invece si fece avanti una ragazza alta e magra e dal colorito traslucido, avvolta in un vestito turchese, la chioma bionda tenuta a bada da un cappellino che un tempo era stato candido.

– Bene, signor tenente, vuole invitare la presunta madre e la presunta *nonna* dello sfortunato a seguirci? – disse il direttore Rombi sofferente: gli era bastato uno sguardo rapido ma esperto alla ragazza per diagnosticarle epatite e sospetta anemia, per via degli occhi gialli, del tratto emaciato e del respiro corto.

– Signorsí, – scattò l'ufficiale, e fece cenno ai carabinieri di separare le due donne dal gruppo. Mentre le osservava avanzare, la sua attenzione fu catturata da Clara. Pochi secondi, sufficienti però a domandarsi cosa ci facesse lí, confinata in un angolo, tra tante disgraziate, una giovane donna con quei lineamenti.

Giunti al gabinetto di anatomia patologica, il professor Rombi bisbigliò al tenente di seguirlo e di far entrare le due convocate, scortate sia dai carabinieri che dagli infermieri. La dottoressa Molinas indugiò, giusto il tempo di avvicinarsi a Clara e Sarrana: – Se siete qui per far coraggio alle signore, be', questo è il momento. Potrebbe essere una prova difficile, per la mamma –. Entrò.

Clara, senza pensarci su, acchiappò la mano della sigaraia e insieme a lei attese.

La pioggia, che non aveva mai smesso di scendere, riprese feroce. Clara la sentí sulla testa, alzò il capo e si accorse di essere sotto una cupola di vetro a rombi bianchi e azzurri, contro cui le gocce sembravano schiantarsi con la stessa disperazione che spinge i suicidi all'ultimo salto.

In abito nero, come se quel lutto la coinvolgesse in prima persona, si preparò a sentire le urla di dolore, gli strepiti che sarebbero arrivati dalla doppia porta bianca che la separava dall'orrore della sala autoptica. Si immaginò che alle grida seguisse un tonfo sul pavimento, poi l'opera concitata degli infermieri. Ma il silenzio, disturbato solo dal crepitio della pioggia sulla cupola, fu netto e prolungato.

Clara e Sarrana si guardarono senza fiatare, cariche di stupore. Finalmente un battente dell'uscio si aprí.

La prima a sbucare, a testa china, fu la signora Tedde.

– Non è lui. Non è Carboneddu, – disse la nonna. Il suo tono tradí le emozioni che cercava di soffocare. La gioia per aver scoperto che quel povero corpicino non apparteneva al ragazzo di casa era imbrigliata dal desiderio di sapere che fine avesse fatto. Una felicità a metà.

Scossa solo da un piccolo singhiozzo uscí quindi la ragazza, sostenuta da Rombi. – Chi lo ha ridotto cosí? – chiese con un filo di voce.

Il professore le rispose con schiettezza: – Volpi, furetti, donnole, corvi, cornacchie. Chissà… le prime cose a essere depredate sono i corpi molli e le parti grasse –. S'interruppe, alzò gli occhi al cielo e concluse: – Purtroppo sono le leggi della natura.

Clara, intimorita dal luogo piú che dai presenti, a voce bassa chiese a Sarrana: – Ma se non è Carboneddu, allora chi sarà?

– Gliel'ho detto. Sono molti i ragazzini scomparsi nel giro di poco tempo. L'avevo avvisata che è una questione seria e sulla quale bisogna fare luce. Diversamente, non mi sarei certo presa la libertà di disturbarla.

Lasciati in tutta fretta i corridoi del nosocomio, Clara, senza neppure salutare, si precipitò fuori, nonostante la pioggia scendesse ancora lenta, appiccicosa, e il vento continuasse instancabile a soffiare.

– Aria, – si disse. Aveva bisogno di incamerarne quanta piú possibile.

Da sola, lungo la strada per la redazione del giornale, camminò spedita al riparo del suo ombrellino. Non incrociò nessuno finché non giunse alla Marina, alle spalle del porto. Un flebile raggio di sole si insinuò tra le case strette e la convinse a chiudere l'ombrello. L'odore in arrivo dalle piccole cucine invadeva i vicoli, e Clara ne fu travolta. Qualcuno arrostiva pesce accanto ai panni stesi ad asciugare, appena fuori dalla porta di casa. Le finestre socchiuse permettevano di intravedere la vita che si svolgeva dietro ogni ingresso, lasciato aperto dal continuo viavai di adulti e bambini che correvano da un tugurio all'altro. La curiosità era troppa, e Clara non riusciva mai a passare lí davanti senza spiare all'interno. Si stupiva ogni volta della miseria che vi aleggiava, tra i crocifissi sbilenchi appesi ai muri grattati dall'umidità, le reti da pesca al limite dell'usura e i paglericci accatastati per far posto ai tavoli azzoppati, carichi di briciole della colazione.

Affrettò il passo solo dinanzi al primo di una serie di usci, adornato con lanterne rosse, ed evitò persino di buttare un occhio oltre il vicolo, su cui si affacciavano ad angolo due vetrine. Con ordine maniacale, bottoni di ogni foggia erano esposti in teche scure come soldatini in parata. «Non oggi», pensò superando i quattro negozi cinesi incasellati uno dietro l'altro. Non oggi, si era detta negli ultimi tempi, rimandando all'infinito i conti con il proprio passato e con un ramo della sua famiglia.

Riaprí l'ombrellino e lo sistemò in maniera che le nascondesse il viso. Poi abbandonò le viuzze dell'antico quartiere e sbucò sul grande viale, di recente dedicato alla regina Margherita.

Arrivata al giornale si ridestò dai suoi pensieri e fece i gradini di corsa. Entrò in redazione. L'accolse il solito odoraccio di fumo. Scartò alcune scrivanie e in un lampo fu alle spalle di Ugo Fassberger. Capelli color carota e paglietta poggiata sul tavolo, il cronista sentí i passi e si accorse di essere osservato. Quando si girò, Clara gli dedicò un gran sorriso e lui la guardò sorpreso. Non l'aveva mai vista tanto impaziente.

– Buongiorno, Clara. Quanta furia... Forse non vedi l'ora di mettere le mani sul mio articolo? – scherzò.

– Mi servi. Per una volta sei tu che servi a me, – tagliò corto lei.

– E sentiamo, allora. A cosa ti servirei?

– Domani devi accompagnarmi al Poetto, – replicò Clara, aspettandosi ulteriori domande. – Faremo una gita, Fassberger. Un picnic, come gli inglesi. Una passeggiata in spiaggia tra amici, uno spuntino. Ho bisogno di rivedere la mia casa sul mare.

– Ma piove...
– Pioveva, il cielo si sta già rischiarando, e il caldo è di nuovo insopportabile.
– Di' un po', non è che hai altro in mente, come al tuo solito? – Ugo si tirò su dalla sedia.
– Magari un bagno... Sí, ecco, un bel bagno di settembre, se il mare non è troppo mosso.
Ugo era ancora dubbioso: – Clara, te lo dico chiaro e tondo. La conosco, quella faccia. Che sia una gitarella e nulla di piú. Sappi che non farò il fesso per te un'altra volta. Forse hai dimenticato che nella storia della sigaraia mi sono salvato per un pelo?
– No, ti è andata bene perché sei un uomo, – fu l'unica concessione che Clara gli offrí.

5.

Non era la giornata migliore per una gita al Poetto.

Clara indossava un costume da bagno nero: una camiciola di lino ricamato – con le maniche a sbuffo e una fila di piccoli bottoni in madreperla – e un pantaloncino, stretto da nastri azzurri poco sopra le ginocchia, coperto da un gonnellino.

Ugo, seduto accanto a lei su un telo steso sopra la sabbia, era invece vestito di tutto punto e sudava per il gran caldo, nonostante il sole fosse nascosto da una cappa di umidità alabastrina. Sbucciò una mela, le porse uno spicchio e si guardò intorno sconsolato. Il Poetto era l'immenso candore del nulla. Chilometri e chilometri di spiaggia bianca. Alle spalle, lo stagno di Molentargius e le sue saline; dinanzi, un mare che di solito era di un azzurro cristallino. Non quella mattina.

– Non si può certo fare il bagno –. Ugo osservava le onde nere, sempre piú alte, che si spezzavano con un rombo sulla riva, sotto la spinta dello scirocco.

Clara si alzò e mosse qualche passo verso l'acqua. Ugo si allarmò: – Non fare fesserie. È troppo pericoloso. Quaggiú non c'è nulla oltre la tua villetta e quella dei tuoi cugini. Nulla e nessuno che ci possa aiutare in caso di difficoltà –. Il rosso Fassberger avrebbe voluto aggiungere che solo dei pazzi come i Simon potevano sperare che, di lí a pochi anni, al Poetto sorgesse la città del sole, dell'estate, della villeggiatura, come presto invece sarebbe sorta a Mondello, alle porte di Palermo.

I cagliaritani avevano scelto la spiaggia di Giorgino, sulla costa opposta, e mai nessuno li avrebbe allontanati dai comodi stabilimenti che si affacciavano su quel placido tratto di mare.

Ugo diede un morso svogliato a un pezzo di mela e si limitò a mugugnare: – Giorgino è meno esposto alla volubilità dei venti.

Clara, pronta a fare il bagno, notò che una nuova perturbazione, seppur lontana, era in arrivo. – Hai ragione, Ugo! Hai proprio ragione, – trillò dirigendosi verso il villino. – Riprendiamo le biciclette e facciamo una bella gita alle saline. Hai mai visitato le saline? Hai mai visto la fabbrica del sale? No? Forza, Ugo, andiamo, ti ci porto io. È un posto ricco di fascino.

– E gita sia, Clara. Ma non è che stiamo andando a ficcare il naso dove non dobbiamo?

Clara Simon si maledisse.

Non aveva pensato che, se le ruote della sua bicicletta erano adatte a percorrere la strada battuta, non lo erano invece per avventurarsi lungo i sentieri costellati di canneti che si addentravano nel cuore delle saline. Con la gonna sollevata e gli stivaletti bianchi Clara scansava sassi, cavallette gialle che tentavano di arrampicarsi su per le caviglie, e serpi che, sibilando, le si mettevano di traverso lungo il cammino.

Anche Ugo Fassberger si maledisse: spingeva le due biciclette e grondava di un sudore acido che colava come una fontanella da sotto la paglietta. Clara non stillava neppure una goccia.

Dalla loro destra arrivava nitido il canto dei detenuti: stavano ammassando il sale sui barconi che dal canale principale della salina si sarebbero diretti al porto. Il contenuto sarebbe stato poi scaricato nei principali bastimenti.

Clara, armata di una canna piuttosto grossa e lunga, apriva la strada. Ugo, stanco e stizzito, scaraventò la sua bicicletta a terra.

– Tanto, è vecchia! – sbraitò, e proseguí spingendo solo quella di Clara. Lei tornò indietro, gli strappò di mano la sua bici e la buttò giú. – Tanto, è vecchissima anche la mia –. Gli sorrise. Nonostante l'iniziale resistenza, Ugo aveva comunque deciso di scortarla in quella nuova pazzia.

– Perché siamo qui, Clara? Dimmi la verità.

– Ma come, non subisci il fascino di questi luoghi selvaggi?

– Suvvia, per favore, il fatto che ci conosciamo sin dall'infanzia non ti autorizza a trattarmi come un fesso, te l'ho già detto. Vuoi andare a vedere il luogo dove è stato trovato quel cadavere. O sbaglio?

Clara si arrestò. – Ah. Sai anche tu del cadavere, quindi –. Riprese a camminare. – Be', visto che ci siamo… perché no?

– Clara… – Ugo la prese delicatamente per un braccio, e con garbo la costrinse a guardarlo in faccia. – Sii sincera.

– Va bene, Ugo, va bene. La verità è che amo venire al Poetto, al villino, e mi son detta: dal momento che siamo qui, perché non vedere piú chiaro in questa storia?

– Perché? Perché? Perché? – Ugo si massaggiò le tempie fradice di sudore.

– Lo so io, il perché.

Ugo scosse la testa e sospirò: – Rivuoi il tuo posto. È comprensibile, ma…

– Non solo; voglio molto altro.

– Giustizia e verità, verità e giustizia, sei pedante, Clara.

– E se non per la verità e la giustizia, allora perché, santissimo Iddio, avremmo scelto questo mestiere?

Lo sguardo di Ugo era in bilico fra l'ingenuità degli infanti e l'astuzia dei bari. Un'espressione che Clara, subito, seppe decifrare: – Eh no, Ugo Fassberger! Io non ho scelto di fare la giornalista per entrare gratis a teatro e trovar moglie! La miglior moglie…

– E te l'hanno fatta pagare, – le rispose Ugo, serafico.

– Me l'avrebbero fatta pagare in ogni caso. Mi aspettavano al varco.

– E adesso insisti…

– E adesso insisto, sí. Ho perso solo una battaglia, non la guerra. E ora, forza, manca poco, andiamo verso il canale principale e da lí all'imbarcadero del sale, – gli ordinò lei, scacciando con la grossa canna l'ennesima biscia che le si parava sibilando a pochi metri dalla punta degli stivaletti: – Via, bestiaccia!

– Cosí finiremo dritti in bocca ai detenuti! – brontolò Ugo.

– E allora? Cos'è, hai paura?

– Dici che ci faranno passare?

– Certo, la salina è aperta, Ugo! Ma in che città vivi? Ci lavorano anche i civili.

– Anche i civili? Che vita disgraziata, che scelta misera. E che orrore.

– Ma quale orrore e orrore! Dài, Ugo! Ci sono molte guardie armate e non ci sono pericoli, fidati –. Clara scosse la testa. – Dovresti saperle, certe cose. Meno male che sei un giornalista!

– Ribatto solo le cronache internazionali che ci arrivano dall'agenzia Stefani, – piagnucolò lui.

– E scrivi le cronache dei teatri.

– Quelle me le scrivi tu, – farfugliò Fassberger costeggiando un'ampia vasca che puzzava di uovo marcio.

Clara non volle commentare; impugnò con piú forza il fusto e aumentò il passo, certa che prima o poi «L'Unione» avrebbe di nuovo accettato una donna in redazione. Non era con pazienza e sudditanza, però, che avrebbe riavuto il suo posto.

All'improvviso sentirono un fruscio alle spalle.

– Oddio, cos'è? – domandò allarmato Fassberger.

L'alto canneto si mosse. Entrambi si voltarono ma non videro nulla.

– Sarà stato un animale palustre, – lo tranquillizzò Clara riprendendo a camminare serena, mentre Ugo proseguiva sospettoso girandosi ogni tre passi.

– L'hai sentito, Clara? L'hai sentito? – insistette poco dopo tremando.

– Cosa, Ugo? – lei iniziò a spazientirsi, ma non rallentò.

– Qualcosa si muove.

– E lascialo muovere… – Non ebbe il tempo di finire la frase che le si parò davanti, sbucata dalla folta vegetazione, una bestia mitologica in divisa grigia. Il corpo enorme come quello di un grosso cinghiale.

– E be', voi chi siete? – la voce roca sembrava provenire dagli abissi. – Aah! Perché siete qui? – l'uomo brandiva una corta e nodosa mazza.

– Facciamo una gita, – rispose a tono Clara, mentre al suo fianco si piazzavano due uomini armati di manganelli. – Una gita per ammirare le magnificenze della salina.

– Qui nessuno viene mai in gita, si viene solo per rubare il sale o per fare bracconaggio di anatre, – disse minacciosa la bestia, indicando Ugo con la punta del bastone. I due uomini si concessero una risata perfida e avanzarono di un passo.

Un tuono si udí in lontananza, e nubi ocra iniziarono a addensarsi sulle loro teste. Il tempo restò sospeso per qualche istante.

– Le sembriamo gente dedita al furto e al bracconaggio? – chiese Clara.

– E che ne so io, tutto può essere –. L'uomo digrignò i denti.

– Mi perdoni, – Ugo si intromise con tono sommesso, – ma noi ci conosciamo. O meglio, mi scusi, sono io che conosco lei.

– In che senso?

– Lei non è il capo delle guardie del bagno penale di San...

– E lei come lo sa? – la guardia lo osservò torvo.

– Maullu, giusto?

– Chi gliel'ha detto, come mi chiamo? – ringhiò.

– Ci siamo incontrati lo scorso anno a Natale, quando il vescovo venne a far visita ai detenuti.

– E lei cosa ci faceva?

– Ero invitato per redigere la cronaca.

– Quale cronaca?

– Si ricorda? Avete anche intonato i canti di Natale per sua eccellenza...

– Noi non abbiamo intonato un bel nulla –. Maullu lanciò un'occhiata ai suoi, che sghignazzarono.

– Però abbiamo messo anche i vostri nomi su «L'Unione». Maullu, Maullu Antonio, giusto? Anzi, no, mi disse che preferiva che scrivessi Tonio: Tonio Maullu.

Il capo delle guardie continuò a fissarlo con sospetto: – Ah, dell'«Unione», siete?

Clara riprese a respirare. Ugo invece temeva che di lí a poco gli sarebbero toccate solo mazzate. Si passò una mano sulla fronte sudatissima. – Sí, siamo due giornalisti dell'«Unione».

– Anche questa qua? – Maullu indicò Clara con una faccia mezzo schifata.

– Sí, signore, – confermò Ugo.

– Sí, signore, – ripeté Clara.

– Mhm, – Maullu li squadrò. – Perché, adesso donne, ci sono, all'«Unione»?

– Una, – rispose Clara. – Io.

– E figlia di chi è, lei?

– Clara Maylin Simon di Francesco Paolo Simon, capitano della reale marina.

– Mhm, Maylin... e cosa vuol dire questo «Maylin»?

– È il mio secondo nome, di origine cinese, ma non lo uso quasi mai.

– Maylin dell'«Unione», eh? – Maullu si grattò il mento mal rasato, guardò i suoi, il cielo, quindi ancora i suoi e il cielo, poi Ugo e Clara, e alla fine sentenziò: – Va be', se siete dell'«Unione», allora già potete passare. Ma non toccate il sale.

Quando Ugo Fassberger e Clara Simon raggiunsero il punto piú concitato della salina, i forzati non li degnarono di un'occhiata. Nessuno cantava piú: piegati com'erano a caricare il sale sulle chiatte destinate al porto, avevano il fiato corto. Gli operai civili, invece, li scortarono con lo sguardo; il piú giovane fra loro, quello che per primo aveva scoperto il cadavere, si levò il berretto in segno di saluto senza aprire bocca. C'era troppo caldo persino per parlare. Le nubi avevano creato una cappa che faceva stagnare l'umidità. A quel saliniere, però, le parole mancarono non per la troppa fatica mista all'afa, ma per la visione inaspettata di Clara. E un sussulto lo sconquassò.

Un nutrito gruppo di detenuti, sotto le direttive di un ingegnere e un geometra, era impegnato nella posa di una linea di rotaie. Di lí a pochi mesi la strada ferrata avrebbe accolto lo stridere e il beccheggiare dei carrelli che, guidati da una piccola locomotiva a carbone, avrebbero facilitato e velocizzato il trasporto delle sacche dal cuore della salina a quell'approdo da cui partivano le chiatte. Un lavoraccio sino ad allora affidato alla schiena e alle braccia dei lavoratori, carcerati o meno, e di una dozzina di muli.

Clara affrettò il passo verso la sponda del canale, e Ugo la tallonò bofonchiando: – Sono proprio curioso di capire cosa pensi di trovare qui.

Non riuscirono ad avanzare granché: davanti a loro si piazzò il giovane saliniere; il viso delicato, quasi balbettava per l'emozione. – Buongiorno, siete dell'«Unione», vero? Vi ho riconosciuti.

Clara lo studiò: non dimostrava piú di vent'anni e non aveva le fattezze di uno che per evitare di morire di fame era stato costretto ad arruolarsi volontario nell'inferno della salina. Un lavoro da condannati.

– Siete qui per il ritrov... – provò a dire, ma fu subito interrotto da Maullu, giunto alle sue spalle.

– Chicchirichí, che fai? Il gallo con la signorina?

Alla voce sgradevole del superiore seguí una risata generale di guardie e lavoratori.

Il giovane saliniere si voltò pronto a difendersi, ma restò pietrificato nel veder scendere come una furia dagli alti cumuli di sale un uomo, i capelli rasati come un condannato a morte, la divisa color cachi da detenuto. Ansimante, stava puntando dritto verso di loro. Il ragazzo sbiancò. «Che giornata di merda», pensò Ugo. Maullu si lanciò con difficoltà all'inseguimento. Alcuni compagni provarono a bloccarlo: – No, Africo! No! – urlavano.

Quello scartò tutti con abilità e aumentò la corsa. Sembrava un demonio.

Clara rimase sconcertata. Non ebbe neppure il tempo

di realizzare, che se lo ritrovò ai piedi inginocchiato e piagnucolante: – Capitano, capitano...

Non poté andare oltre, perché Maullu e altre due guardie lo presero per le braccia e lo trascinarono via, mentre il giovane saliniere, avvilito, cercava di tranquillizzare Clara: – Non è cattivo, non le fa del male, signorina...

– Basta con le coglionerie! – ringhiò Maullu faticando a imbrigliare il carcerato con delle grosse funi. Clara e Ugo si guardarono sbigottiti. – Mí a non scrivere nulla sull'«Unione», – li minacciò Maullu, – questo è solo uno scemo di guerra!

A Clara mancarono il fiato e le parole.

6.

In sella al suo cavallo il tenente dei carabinieri stava ispezionando la sponda del canale, quando un fulmine cadde a poche centinaia di metri, facendo cenere di tutto ciò che c'era intorno, persino un cane randagio che, nel crepare, non aveva neppure avuto il tempo di emettere un guaito.

Il sauro dal manto color zenzero non si scompose. Come gli altri dello squadrone, era stato abituato ad andare alla carica fra il crepitare dei moschetti e qualche colpo di bombarda, sebbene solo sul campo d'addestramento.

Il giovane ufficiale, scortato da due sottoposti a piedi, si rivolse al brigadiere che teneva al guinzaglio lungo uno scalpitante segugio.

– Nulla, Elmas?

– Nulla, tenente. Niente di niente.

– Meglio cosí, ci siamo presi solo uno scrupolo in piú.

– Tenente, che dice, andiamo? Non vorrei fare la fine di quel cane, – disse il terzo, piú basso e tarchiato, indicando la carcassa della povera bestia.

– Andiamo, Copez, andiamo, – rispose il capo pattuglia tirando le briglie, deciso a risalire il naviglio e tornare alla caserma.

Si issò sulle staffe e si lisciò con un movimento nervoso i baffi e il pizzetto, perfettamente disegnati. Dalla bisaccia tirò fuori il binocolo di ordinanza e lo puntò verso l'imbarco delle chiatte della salina. – Aspettate un attimo.

Vide venirgli incontro un carro trainato da due muli, con a bordo tre guardie, una delle quali bella massiccia. La cosa però che gli balzò agli occhi fu un saliniere, nella sua scintillante tuta bianca, che teneva in grembo la testa di una terza persona, apparentemente priva di sensi.

– Dev'essere successo qualcosa all'imbarco principale della salina. Forse un fulmine ha ferito qualcuno, – disse il tenente, premendo appena gli speroni sul fianco del sauro per esortarlo a velocizzare il passo. – Signori, seguitemi, celeri! – ordinò ai suoi, desideroso di azione, come capita a tutti i novellini con indosso una divisa.

Nel giro di poco i due gruppi si trovarono l'uno dinanzi all'altro.

– Che è successo? – domandò subito l'ufficiale.

– Nulla, – rispose svogliato Maullu.

– Che ha il detenuto? – insistette l'ufficiale.

– Ma chi, questo? Il cocco del direttore? – fece il capo delle guardie indicando l'uomo privo di sensi riverso sul cassone. – Ma niente, ha dato di matto. È un povero scemo di guerra, – lo liquidò Maullu, e con un cenno ordinò al conducente di far ripartire i muli. Impegnati com'erano ad annusare il segugio che trotterellava fra le loro zampe, però, i muli non si mossero.

– Che guerra ha fatto? – domandò il carabiniere.

– Abissinia e Cina, – stavolta a rispondere deciso fu il giovane saliniere, – però non si preoccupi, signor tenente, lo trattiamo con cura. È ammorbidito con un po' di laudano, perché non si faccia del male da solo. Ogni tanto ha delle brutte crisi, lei che è un militare di certo capisce quali eredità possono lasciare i campi di battaglia…

– Perché si trova recluso? – chiese ancora il tenente.

– O tenente! – tagliò corto il capo delle guardie, invitando per la seconda volta chi era alle redini a far partire quei benedetti muli che sembravano non voler obbedire agli ordini, – ascolti: se vuole saperne di piú, del nostro Africo, si prenda un caffè con Chicchirichí, e a noi ci lasci lavorare.

– Chicchirichí? – domandò quasi divertito l'ufficiale.

– È un soprannome un po' scemo, – si schermí il saliniere.

– Allora, – sbuffò Maullu, – tenente...

– Tenente Rodolfo Saporito! – puntualizzò l'ufficiale.

– Ecco: nuovo è, di qua?

– Sí.

– Va be', nuovo o vecchio, se si sposta, questo sacco di merda ce lo portiamo in infermeria. Se no, il nostro direttore, chi lo sente. Certo, se quella mezzo cinese non veniva a farsi *la gitarella*, Africo già se ne stava buono. È che questi non vedono una donna da anni, e quando poi la vedono non capiscono piú nulla.

– Una cinese... – il tenente si illuminò, si lasciò andare a un sorriso, e spronò il suo cavallo in direzione dell'imbarcadero, facendo segno ai suoi di seguirlo rapidi. Senza salutare, spinse via il sauro.

Maullu, le mani sui fianchi, decise che quell'ufficialetto gli sarebbe stato sugli zebedei da lí all'eternità, e mugugnò fra sé: – Rodolfo Saporito, che nome da coglione.

Clara faceva avanti e indietro lungo la sponda del canale per cercare di individuare il punto preciso in cui era stata rinvenuta la salma, quello che il giovane saliniere le aveva sommariamente indicato sottovoce prima di montare sul carretto. «Se siete qui per il bambino, lo abbiamo trovato piú o meno là», le aveva sussurrato, ma era chiaro che avrebbe voluto dirle molto altro ancora. E lei avrebbe voluto tempestarlo di domande.

«Capitano, capitano...», quelle parole l'avevano scossa. Ugo, accovacciato al suo fianco, percepí l'imbarazzo dell'amica. – Pensi che fosse un riferimento a tuo padre? – domandò, timoroso d'essere inopportuno.

– No, – disse Clara. – Forse, chissà. E anche se fosse... Ma no, che c'entra mio padre con un forzato del bagno penale? – Poi restò in silenzio, imbambolata, persa nei suoi pensieri, sinché non avvertí chiara una presenza alle spalle e una voce sillabare: – E voi, cosa fate qui? – Non si mosse di un passo ma ringraziò il cielo, perché dal tono capí di non avere a che fare con un altro balordo. Si voltò.

– Buongiorno a lei, ufficiale, – Clara rispose tirandosi su e cercando di riassettare i pensieri e ripulire dalla polvere, dalla salsedine e dalla sabbia la gonna ormai sgualcita, come del resto la camicetta. – Il mio amico qui presente, Fassberger, non aveva mai visitato le saline. Si rende conto? – gli disse regalandogli un sorriso, in bilico tra la presa per i fondelli e l'ingenuità posticcia. Una pantomima cui il tenente abboccò. Ma solo in parte.

Per qualche istante rimase annichilito, come se fosse stato trafitto da un fulmine; stavolta, però, non in arrivo dal cielo. Con la gola d'improvviso secca, guardò la ragazza: sí, non c'erano dubbi, era la stessa che aveva intravisto in ospedale, lo stesso viso che lo aveva stregato.

Si diede una sistemata ai calzoni e si avvicinò un altro po' a Clara, riuscendo anche a correggere la rotta: – Non è certo la miglior giornata dell'anno per questo genere di gite, suvvia, signorina!

– Per qualche lampo e una manciata di tuoni? Suvvia, lo dico io a lei. Non esiste forse in questo Paese la libertà d'arbitrio, inclusa quella di fare una gita? – replicò Clara, che iniziava a divertirsi.

– Fossi in voi non ne sarei tanto sicuro, dal momento

che state mettendo i piedi nel punto esatto del ritrovamento di un cadavere oggetto di riservata indagine, – rispose con stizza il tenente Saporito.

– E cosa dicono le sue indagini? – domandò Clara, immobile sulla sponda del canale, mentre i salinieri osservavano la scena tenendosi a debita distanza. La cosa puzzava di guai e per quella mattina, dopo le pazzie di quel matto di Africo, ne avevano già avuti abbastanza.

– Non mi avete ancora risposto, signorina, – la incalzò il giovane ufficiale.

– Neppure lei, – Clara tenne il punto.

Il tenente Rodolfo Saporito, per la prima volta nella sua breve carriera, era in seria difficoltà e non riusciva a farsene una ragione. Quella donna aveva scatenato in lui un'ansia improvvisa. Indomabile e mai provata. Tentò quindi di salvarsi come poteva. – E da quando un uomo lascia che a parlare sia una donna? – disse rivolgendosi al ragazzotto dai buffi capelli color carota che l'accompagnava.

Ugo, colto di sorpresa, tentennò, e a rispondere fu ancora Clara: – Cos'è, un interrogatorio? – disse con noncuranza finendo di sistemarsi gli abiti.

– Lo vedremo. Dato che è abbastanza curioso che siate voi a fare l'interrogatorio a me. Cosa vi lega a questa vicenda? Perché siete qui? Forza, non mi avete ancora risposto! – Saporito tentò risalire la china del baratro emotivo in cui era sprofondato.

Clara lo fissò con insistenza, da capo a piedi, mettendolo in evidente imbarazzo. Non le ci volle molto, a farne un ritratto preciso. Le labbra scure e carnose, la divisa turchina da campagna, lisa sui polsi e sul colletto ma profumata di lavanda: chi aveva davanti non poteva godere di grandi risorse, però di certo teneva all'igiene. Forse una brava massaia lo attendeva a casa, una sorella, una cugina o una madre; non una moglie, dato che il tenente non portava alcuna fede al dito. Era giovane e avvenente.

Clara si sentí osservata a sua volta.

– Ditemi, – spezzò il silenzio Saporito osando, – ora che vi guardo meglio, non eravate forse voi, l'altra mattina in ospedale, in occasione del riconoscimento del ragazzino?

– No, – Clara, sfrontata, non mostrò alcuna incertezza.

– Eppure sono sicuro di avervi vista, seppur nascosta dalla penombra, – l'ufficiale non mollò la presa. – Sapete, in città non sono molte le giovani donne con le vostre fattezze.

– E che fattezze avrei? – Clara capí di averlo preso all'amo da subito e adesso stava iniziando a tirare la lenza verso di sé.

– Be', signorina, senza nemmeno osservarvi con troppa attenzione, è chiaro che non avete lineamenti propriamente italici, – le rispose il tenente.

– Ma che modi sono questi? – la voce di Ugo era poco piú che un sussurro e come tale venne ignorata da tutti.

– E, propriamente, che lineamenti avrei? – Clara continuò a giocare.

– Mongoli! – s'intromise il brigadiere Elmas, subito fulminato con uno sguardo dal suo comandante e da uno sghignazzo dell'appuntato Copez, mentre il suo segugio andò docile a leccare la mano di Ugo, che lo ricambiò con alcune carezze affettuose.

– Bene! Lei, brigadiere, è stato dunque in Mongolia? – gli rispose Clara.

– Mai stato, signorina! Ma alla scuola allievi ho avuto la fortuna di tenere fra le mani *Il milione* di Marco Polo illustrato.

– Complimenti.

– Grazie, signorina.

– Siete quindi di origine mongola? – domandò curioso e sempre piú affascinato il tenente Saporito.

– Nossignore.

– Ah. E allora?

– Da parte di padre, italica. Anche se dovrei dire veneta, piemontese, ligure e infine, ma soprattutto, sarda, di natali e vocazione. Da parte di madre, invece, cantonese.

– Cantonese? Cioè? – l'interruppe ancora il brigadiere.

– Cinese! – lo zittí Ugo alzando gli occhi al cielo.

– Esatto, cinese, – ripeté Clara sfoderando un sorriso.

– Bene, visto che abbiamo chiarito le origini della signorina, sono certo vorrete precisare la vostra posizione. Ditemi: che cosa fate qui? – ricominciò l'ufficiale, rivolgendosi ora solo al giovane Fassberger, e cercando di evitare di incrociare gli occhi della ragazza.

– Mi chiamo Ugo Fassberger, sono un giornalista e svolgo il mio lavoro. O almeno ci provo, – disse Ugo, a cui non era affatto sfuggito quel balletto di provocazioni fra l'uomo e la sua amica. Quindi, con determinazione e passo deciso, gli si posizionò a un soffio e gli disse: – E lei chi è? Si qualifichi: cognome, nome e...

– A voi non devo alcuna spiegazione, – il tenente Saporito non si scompose, fece un passo avanti e provò a scartarlo con un gesto di fastidio, dato che gli stava oscurando la visuale di quella affascinante ragazza.

Ugo gli sbarrò la via e con voce convinta proseguí: – Giustizia e verità, verità e giustizia! Sono qui per riportare giustizia e verità. Lo scopo è questo, – concluse abbassando il tono insieme al braccio che si era levato in aria, e ribadí: – Sono un giornalista, – come fosse un lasciapassare.

Clara scosse la testa, incredula.

L'ufficiale, per nulla intimidito, riprese accettando di fatto la sfida. – Su questo, magari, *signor giornalista*, ci vorrete chiarire piú tardi in caserma, presentandovi con i vostri documenti personali.

Clara si piazzò al fianco di Ugo e ne prese le difese: – Su cosa, esattamente, tenente... tenente... Ecco, di chi dovremo chiedere, di preciso, piú tardi in caserma?

– Tenente Rodolfo Saporito, – disse arricciando il naso l'ufficiale e sentendo la saliva sparire dalla bocca. – Quando vi presenterete, alle quindici in punto, chiederete del tenente Saporito. E vi sia chiaro: non accetterò ritardi.

Clara lo guardò soddisfatta: – Saremo puntuali, non si preoccupi. Ma mi faccia capire: questo incontro avviene per dovere di protocollo oppure per il suo gusto personale di rivedermi?

Il rossore che avvampò sul viso dell'ufficiale sarebbe di lí a poco diventato il principale argomento di scherno per l'intera caserma e i comandi vicini.

– Signorina, nella mia carriera non ho mai incontrato una donna piú sfrontata di voi.

Clara gli riservò un'espressione tra il demoniaco e il celestiale. Un dilemma che finí di affascinarlo. Saporito perse il filo, la giusta sequenza delle parole gli si ingarbugliò nella bocca, poi nei baffi e infine nel pizzetto. Solo dopo qualche secondo, balbettò: – Voi, invece, dove prestate servizio domestico? In quale casa vi dobbiamo accompagnare per poter accertare, a questo punto *subito*, la vostra identità?

Clara lo guardò dritto negli occhi, e con voce serafica e ferma gli disse: – Io non presto servizio per nessuno –. E s'incamminò rapida in direzione del villino Simon, costringendo tutti a seguirla.

Dal cielo iniziò a scendere una pioggerella fitta e giallastra.

7.

– Io comprendo ogni cosa. Ma tornare a casa scortata dai carabinieri, questo mi è difficile da digerire. Nonostante abbia per costituzione uno stomaco di ferro –. Il cavalier Ottavio Simon, le spalle larghe, un metro e novanta d'altezza, si pizzicò il baffo canuto con pollice e indice destro.

– Nonno, è stato un nulla di fatto, – disse con tono mansueto Clara. – Forse solo l'avvio di un'interessante conoscenza.

Il vecchio Simon buttò fuori un sospiro e si soffermò ad ammirare il mare, appena increspato dal lieve maestrale che durante la notte aveva spazzato via le nubi e riportato l'estate in città. Tre delle sue navi ormeggiate si preparavano a lasciare il porto con le stive cariche.

– Siamo una stirpe bizzarra, una famiglia eccentrica, bislacca. Oserei dire che abbiamo incanalato la nostra pazzia nel genio, abbiamo mitigato gli umori neri che ci sono propri per natura con l'ingegno, vinto ogni angoscia lanciandoci nel vuoto delle avventure piú perigliose. Abbiamo sfidato le barriere geografiche e le convenzioni dei tempi. Però, bambina mia, a tutto c'è un limite.

Dritto come un fusto nello studio del suo appartamento all'ultimo piano del palazzo di famiglia, con affacci sui moli di via Roma, Simon fissava l'orizzonte per non affrontare lo sguardo di Clara. Altrimenti avrebbe ceduto, come sempre gli capitava, al solo riconoscere in quelle labbra carnose il figlio disperso chissà dove e in quegli occhi, l'amata e scomparsa nuora.

– Quindi quel carcerato ti è venuto incontro urlando «capitano, capitano»?

– Sí, nonno.

– Bene, me ne occuperò di persona. Tu tieniti fuori. Potrebbe non voler dire nulla. Mi raccomando: tieniti fuori.

– Sí, nonno.

– Mi piacerebbe che tu lo dicessi con piú convinzione.

– Certo, nonno.

Simon percorse l'ampia stanza. Sfiorò con le dita i volumi ordinati nelle ciclopiche librerie che foderavano i muri. Erano stracolme di manuali, romanzi, mappe e oggetti reperiti nei suoi viaggi per il mondo, o di cui suo fratello, i suoi figli, i suoi nipoti, i suoi capitani lo avevano omaggiato di rientro dalle loro rotte.

Da bambina Clara aveva temuto in particolare la testa del gaviale del Gange impagliato, animale infido e feroce come tutti i coccodrilli, e aveva amato il pappagallo dai colori dell'arcobaleno che, per circa dodici anni, era stato appollaiato sullo scaffale piú alto.

A sud e a nord di quel salone, quasi una tolda piantata per svettare sulla prima linea degli imponenti edifici fronte mare, il cavalier Simon aveva fatto costruire non mura, ma due grandi vetrate simili e opposte. Quella rivolta a meridione gli permetteva di osservare gli affari in arrivo e in partenza dalle banchine, «gli uffici esterni», amava ripetere. Quella rivolta a settentrione gli consentiva di guardare il Castello, sede del palazzo Viceregio, della municipalità e della Casa massonica. Gli uffici interni, insomma.

– Abbiamo vagato per tanti porti, Clara. Siamo gente di mare. Accettiamo usanze e costumi di tutti. Abbiamo preso il meglio da ciò che ogni civiltà ha saputo distillare fra orrori ed errori. Dal mio arrivo, ormai quarant'anni fa, abbiamo deciso che questa fosse la città migliore dove diramare i nostri affari. Qui nessuno bada se sei genovese, toscano, sardo, piemontese, elvetico, tunisino, francese, catalano, napoletano, corso o cinese.

Clara deglutí. Avrebbe voluto replicare a gran voce che i distinguo, a Cagliari, si facevano eccome. Per non incorrere in guai, delusioni e umiliazioni, l'importante era rispettare una sola, sacrosanta regola. E la regola diceva che tutti potevano stringere buoni accordi con chiunque, senza distinzione di censo e casta, ma ognuno sarebbe dovuto restare al proprio posto. Non si doveva, per esempio, imporre la propria nipote mezzo sangue nelle migliori scuole, o salotti, o nei circoli piú esclusivi.

Far finta che fosse pari fra pari era stato il peccato originale, quando sin dal primo vagito era chiaro che tutto, di lei, agli occhi degli altri sarebbe apparso «dispari». E ancor piú scellerato era stato farle sbocciare irrefrenabili desideri di uguaglianza e forti ambizioni, che una volta smossi non avevano trovato piú freno. Sarebbe stato piú giusto relegarla nella bottega del nonno materno. Si sarebbe occupata di vendere, come tutti i cinesi del porto, stoffe e bottoni, bottoni e stoffe. In fondo, sua madre era morta pochi giorni dopo averla data alla luce, e suo padre era disperso da oramai cinque anni. La gente del porto l'avrebbe accolta senza fare storie. Impari fra impari.

Ma Clara preferí tacere. Non era il momento.

Il cavalier Simon fece ruotare il prezioso mappamondo con parallelo graduato, ancorato a terra, a pochi passi dalla poltrona su cui Clara era seduta.

– Chissà dov'è mio figlio, – disse sfiorando con la punta dell'indice le terre emerse e i mari dipinti su quella sfera.

Clara si alzò e gli andò vicino. Ottavio Simon le sorrise amaro. – Sei da pochi mesi maggiorenne e sei affrancata economicamente. Questo mi è chiaro, – le disse. – E allora mettiamola cosí: mi permetto di darti dei suggerimenti. Io, l'uomo che piú ti ama e che ha il dovere di proteggerti su questa Terra –. La vecchia quercia sembrò vacillare al ricordo dell'altro uomo che aveva avuto a cuore le sorti della ragazza, suo figlio, il padre di lei. – Innanzitutto, mai piú mi addentrerei nelle saline, fossi in te, né sola né in compagnia. Per favore, non mettermi in difficoltà e in imbarazzo con il conte Cappai Pinna. Non adesso che stiamo cercando di far nascere sulla spiaggia del Poetto la città del sole.

– Sí, nonno.

– E poi, – qui la voce del patriarca si fece autoritaria, – la smetterei di intrattenermi con quelle sigaraie della manifattura. In questo momento non conviene mischiarsi con certa gente. Anche se, lo ammetto, hanno un loro fascino. Dobbiamo esser cauti, però, se vuoi riavere il tuo posto al giornale.

Clara si avvicinò ancora di piú al nonno, ne percepí il profumo agrumato, puntò i piedi per raggiungere la guancia destra di quell'antico gigante, e la baciò. Simon tremò, avrebbe voluto abbracciarla, ma seppe resistere.

– Come vuoi tu, nonno –. Clara chinò la testa in segno di sottomissione. Lui le sorrise lieve.

Un rumore di passi concitati in arrivo dalle scale interruppe l'attimo di calore familiare. Seguí un bisbiglio dietro la porta che dopo poco si aprí.

Incorniciato dagli stipiti comparve Serafino, con il suo inseparabile cagnetto in mezzo ai piedi. – Ottavio, mi sono permesso di far salire *conch'e bagna*, tanto è uno di famiglia, dice che è urgente... – disse scomparendo e lasciando entrare Ugo Fassberger, piú trafelato e paonazzo del solito.

A Clara scappò una risatina. *Conch'e bagna*, «testa di sugo»: il vecchio Serafino era impagabile nella sua sottile e perfida ironia. Si ricompose subito.

– Ne hanno trovato un altro, – annunciò Ugo, cercando di guadagnare il fiato perduto percorrendo quattro piani di ampie scale.

Il cavalier Simon si rabbuiò. Clara non proferí parola. Si studiarono in silenzio, a fondo, per qualche istante. Ugo li guardò ed ebbe la sensazione di aver interrotto qualcosa di importante. – Forse è meglio che ripassi in un altro momento, – disse iniziando a retrocedere verso la porta.

– Chi hanno trovato? E dove? – il cavaliere Simon spezzò la tensione, con stupore di Clara che sentí il cuore batterle all'impazzata nel petto.

– Un altro piciocu, a Su Siccu, nel porticciolo dei pescatori, sotto la basilica di Nostra Signora di Bonaria, è ancora lí… – disse tutto d'un fiato Fassberger. – Il direttore vuole che ce ne occupiamo noi. *Noi*, capito, Clara? Cioè, lui avrebbe voluto che te ne occupassi tu ma, lo sai, non puoi piú… – Ugo mise le mani avanti. – Non è detto che si debba scrivere, eh, su questo è stato chiaro… però vuole che si vada noi.

Ugo Fassberger non sapeva se cedere alla gioia o alla preoccupazione, mentre il cervello di Clara si lanciò subito in mille congetture.

Ottavio Simon, dal canto suo, inspirò ed espirò a fondo. Si spostò verso la scrivania circolare, si sedette sulla poltrona mobile, e si piazzò davanti alla vetrata che affacciava sulla città. Sbuffò. Dando le spalle ai due giovani, disse: – Ugo, è da quando hai quattro anni che sei nelle nostre vite, ti ho visto crescere, e non ti ho mai visto cosí agitato. Sei piú felice o piú preoccupato?

– Tutt'e due, cavaliere, – Ugo fu sincero.

– Fai bene –. Simon incrociò le dita e, lento, iniziò a farle scrocchiare, una a una. Quel gesto infastidiva tremendamente Clara, che però restò in silenzio e ascoltò il nonno. – Quindi, il direttore ha chiesto senza sottintesi che Clara venisse con te.

– Senza sottintesi, – confermò Ugo.

– Capite cosa significa? – chiese il patriarca voltandosi verso di loro.

– Che si fida di noi e vuole rimettermi in campo, – rispose Clara.

– Che si fida di noi, che il caso è delicatissimo, e che sa che non saremo avventati, perché Clara non può mettere di nuovo un piede in fallo, – precisò Ugo.

– Bravissimo, acuta osservazione, Clara non può fare un altro errore, e questa potrebbe essere un'ottima occasione per farla cascare una volta per tutte, – Simon guardò Ugo, poi Clara.

– Dici che è una trappola, nonno?

L'imponente cavaliere Ottavio Simon si strofinò le mani e, sicuro di sé, proseguí: – Dico che in questo momento sei la pedina migliore che il direttore possa muovere. È dal primo ritrovamento che avrebbe voluto dar conto sul giornale di queste sporadiche, strane sparizioni di ragazzetti. Ma ha avuto pressioni forti perché ciò non accadesse. Si è dovuto mobilitare il conte Cappai Pinna in persona per rafforzare l'accordo. Lo so per certo. Un morto non fa mai bene ad alcun affare.

Ugo e Clara non mossero neppure un muscolo della faccia.

– Ma, lo sapete, il vostro direttore è un cavallo di razza, l'ha dovuto buttar giú di malavoglia, quest'accordo. E adesso, ecco un secondo cadavere. Ora non vuole star piú fermo. E mette in campo te, Clara, sí. Se scoppia il finimondo sarai il suo agnello sacrificale, se tutto fila liscio... Be', sai quante copie fa vendere, un caso cosí? La proprietà del giornale sarà contenta e lui consoliderà la poltrona e il potere. Come si dice a Cagliari? Nulla accade se non lo vuole «L'Unione».

– E io riavrò il mio posto, – aggiunse Clara.

– Questo è da vedere, – Simon si tormentò i basettoni.

Ugo allargò le braccia: – Che facciamo, cavalier Simon?

– Potete dire di no a un ordine del vostro direttore?

– No, non si può.

– Bene, allora: se volete trovare il cadavere ancora sul molo conviene che vi diate una mossa.

8.

«È una beffa che la morte si presenti in una giornata cosí, – pensò Clara. – Non davanti a questo mare cristallino, non sotto questo cielo lucente, non scaldati da questo sole».

Ma la morte sa il fatto suo, e arriva quando le pare.

Il pescatore continuò a squadrarla senza emettere un fiato, mentre lei si circondava il capo con uno scialle candido intriso di profumo. Se lo legò dietro la nuca e lo fece ben aderire a naso e bocca. Una precauzione per non essere travolta dal fetore che un corpo in putrefazione emana. Poi si infilò i suoi amati guantini ricamati.

Il pescatore spostò una nassa e si sedette con le braccia incrociate sul bordo del ciu, la barchetta in legno ormeggiata al pontile con una fune fradicia e coperta di mitili. La salsedine aveva scrostato buona parte della tinta che una volta doveva essere verde e che ora tendeva all'azzurro, come pure azzurra era l'acqua bassa su cui galleggiava la barca.

Il cadavere era ancora lí, fra l'imbarcazione del pescatore e quella del cugino, agganciato per una trama dei calzoni logori a un chiodo sporgente della chiglia. Stava a pelo d'acqua, per metà nudo, gonfio, candido come una bambola di cera. La pelle mancava in diversi punti, facendo emergere muscoli e ossa.

– Avanti, togliamolo di là, non lo sopporto, – Clara avanzò su una battigia di sassolini, scalza, senza la gonna, in mutandoni, e senza tentennamenti entrò in mare.

Ugo si guardò intorno. Inspirò gli odori in arrivo dagli arbusti e dai cespugli che si inerpicavano dall'approdo sino alla sommità della collina, dove solitaria sorgeva la basilica. Staccò alcune foglie da un cespuglio di mirto e se le sfregò sotto il naso. Si fece il segno della croce, invocò la Madonna di Bonaria, ed entrò anche lui in mare. Pochi passi, l'acqua alle ginocchia gli inzuppò i pantaloni, e fu accanto a Clara. Non si dissero nulla, si guardarono e si prepararono a sganciare quella povera carcassa. Ugo afferrò il corpo per le braghe e lo liberò con uno strattone. Quindi fece segno all'amica di dargli una mano. Con un balzo, però, il pescatore abbandonò la barca e fu in acqua: – Lasci, faccio io, signorina, – prese il morto per un braccio e aiutò Ugo a portarlo a riva. Ma Clara afferrò l'altro braccio, decisa a non restare in disparte e a onorare il suo ruolo. Insieme accompagnarono la salma, la schiena rivolta al sole, il viso al fondale. La scortarono tra le piccole onde, senza fatica. A Clara sembrò di partecipare a uno strano corteo funebre.

Piú duro fu tirare il cadavere in secco, pesava come un macigno. E pure in quell'occasione, Clara non si volle sottrarre alla fatica. Anche se piú che il peso, ora, era il fetore a essere insopportabile.

Quando i tre, paonazzi, si ritennero soddisfatti della distanza che avevano messo fra l'acqua e il cadavere, il pescatore disse a Clara: – Porta con onore il cognome di famiglia –. Non aggiunse altro, poggiò una mano sulla spalla di Ugo, un gesto che valeva piú di ogni ulteriore parola, e si andò a sedere sul molo, dove iniziò ad armeggiare con una piccola rete. Come se nulla fosse accaduto.

Clara si fece forza, premette lo scialle su naso e bocca, e si chinò sul corpo. A una prima occhiata non sembrava un bambino. Ma era cosí gonfio e aveva ancora la faccia poggiata sul terriccio che era impossibile capire. Avrebbe potuto essere chiunque. Clara non provò terrore, solo pena. Mormorò una preghiera fra le labbra e continuò a osservarlo, come se cercasse un particolare che sino ad allora le era sfuggito e che potesse svelarle la soluzione di quell'enigma. Bisognava girarlo, metterlo supino, per poter studiare meglio il viso. Clara lanciò uno sguardo a Ugo, che finse di ignorarla. C'era un limite a tutto. Decise quindi di agire da sola e, con uno sforzo sovrumano, provò a voltarlo. Vincendo il ribrezzo e respingendo un piccolo conato, infilò le mani guantate sotto il busto e fece leva con le gambe. Il corpo si impennò appena, quel tanto affinché il collo si piegasse e una parte della faccia non fosse piú nascosta. Clara cacciò un urlo. – Oddio! – esclamò. La pelle di ciò che era stata una guancia mancava, forse sbocconcellata dai pesci.

– Alzati da lí, per favore, – Ugo era andato a prenderle la gonna dal calesse con cui, a gran velocità, erano giunti lí prima persino dei carabinieri, che il cugino del pescatore si era preoccupato di avvertire solo dopo aver avvisato il direttore dell'«Unione».

– Gli mancano i denti, – tremò Clara.

– Che? – Ugo le porse il telo per farle asciugare almeno le gambe.

– Gli mancano i denti, o almeno cosí sembra se guardi la guancia sinistra, dove è rimasta solo la mascella.

– Senti, denti o no, rivestiti, veloce, – tagliò corto Fassberger. – Stanno arrivando i carabinieri e non credo tu voglia farti vedere in mutande anche da loro.

– Capirai, – gli rispose Clara, che però afferrò di scatto il vestito e lo indossò rapida.

– No! – sbottò Ugo.

– No, cosa?

Ugo aveva inforcato il piccolo binocolo da teatro, in madreperla, un regalo di Clara, e lo aveva puntato in direzione della basilica.

– Preparati, avremo a che fare con quel bellimbusto del napoletano, – la sua voce era carica di costernazione.

Il tenente Rodolfo Saporito, accompagnato dal suo buon odore di lavanda, diede ordine al brigadiere Elmas e all'appuntato Copez di non maneggiare troppo il cadavere e di attendere l'arrivo del carro con due rinforzi.

– L'avete trovato cosí? – domandò.

– Sí! – risposero all'unisono Ugo e Clara.

– Per sollevarlo, in tre non siamo sufficienti, – mugugnò Saporito.

Clara non riusciva a distogliere lo sguardo da quel corpo devastato. Un peso le opprimeva la bocca dello stomaco. Non era il primo morto cosí malconcio che vedeva. Eppure.

– È nostro destino incrociarci, oramai, – disse quindi il tenente. – Allora, che mi dite?

Clara e Ugo si studiarono, indecisi su chi dei due dovesse rispondere. Non ci fu intesa né sincronia però fra loro, e le voci finirono per sovrapporsi, confondendosi.

– Parlate voi, signorina Simon, tanto è chiaro chi comanda tra i due, – li punzecchiò il giovane ufficiale.

– C'è ben poco da dire, il giornale chiama e noi andiamo dove il giornale vuole, – rispose lei.

– E com'è che questo vostro giornale viene a conoscenza dei fatti prima dei carabinieri?

– È un problema che vi dovreste porre voi carabinieri, non noi.

Una nuova schermaglia fra Clara Simon e Rodolfo Saporito aveva appena preso l'avvio.

– Da dove vengo io sarebbe un fatto riprovevole e inconcepibile, signorina.

– Da dove viene lei è Italia. Seppur da poco, è comunque Italia. Questa terra, invece, non lo è.

– Ah! E quest'isola, questa città, dunque, cosa sarebbero se non Italia? La nazione che abbiamo creato con tanta fatica e tanto sangue! – l'ufficiale diventò paonazzo.

– Be', ovviamente, Sardegna.

– E quindi? Fatemi capire, siete di nostalgie borboniche? O forse, come gli Zulu, siete incapaci di... – Saporito perse le staffe.

– Ma quale borbonica e borbonica! – anche Clara avvampò. – Siamo stati noi sardi ad avervi dato un regno. Diversamente, *lei* e il suo smodato uso del «voi» sareste rimasti borbonici, e i Savoia duchi di un luogo senza...

– Senza? Senza, cosa? Non oserete muovere vilipendio! – L'ufficiale non riusciva a credere a quelle parole.

Clara provò a ribattere, ma Ugo quasi le stritolò il braccio, la guardò disperato e le sussurrò: – Ti prego, taci.

– Tenente Saporito, – Ugo fece arretrare l'amica e s'interpose fra loro, – ciò che la signorina Simon vuole dire è che «L'Unione», qui da noi, pur se giovane giornale, è considerato la prima, vera istituzione. Anche da chi, come questi pescatori, magari non sa nemmeno leggere. E allora, qualsiasi cosa accada, si corre subito all'«Unione», e persino l'onoratissima reale Arma dei carabinieri arriva per seconda.

– Davvero? – chiese il tenente in un tono falsamente stupito e sempre piú indignato. – O sarà forse perché ungete per bene tutti questi disgraziati, pronti, e cosí allenati, a farvi da spie? – concluse con disprezzo.

– Ognuno ha i suoi metodi, – Clara non riuscí a restare in disparte, – ma le assicuro che ogni giorno ne abbiamo di pazzi, petulanti, mitomani, scocciatori fra cui si inseriscono i latori di una vera notizia, in coda sin dal primo mattino per poter parlare con noi. E sí, senza dubbio quelli che poi si rivelano preziosi sappiamo come tenerceli cari.

– Ah, bene, allora vuol dire che questi pescatori, – ringhiò stizzito il tenente, – adesso ce li portiamo dritti in caserma per insegnargli che… – Voltandosi verso il molo notò però che non c'era piú nessuno, e le barchette erano oramai due punti in mezzo al mare.

Dentro di sé il carabiniere si maledisse. Non era un uomo cosí, lui, da barzelletta. Mannaggia di una miseria. No, lui era fatto di ben altra pasta. Era sempre stato brillante, acuto, affabile. Ma ogni volta che si era trovato davanti a quella cocciuta ragazza, il suo carattere si era sgretolato e aveva lasciato emergere un idiota. Quindi si maledisse di nuovo, prese fiato e si impose di cambiare registro.

– Meglio cosí, non si può chiedere a un gatto di latrare come un cane. Se è nella natura di questi uomini sentirsi piú vicini a voi piuttosto che a noi, vuol dire che noi abbiamo parecchio lavoro da fare. Il sottoscritto in testa.

Ugo e i due carabinieri lo ascoltarono con sorpresa, ma a stupirsi fu soprattutto Clara. Il tenente Saporito si lisciò il pizzetto e aggiunse: – Scriverete di questo ritrovamento o tacerete come per il precedente?

– Non sta a noi decidere, – replicò Clara, incuriosita da quell'inaspettato mutamento che le parve troppo repentino, e dunque non apprezzabile sino in fondo. – Anche noi rispondiamo a una gerarchia. Fosse per me, ne avremmo scritto sin dal primo giorno.

– Capisco, signorina, – disse accondiscendente l'ufficiale. Non sembrava piú lui.

– Spesso le notizie date possono fare del bene, ogni tanto quelle taciute possono fare meglio, – si intromise Ugo, insospettito dalla brusca fine del duello fra i due.

Il tenente dei carabinieri non lo ascoltò neppure. Si girò di scatto, quasi avesse percepito un suono che gli altri non erano ancora in grado di avvertire.

– Credo sia in arrivo la nostra carrozza con il professor Rombi. Lo abbiamo subito avvisato, come da protocollo.

Clara e Ugo guardarono in direzione della carreggiata che spezzava la bassa vegetazione, ma non avvistarono il carro. Solo dopo un po' sentirono in lontananza un nitrito.

– Che udito. Lei ha uno strano dono... – commentò Clara.

– Voi, piú d'uno, – rispose il tenente.

Ugo si voltò dall'altra parte, infastidito. Il rumore delle ruote del carro si fece piú netto.

– Signorina Simon, vi devo chiedere una cortesia, – riprese il tenente.

– Se è nei miei poteri...

– Attendete l'ufficialità del riconoscimento. Non presentatevi al cospetto della signora Tedde e della signorina Pilittu. Né al nosocomio. Lasciateci fare il nostro mestiere e attendete con pazienza una nostra velina. Sarà mia cura, ve lo assicuro, consegnarvi di persona in redazione...

Clara arrossí, lo guardò inviperita e fu sul punto di rompere quello che poteva essere l'inizio di una tregua. Ma non ne ebbe il tempo.

Il carro dei carabinieri sbucò sullo sterrato che portava all'approdo di Su Siccu. Prima ancora che si fermasse, il dottor Callisto Rombi, con un balzo che non ci si sarebbe aspettati da un uomo del suo mestiere e della sua età, saltò a terra e correndo raggiunse il cadavere. Si tolse la paglietta dalla testa e si accovacciò.

Con piú calma, insieme ai due carabinieri alla guida, scese anche la dottoressa Paola Molinas. Il tenente Saporito le si appropinquò per offrirle il braccio. – State attenta, dottoressa, il terreno qui è traditore.

Lei lo scartò, e con passo sicuro si avvicinò a Clara: – Mi sono informata, complimenti, non sapevo ci fossero donne fra i giornalisti, – le bisbigliò complice passandole accanto.

– Infatti non ce ne sono, – le rispose Clara.

– Capisco il problema, – commentò la dottoressa, – se non fosse per un uomo illuminato come Rombi… – e non aggiunse altro. Andò oltre e s'inginocchiò accanto al suo maestro, davanti al cadavere.

Dopo una manciata di minuti, il professore si alzò e sospirò.

– Tenente Saporito, dica ai suoi uomini di issare il cadavere sul carro, torniamo in città.

– Sí, signore, – scattò l'ufficiale.

– Ha già fatto convocare le signore Tedde e Pilittu?

– Contestualmente al nostro giungere qui.

– Bene, vorrei procedere in maniera assai rapida al riconoscimento, per dedicarmi poi a un'attenta autopsia. La dottoressa ha già allertato i nostri studenti, affinché partecipino e possano trarne profitto per i loro studi. Anche se, vero dottoressa Molinas?, mi sa che ci sono da nutrire pochi dubbi sulle cause di questa morte –. Rombi si mise il cappello, si rivolse a Ugo e Clara e concluse: – Ma ce lo diremo nella riservatezza e nell'ufficialità successiva al compimento del nostro accurato dovere.

– Signorsí, – rispose il tenente con soddisfazione, lanciando anche lui uno sguardo ai due giornalisti.

Ugo si accostò a Clara: – Andiamo. Noi qui non abbiamo piú nulla da fare.

Saporito dispose i suoi uomini per il recupero del corpo. Poi, quando Clara e Ugo erano già pronti a salire sul calesse, affrettò il passo e li intercettò, un attimo prima che sgattaiolassero via.

– Mi raccomando, attendete la nostra velina in merito al riconoscimento del cadavere.

– Certo, – rispose Clara.

9.

Era stata una giornata intensa per il professor Callisto Rombi. Il tempo che gli era rimasto dopo l'autopsia lo aveva volentieri speso con i suoi studenti, analizzando con loro ogni passaggio di quell'esame sulle possibili cause di morte. Intanto, sul fatto che la vittima fosse già in età puberale e non piú un bambino non c'erano dubbi. Si trattava di un giovinetto tra i dodici e i quattordici anni. E non v'era dubbio nemmeno che anch'egli, al pari del precedente disgraziato, era passato all'altro mondo per affogamento. Nessun segno di violenza era stato rivelato su quel corpo, straziato da una permanenza in mare non inferiore ai dieci giorni.

I suoi allievi lo avevano subissato di domande e curiosità. E il professor Rombi aveva risposto a ognuno di loro con pazienti approfondimenti. Solo su un punto non era stato in grado di dare una risposta pienamente soddisfacente: l'assenza di tutti i denti nell'arcata inferiore sinistra. Alla fine la questione fu chiusa, almeno in parte. C'era forse un solo poveraccio nell'intera città che potesse vantare una dentatura perfetta? Fra le fila del teatro anatomico, affollato sin sugli ultimi spalti, sulla questione si era fatta pure della grossolana ironia. Rombi aveva riportato il loggione all'ordine con un richiamo alla pietas. «Signori, vi prego. Siate compassionevoli», aveva detto, cercando e trovando approvazione nello sguardo della dottoressa Paola Molinas, l'unica donna presente in quel piccolo e affollato anfiteatro. Era seguito il silenzio piú rigoroso.

Gli studenti della facoltà di Medicina amavano – per la sua incondizionata disponibilità e per la nobiltà d'animo – il loro docente di Medicina legale, con lo stesso ardore con cui lo amava gran parte dei colleghi che, si vociferava, l'anno successivo lo avrebbe sostenuto coesa alle elezioni per la presidenza della facoltà. Una rarità nel mondo accademico, solitamente lacerato da rancorose guerre fra bande. Un'ombra fratricida, andava sostenendo il professor Rombi, destinata a scomparire a breve col progredire della scienza medica e la formazione delle nuove leve. Sorretto da un pensiero granitico, egli era convinto che il faro della conoscenza avrebbe elevato la coscienza etica e morale di ognuno dei suoi futuri colleghi. E i vecchi contrasti si sarebbero dissolti dinanzi al desiderio eccezionale e forte di una gioventú forgiata per marciare compatta verso un unico scopo: il trionfo della cura sulla malattia.

Tornato finalmente nel suo studio, il medico si levò il camice bianco e lo agganciò a un attaccapanni in ottone a tre braccia, ognuna ornata da un'antica maschera del teatro greco: sorridente, triste e infine impassibile. In lontananza il campanile della chiesa di Sant'Anna batté le nove di sera. Il batacchio della cappella del San Giovanni di Dio, invece, restò muto, come da regolamento. Vietato ogni scampanellare dopo il vespro per non turbare la quiete dei ricoverati.

Con movimenti lenti e calibrati, quasi volesse assaporare ogni istante, Rombi aprí una scatola di toscani appoggiata alla scrivania e ne estrasse uno già iniziato. Afferrò un taglierino, mozzò la parte bruciacchiata del sigaro e lo portò alle labbra, provando gusto e godimento. Dalla medesima scatola prese uno zolfanello, lo accese, lo accostò al toscano e fece avvampare le braci.

La prima boccata fu una mano santa. Insieme al fumo il professore buttò fuori due pensieri. Uno, pruriginoso, era rivolto alle cosce delle sigaraie su cui quelle, si diceva, adagiavano le foglie di tabacco, che arrotolavano con la mano destra, facendole impregnare del loro naturale profumo femminile. Il secondo gli uscí in forma di sospiro: – Vediamo un po' cosa salta fuori da questa notte.

Prese l'orologio a cipolla dal panciotto e, notato che marciava in piena sintonia con quello del campanile, si decise a lasciare l'ospedale.

Il silenzio del San Giovanni di Dio era rotto solo da un lamento flebile che giungeva da lontano. Forse qualche paziente di ortopedia, ipotizzò Rombi infilando in testa un cappello a larghe tese color crema, e dirigendosi verso la scala che lo avrebbe portato all'atrio principale, e da lí al varco sul colonnato. I suoi tacchi rimbombavano come martellate contro le volte dell'alto soffitto.

Si muoveva con passo lento, sembrava voler tardare l'uscita, sfiorando con la mano libera dal sigaro le pareti che gli si facevano incontro, come un animale che strofinandosi marchi il territorio col suo odore e i suoi umori.

Prima di affrontare lo scalone principale svoltò a sinistra, dove sul muro per metà turchese e metà bianco era incastonata una teca di legno con al centro la statuina di san Giovanni.

Rombi si fece il segno della croce e verificò che nessuno si trovasse in quel momento nei paraggi. Controllò con insistenza a sinistra e a destra. Quando fu certo di non essere visto da anima viva – sospettando che piú di un fantasma del nosocomio lo stesse osservando – acchiappò una piccola chiave da una tasca interna della giacca. Spostò la statuina in ceramica laccata che celava una piccola serratura nel legno. La teca si rivelò essere una porta segreta: al giro della chiave e con una leggera spinta si aprí, svelando un lungo e buio cunicolo. Rapido, Rombi sgattaiolò dentro e si richiuse la porta alle spalle. Il tutto, nel buio piú profondo. Segno di un'esperta conoscenza dell'angusto spazio.

A tentoni, sulla destra, trovò appesa al muro una lanterna a petrolio che accese con il sigaro. La fiamma prese vita illuminando un budello in ripida discesa, un antico passaggio nel calcare, forse un canale pluviale fenicio. Rombi lo percorse, sempre con passo calmo, apprezzando il clima ovattato, come quello di un grembo materno, che la roccia porosa gli restituiva. Sinché, terminata la discesa e spostando una fitta parete di foglie e rami di cappero – una tenda naturale –, sbucò in un rigoglioso giardino alle spalle della collina dove sorgeva il nosocomio.

La lanterna consegnò agli occhi del medico la magnificenza di una porzione del superbo orto botanico universitario. Rombi respirò a pieni polmoni e godette della frescura che le imponenti piante regalavano a quell'oasi verde pure nei giorni in cui Cagliari affogava nell'afa gialla dello scirocco. Il medico si sedette sul bordo di una fontanella di pietra avvolta dai muschi e appoggiò a terra il lume.

«Che notte», pensò. Il fogliame sembrava vibrare, gli uccelli appollaiati sui rami delle piante giunte da tutto il mondo emettevano i loro richiami. Le rane, nelle cinque grandi fontane sparse per l'orto, gracchiavano a ritmo serrato, e il loro chiacchiericcio gli arrivava in un lieve sottofondo.

Rombi pensò che quel posto fosse l'esempio di come varietà diverse di una stessa specie potessero convivere in pace in un luogo comune. Quell'anno l'orto botanico poteva vantare ben quattrocento esemplari provenienti dalle lussureggianti e umide Indie occidentali, dalle intricate foreste pluviali dell'America australe, dai fitti boschi innevati di quella boreale, da ogni angolo dell'immensa Africa, dalla Cina, e persino dal Giappone, dagli aridi deserti australiani e dalle sperdute isole dell'Oceania.

– Ah, se anche gli uomini fossero capaci di siffatta armonia! – si disse fra le ultime volute di fumo del suo toscano. – Questo non è solo un riuscito esperimento botanico, è un prototipo sociale! – rimuginò spegnendo il mozzicone del sigaro nella fontanella.

Si accarezzò il viso e la leggera barba che lo incorniciava. Sospirò e restò in attesa.

– Professore, sono qui. Segua la mia voce.

Rombi non si scompose, prese la lanterna e mosse qualche passo su quel ghiaino che sembrava cigolare sotto i suoi piedi. Poi si sentí afferrare per un braccio. Spostò la lampada alla sua destra e illuminò il viso di un bel giovane.

– Buonasera, Chicchirichí. Siamo pronti?

– Prontissimi, professore. Voglio ringraziarla per aver accettato ancora una volta l'invito. Lei è un sant'uomo. La carrozza è vicina, e per me guidare di notte o di giorno non fa differenza.

– Andiamo, allora, – disse sicuro Rombi.

10.

Il direttore del bagno penale dedicato al santo Bartolomeo, Saverio De Martino, aveva dovuto mantenere la sua abitazione nel cuore della colonia. E ne soffriva. Avrebbe preferito trasferirsi in città, magari in un bel villino, lungo il viale a pochi passi dall'anfiteatro romano. Lí avrebbe goduto di una buona vista sul golfo e di ottima aria collinare. Ma soprattutto avrebbe frequentato con piú assiduità il circolo delle Arti e delle scienze. Credeva nel nuovo secolo, in cui tecnica, progresso e conoscenza avrebbero fatto nascere l'uomo nuovo, e avrebbero liberato lui dal grigiore della vita carceraria. Ecco perché quella notte aveva atteso il suo ospite come un bambino che sta per spacchettare i regali.

– Hai preso tutte le precauzioni? – chiese eccitato De Martino al centro del suo studio, affacciato su un boschetto di pini marittimi disteso lungo la collina che a ovest degradava sul mare e a est verso le saline. Da lí la città era riconoscibile solo per le geometrie create dai lumi lontani. Troppo lontani anche per la moglie e le figlie, che avrebbero gradito, anche loro, frequentazioni migliori in attesa di un trasferimento in Italia, magari proprio nell'amata Napoli.

– So il fatto mio, Saverio, – rispose deciso il professor Callisto Rombi, affiancato dal giovane saliniere che non indossava la solita tuta bianca da lavoro, ma un sobrio e dignitoso abito in cotone blu.

Con un sorriso De Martino si grattò le folte basette, ormai grigie, e fece segno a entrambi di accomodarsi sulle due poltrone a fiori poste ai lati di una chaise-longue in pelle di cavallino. Rombi indugiò, in piedi davanti alla grande libreria. De Martino si sistemò alla scrivania. – Le tue precauzioni sono sacrosante. La gente, in questa piccola città, mormora fin troppo. I tuoi colleghi non hanno fiducia nel progresso delle tecniche di cura. Non capirebbero. Come i vertici non comprenderebbero me, lí al ministero, – disse il direttore agitando il braccio e indicando un punto indefinito alle sue spalle, – ma, lo sai, sono veramente felice di essermi messo al tuo servizio, offrendoti e segnalandoti questo caso complesso. Da quando al circolo mi hai confidato le tue teorie, sono diventato un tuo ferreo estimatore. Nulla deve essere lasciato intentato per la correzione di un'umanità reietta. Dimmi, piuttosto, Callisto, prima di iniziare: anche il ritrovamento di stamattina è imputabile a morte per disgrazia?

– Come da rapporto, – rispose Rombi. – Non c'è altro da aggiungere, – e prese a controllare i titoli incisi sulle coste di quei volumi dai colori molti simili.

– Che gioventú sciagurata. Bisogna fare di piú, – De Martino scosse la testa. – C'è ancora una grande fetta di popolazione in questa città che vive nella devianza. Ma del resto non si può chiedere tutto a noi, si raddrizza ciò che si può, *ad impossibilia nemo tenetur*... – disse ampolloso, e restò per qualche istante a fissare il soffitto in cerca di un'ulteriore ispirazione. Che non arrivò. Infine, quasi destandosi da una visione, disse: – Va bene, va bene cosí. Passiamo all'ordine del giorno, e almeno oggi cerchiamo di restituirne uno al mondo civile. Vogliamo farlo entrare?

– E facciamolo entrare, – rispose Rombi chiudendo di scatto un volume. Lo ripose nello scaffale e verificò che fosse perfettamente allineato con gli altri titoli. E poiché non gli piacque per nulla lo schieramento ottenuto, si attardò a perfezionare la fila con pochi colpi dell'indice sul dorso dei libri vicini a quello consultato. Quindi si sedette sulla poltroncina di fianco a Chicchirichí, mentre De Martino lasciava la stanza. – Tu prova a immaginare se si venisse a sapere che il direttore dell'ospedale e dell'istituto di Medicina legale, il futuro preside di facoltà, si lancia in certi esperimenti, considerati dalla comunità accademica ben poco scientifici. Per ora, sia chiaro, per ora... – disse il professore. – Fosse per certi personaggi, saremmo ancora a Tolomeo.

Chicchirichí lo ascoltava affascinato.

– Ho passato una vita a trovare ragioni, spiegazioni, nessi di causa ed effetto per il bene della giustizia e della scienza, squartando e ricomponendo corpi. Figurati tu se saltasse fuori che pratico cert... – il luminare non poté proseguire, nella stanza rientrò il direttore con un detenuto.

Il medico e il giovane scattarono dalle poltrone come davanti a un superiore. Quindi, con dolcezza, Rombi chiese: – Come stai, Gregorio?

– *Africo*, professore, preferisco che mi si chiami Africo, – rispose quello in tono addomesticato. – Purtroppo, come sa, ho avuto una delle mie crisi peggiori.

Il professor Rombi lo guardò con rispetto ma anche con affetto.

– Gregorio, il tuo male è già nel tuo soprannome. Iniziamo a scardinare quello, e piano piano riusciremo a strapparti via pure gli incubi che ti trasformano in ciò che non vogliamo tu sia piú.

– *Scardiniamo*, come dice lei, tutto ciò che vuole. Ma, glielo chiedo come cortesia personale, non questo soprannome che sento mio. Per me è piú di una medaglia; posso concederle di buttare alla latrina ogni onorificenza che ho ricevuto, ma questo, la prego, no.

De Martino e Rombi si scambiarono un'occhiata.

– Lo sai che avresti finito di scontare la tua pena ormai da mesi, vero? E che con le tue fughe, le tue pazzie, stai procrastinando il rilascio?

– Lo so.

– Lo sai che il direttore ti tiene qui ed evita di spedirti nelle bocche di Buoncammino perché, se una crisi ti dovesse cogliere fuori dalla portata della sua protezione, potresti combinare guai grossi?

– Lo so.

– Lo sai che questo povero disgraziato, per il bene tuo, solo per starti sempre al fianco, si è impiegato alle saline? – aggiunse Rombi indicando Chicchirichí, che abbassò gli occhi. – E tu, vuoi guarire o no?

– Certo.

– Bravo, allora forza, sdraiati, diamo inizio alla seduta, – disse Rombi.

– D'accordo, professore. Tiri pure fuori il suo orologio e proceda con questa benedetta ipnosi, – disse imperioso Africo.

Il direttore De Martino abbassò la potenza dei lumi a gas che rischiaravano la stanza. L'ufficio fu avvolto da una fievole luce gialla. Chicchirichí estrasse dal taschino una pallina di carta, la svolse e prese un minuto cono scuro, lo poggiò sulle labbra di Africo che, riconosciuto l'odore dell'oppio, lo accolse in bocca posizionandolo tra la mascella e la guancia sinistra e cominciò a succhiarlo, mentre Chicchirichí, con garbo, gli prendeva la mano.

Il professor Rombi fece oscillare l'orologio davanti agli occhi di Africo, ripetendo poche ma precise parole, una, due, dieci volte. Senza sosta.

– Tientsin, 19 giugno 1900, primo mese di missione per domare la rivolta dei Boxer. Devi tornare lí, Gregorio...

Le palpebre di Africo si fecero pesanti e la voce del professore divenne piú lontana.

– *Tientsin, 19 giugno 1900, primo mese di missione per domare la rivolta dei Boxer. Sei lí, Gregorio, raccontaci, non aver paura. I tuoi occhi sono pesanti, le tue braccia molli, le tue gambe...*

Africo avvertí un capogiro. Le parole che gli venivano rivolte persero di significato. Provò a fare resistenza stringendo forte la mano di Chicchirichí, ma cedette al richiamo di quella che ormai era una litania priva di senso.

– *I tuoi occhi sono pesanti, le tue braccia molli, le tue gambe...*

Ebbe un conato, una vertigine, si sentí trascinato in un vortice, gli parve di precipitare e alla fine di atterrare. La prima sensazione che gli arrivò forte e sgradevole fu un sapore dolciastro che gli invase la gola. Ancora un'ultima ebbrezza. Sinché non si ritrovò accovacciato su una tavolaccia bagnata, in un altro luogo, in un altro tempo.

Aprí gli occhi e vide le nuvole. Dal grande foro che una palla di mortaio aveva fatto sul tetto notò che, illuminati a tratti dalla luna piena, i cumuli si stavano ammassando rapidamente in cielo. Seppe dentro di sé di aver già vissuto tutto e immaginò che di lí a poco si sarebbe fatto il segno della croce e avrebbe concluso il rituale con un bacio al pugno destro. Cosí fece, sicuro che, dopo tanto pregare, quello fosse il miracolo mandato da sant'Efisio martire, protettore dei sardi e dei soldati.

Percepí il sollevarsi della brezza notturna; l'odore acre dei cadaveri sparsi intorno alla bettola gli penetrò nelle narici già impestate dalla polvere da sparo, che insieme al sangue impregnava le tavole di quel precario rifugio, strappato ai nemici al prezzo di diversi caduti. Sapeva di trovarsi su una palafitta issata a mezzo metro dal terreno. Sapeva che si erano asserragliati nel tentativo di raggiungere il grosso del contingente arroccato con due cannoni nella Scuola militare. Un ripiegamento disperato e oramai impossibile.

All'alba gli studenti delle scuole di kung fu, i pugili della giustizia e della concordia che li circondavano, avrebbero fatto saltare i due carretti messi di traverso per bloccare l'ingresso principale, i legni accatastati alle tre finestre, e si sarebbero riversati come cavallette dentro quella stamberga.

Anche questo lo aveva già pensato e vissuto.

Gregorio Moro, detto Africo, osservò i commilitoni e pensò che ai piú fortunati sarebbe toccata una morte rapida durante l'assalto, agli altri, l'agonia delle torture e, infine, la decapitazione pubblica. Le regole delle ribellioni non cambiano, nonostante le diverse latitudini, mutano solo le sfumature dell'orrore. Fece una mezza risata.

«Perché ride, secondo capo?»

La voce di Chicchirichí gli arrivò nitida, anche se era solo un riverbero del passato. Si voltò e notò ancora una volta in lui gli occhi spauriti e le mani che stringevano con forza inaudita il moschetto, come se temesse che, allentando la presa anche solo per un istante, il fucile sarebbe volato via abbandonandolo disarmato dinanzi al destino.

Africo non rispose; decise di sfiorare con la mano spaccata, sporca e callosa la testa di quel giovanissimo trombettiere di marina. Quasi una carezza.

Sentí un forte calore e gli sembrò di dover lasciare quel luogo per spostarsi in un ricordo piú remoto.

Mentre una voce nella sua mente lo spronava ad andare piú a fondo.

– *Resta lí, Gregorio, resta lí. Rammenta, racconta. Resta lí, Gregorio…*

Adua, quattro anni prima. Africo ricordò.

Settemila erano rimasti sul terreno argilloso. A piú di tremila erano toccati prigionia, barbari supplizi, esecuzioni. Durante una notte senza luna, solo una dozzina fra loro riuscí a fuggire dalle galere abissine, armata di rudimentali coltelli ricavati dalle ossa di zebú. L'ordine era correre, correre come il vento senza mai voltarsi, senza aiutare chi in quella fuga disperata fosse rimasto indietro.

Africo sentí una scossa sul collo, si guardò intorno, tastò il pavimento: gli parve appiccicoso e molle. Certo di trovarsi fra i suoi commilitoni, giurò che non avrebbe permesso che qualcuno dei sopravvissuti chiusi in quella bettola finisse in pasto al nemico.

«Chicchirichí, lascia il moschetto. Ordina agli altri di prendere le rivoltelle degli ufficiali morti e le sciabole», disse provando stupore per la propria voce, che non gli parve giungere dalle labbra ma dalle spalle.

«Non basteranno per tutti», quasi piagnucolò il ragazzo.

«Chi resta senza si armi di doppia baionetta, una per mano», rispose secco Africo. E intorno vide radunarsi i tre marinai, i tre bersaglieri e i due fanti. Era tutto ciò che rimaneva dei due plotoni misti mandati a difendere un fortilizio dalla furia della rivolta cinese, e che la mattina precedente avevano provato a battere in ritirata. Tutti ragazzini e un solo veterano: lui, Africo. Gli ufficiali erano stati i primi a morire insieme al grosso dei marinai, piú adatti alle onde che ai vicoli di Tientsin, e ai fanti del reparto montato che – con quel loro berretto buffo su cui campeggiava una lunga penna di fagiano – si erano rivelati un facile bersaglio, si disse il veterano provando una forte angoscia.

«Secondo capo, cosa vuole fare?» Chicchirichí parlò per tutti.

«Intanto, scardinate tre tavole del pavimento, attendiamo che le nubi coprano luna e stelle, quindi a gruppi di due si sgattaiola carponi sotto il tavolato verso sinistra, si entra nell'edificio successivo e poi di corsa al porto».

«Al porto? – lo interruppe uno dei fanti. – Io punterei alla Scuola militare, dove ci attendono gli altri».

Africo lo fulminò con occhi di brace, sapeva cosa diceva. Ma parlò per lui Chicchirichí: «Al porto. Sono sicuro che il capitano Simon è ancora lí ad attenderci».

«Al porto», gli fecero eco gli altri marinai.

Africo guardò complice il giovane trombettiere e aggiunse: «Il capitano Simon non è uno che abbandona i suoi».

Chicchirichí lasciò cadere a terra il moschetto, sfoderò la baionetta dalla cintola, la impugnò e si concesse un ultimo tentennamento: «Crede che ce la faremo, secondo capo?»

Africo alzò lo sguardo al cielo e vide la luna scomparire: «Certo, l'ho già fatto», disse sentendo di colpo la lingua calda e la bocca pesante.

Quando il detenuto Gregorio Moro riaprí gli occhi, si portò la mano alla faccia: era completamente sudato.

– Sete, – disse. – Ho molta sete.

Chicchirichí si mosse verso un tavolino tondo su cui erano poggiati una caraffa d'acqua e alcuni bicchieri di vetro grosso e smerigliato. Ne riempí uno. Tornò a sedersi di fianco ad Africo. Gli sollevò appena la testa con la mano libera e con l'altra gli diede da bere, pregandolo di procedere a piccoli sorsi. E anche se lo necessitava, di non farsi prendere dalla furia della sete, ché se no avrebbe vomitato, come era capitato l'ultima volta.

Il direttore De Martino e il professor Rombi sorridevano, neanche si trovassero dinanzi alla felice conclusione del travagliato parto di una puerpera.

– Ci siamo quasi, mancano pochi tasselli, – disse entusiasta Rombi.

– Come ti senti? – domandò preoccupato De Martino.

– Allora... – tentennò Africo. – Allora, ho visto... Anzi, sono stato di nuovo lí, e dunque ho visto... – poi si illuminò. – È stato veramente merito mio se ci siamo salvati? – chiese con un senso di sollievo.

– Sí, merito tuo, – risposero quasi all'unisono tutti e tre gli occupanti dello studio di casa De Martino.

– Acclarato, come spero sia ora evidente anche a te, – aggiunse il professor Callisto Rombi.

Africo lasciò la mano di Chicchirichí, fece perno sui gomiti e si mise seduto. Sbuffò e disse: – Come è chiaro che è colpa mia ciò che è accaduto dopo al capitano Simon, – concluse issandosi in piedi.

Erano da poco passate le tre del mattino, quando la carrozza guidata da Chicchirichí, con a bordo il professor Callisto Rombi, lasciò il bagno penale di San Bartolomeo sotto gli occhi pesanti ma attenti del superiore Maullu, a cui l'ingrossamento della prostata regalava numerose notti insonni e pisciatine all'aria aperta.

11.

Il bordello della signora Tedde occupava due piani di una modesta palazzina di via Napoli, nel cuore della Marina, nel dedalo di stradine degli antichi quartieri che dal porto si diramava sino alla lunga via Manno.

Dalle finestre di Palazzo Simon, Clara studiò il percorso piú breve per arrivare in via Napoli ed evitare, di nuovo, di passare di fronte alle botteghe cinesi. Quindi, con gli abiti piú dimessi che possedeva, privandosi del cappello – sostituito con uno scialle dagli ampi ricami floreali – e lasciando a casa l'inseparabile ombrellino, sgattaiolò via da una porta di servizio.

Faceva caldo, e in quel groviglio di viuzze il maestrale non riusciva a penetrare per lenire la temperatura né gli odori che appestavano il quartiere. Con il naso coperto dallo scialle Clara evitò le pozzanghere che univano lo scolo salmastro delle reti al piscio, gli scarti delle pescherie e quelli delle bettole. Il suo fine olfatto fu messo a dura prova. Si domandò quando si sarebbe dato riordino allo stato di igiene e salute del rione.

Sbucò infine in via Napoli, un lungo vicolo che tagliava il quartiere perpendicolarmente. La percorse rapida in salita e cercò il bordello, tenendo a memoria le indicazioni che le aveva dato il vecchio e fedele Serafino. «Tanto, a te è impossibile fermarti, sei peggio di tuo nonno. E cerca di non mettermi nei guai. Ah! Io non ti ho mai detto nulla», si era raccomandato congedandosi.

Clara individuò la palazzina. Era l'unica ad avere le gelosie sigillate. Si infilò nell'atrio scuro che sapeva di muffa. Si apprestò a salire le scale, quando una voce la raggiunse. – Lo sapevo che non mi avreste dato retta. È piú forte di voi, mi sa.

Clara non si voltò, ma riconobbe quell'inconfondibile profumo di lavanda che spiccava fra i miasmi di un'umidità primitiva.

– Non può chiedere a una giornalista di non fare la giornalista, tenente Saporito, – gli rispose girandosi e quasi sbattendogli addosso. Il passaggio improvviso dalla luce sfrontata alla penombra ancora le confondeva la vista.

– Mi risulta che non siete piú giornalista, in realtà, proprio perché volete fare troppo la giornalista, – la incalzò il tenente.

Clara notò che Saporito non indossava la divisa ma un bell'abito borghese, e in testa portava un Fedora dalle tese molto larghe, secondo l'ultimissima moda. In un attimo realizzò che il carabiniere si era preparato, certo che quell'incontro sarebbe avvenuto.

– E la cosa la fa gioire? Il fatto che sia stata declassata a correttrice di bozze la mette piú a suo agio nei miei confronti? – gli domandò levandosi lo scialle dalla testa.

– Per nulla. Anzi, era solo un suggerimento ad agire con cautela per non peggiorare la vostra situazione, – le rispose lui togliendosi il copricapo. – Avete fatto bene a camuffarvi, – concluse.

Clara restò piacevolmente interdetta, senza però abbassare la guardia: – E da quando in qua è interessato al mio benessere? O forse preferisce anche lei tenermi sotto controllo?

– Signorina Simon, con voi deve essere per forza sempre una gara? – Il tenente Rodolfo Saporito aveva deciso di cambiare strategia fin dal giorno precedente. – Ragionate. Che importanza ha sapere subito se è Carboneddu o un altro bambino? Domani lo saprete, la velina sta per essere ultimata e disposta all'attenzione del vostro direttore. Del resto non avete ancora scritto nulla e chissà mai se scriverete. Perché, or dunque, tanta fretta?

– Perché la cosa mi tormenta, – gli rispose di getto Clara, meravigliandosi subito dopo di sé stessa.

– Perché tenete tanto a questi bambini? – il tono del tenente Saporito era decisamente mutato.

– Non le è chiaro? – gli rispose Clara senza sprezzo, quasi in cerca di una comprensione profonda.

– Vostra madre, mi dicono fosse di umili origini come questi bimbi...

– Tenente, le faccio una confidenza, con la speranza di non essere giudicata.

Saporito deglutí, Clara abbassò gli occhi e decise di concentrarsi sulla punta delle sue scarpe: – In realtà non è chiaro neanche a me. Potrei dirle per carità cristiana, per comprensione di ogni irrisolutezza, ma è qualcosa di piú. Certo, le origini umili di mia madre, l'appartenenza alla gente della Marina... Potrei raccontarmi che è questo. Eppure, le confido, è qualcosa che mi ribolle nelle vene.

Clara si fermò e si rese conto di aver fatto cadere ogni difesa. Controllò attorno, come se temesse che oltre al carabiniere qualcun altro avesse ascoltato. Il piede le ballò sul marmo, segno inconfondibile del disagio. Si voltò a destra e a sinistra per sincerarsi che nessuno stesse discendendo le scale o sbucasse nell'androne. Prese un respiro e disse: – Ha mai letto una cronaca di Nellie Bly?

Saporito – che si aspettava e, forse, sperava chissà quale confidenza – rispose: – Vi deluderò. No, non so di cosa parlate, – e si preparò allo scherno.

Clara non lo bacchettò. – Se ha conoscenza dell'inglese, magari un giorno la farò invitare da mio nonno al suo circolo. Nella vasta emeroteca potrà leggere le cronache della signorina Nellie Bly dai luoghi piú disgraziati del mondo: fabbriche, orfanotrofi, manicomi. Per portare a galla la verità, per far conoscere a tutti...

Si bloccò. Si rese conto che si stava infervorando e stava perdendo di vista il suo obiettivo. – Insomma, tenente, veniamo al dunque: qual è stato l'esito del riconoscimento?

– Non posso dirvelo, lo sapete, – il tenente non ebbe dubbio alcuno.

– Bene allora, se non può dirmelo si scosti, cosí mi reco direttamente dalla signora Tedde.

– Questo potrei impedirvelo, – il carabiniere stavolta tentennò.

– Sul serio? – lo sfidò Clara.

– Ho detto potrei...

– Rodolfo, che vorrebbe fare, dunque? Arrestarmi? Vado da sola o mi accompagna lei?

Sentendosi chiamare per nome, il tenente Saporito non ebbe piú chance: – Vi accompagno.

Clara Simon e Rodolfo Saporito si riservarono per la prima volta un sorriso quasi complice. Lui le offrí il braccio e cosí, insieme, salirono le scale.

Su quei pochi gradini Rodolfo non si accorse che Clara lo annusò con insistenza, né che si lasciò andare a una smorfietta beffarda, compiaciuta per aver preso all'amo un eccellente alleato. Lei non poté scorgere lo sguardo sornione del tenente Saporito Rodolfo che, senza arte né parte, a tre mesi dal suo sbarco poteva già vantare un invito all'esclusivo e celebre club, nonché ostentare di girare a braccetto con la rampolla dei potenti Simon, sia pur verso l'ingresso di un bordello.

Appena arrivarono al piano, Rodolfo bussò con vigore al piccolo portone di legno scalfito in piú punti. Clara si posizionò alle sue spalle. Udí un passo pesante avvicinarsi dall'interno della casa e incespicare su mattonelle non ben assicurate al pavimento. Le parve di udire anche un'imprecazione, uno scoppiettio che poi svaní nell'aria. La porta si aprí lenta e con circospezione. Un mezzo volto sbucò fra i battenti.

– Ah, dunque è qui che lavorate? – Rodolfo riconobbe subito quella porzione di viso.

– Ei eh, fa lo spiritoso.

Clara riconobbe la parlata strascicata.

– Sono una sigaraia, io! Non una puttana. Con tutto il rispetto per le puttane.

– Sigaraia, eh? Un altro bel mestiere. Non saprei dire quale sia peggio.

Sarrana non lo ascoltò neppure, guardò oltre e restò interdetta. Spalancò la porta: – Signorina Simon, lei qui? Che ci fa? – e fece cenno ai due di accomodarsi.

Clara non disse niente, mise su un'espressione di correità, si fece coraggio ed entrò nella casa di tolleranza. Appena fu dentro si ritrovò in un cupo salotto, carico di poltrone e poltroncine di dubbio gusto e in stato di disperata usura. Erano sistemate lungo pareti dal colore inclassificabile. Notò ai suoi piedi un tappeto liso e macchiato in piú punti. Subito fu a disagio, un malessere la ghermí dallo stomaco e risalí sino alla gola. Un tanfo tremendo mai sentito prima, animalesco e sepolcrale al tempo stesso, le arrivò come una vampata alle narici.

– Sono qui per dare conforto… – Clara percepí le proprie parole d'improvviso lontane, ovattate. Provò un conato e cercò un fazzoletto nella piccola borsetta decorata che teneva stretta nella mano destra. Se lo poggiò sul naso sperando che l'orrendo fetore si attenuasse. Non fu cosí. Perse i sensi.

Quando rinvenne, la prima cosa che vide fu il volto incartapecorito della signora Tedde. Era in piedi davanti a lei e non portava il fazzoletto nero sulla testa che sino a quel momento le aveva nascosto una chioma di capelli bianchissimi, lunghi e ricci.

Clara si guardò intorno. Era seduta su una spaziosa poltrona di rattan dai braccioli sottili e l'alta testata arabeggiante, che la accoglieva sorreggendola. Accanto a lei aveva preso posto la sigaraia, se ne stava lí, adagiata su una sedia, le gambe allungate sotto la gonna. Piano piano mise a fuoco che si trovava in un tinello quasi spoglio, i muri scrostati color porpora. Un dipinto del Cristo sofferente, con due dita nella ferita del costato, la guardava impietosito dalla parete di fronte.

Provò sollievo nel constatare che la portafinestra alla sua sinistra era spalancata e lasciava entrare l'aria frizzante del maestrale.

In un angolo della stanza, in piedi, Rodolfo la fissava preoccupato. Sul lato opposto, con indosso solo una vestaglia azzurrina, i piedi scalzi come un cherubino, la signorina Elisa Pilittu la scrutava con occhi spiritati, tenendo tra le mani una caraffa e un bicchiere.

– Gradisce dell'acqua? – le chiese flebile.

Clara aveva la gola secca e ruvida. Aspettò un cenno di assenso da parte di Rodolfo, quindi prese il bicchiere e iniziò a sorseggiare. Tutti rimasero muti in attesa. Finí di bere e si sentí meglio. Poi, tenendo il bicchiere stretto fra le mani come una bambina, ruppe il silenzio.

– Era Carboneddu? – chiese d'impeto, ma la voce non le uscí con la tonalità consueta.

– La colpa non è nostra, – disse lamentosa la signora Tedde. – Se continuate a farci tenere tutte le finestre chiuse, è chiaro che arieggiare le stanze è impossibile.

– Provvederò a farvi dare un permesso speciale per una giornata intera, – le rispose il tenente. – Sospenderete le attività e ripulirete lo stabile da cima a fondo.

Clara era disorientata, si chiese se avessero udito la sua domanda. Pensò che forse aveva parlato con una voce troppo tenue. Cosí ripeté, stavolta fissando Sarrana: – Era Carboneddu?

– E io dove le mando, le ragazze, a spasso? O le ammasso tutte qui nel mio appartamento? – la voce della signora Tedde si era fatta stridula.

– La legge non lo vieta. Sí, mandatele pure a spasso per un giorno, di sicuro non farà male a nessuna di loro, – rispose tignoso Saporito.

– Era Carboneddu? – provò a urlare Clara, accorgendosi con frustrazione che ciò che avrebbe voluto fosse un grido era stato appena un sospiro.

– Signorina Simon, cosa dice? – la giovane prostituta la guardò preoccupata e le si inginocchiò davanti, portando l'orecchio a un soffio dalla sua bocca. – Cosa dice?

– Era Carboneddu? – chiese Clara stringendo sempre il bicchiere con due mani, come se quello fosse il punto in cui avrebbe ritrovato la voce e le forze che le mancavano.

Elisa Pilittu, in ginocchio, scosse il capo facendo ondeggiare i biondi capelli, mentre gli occhi le si gonfiarono di lacrime. Sarrana le diede una mano a rialzarsi e le cedette la sedia.

– E chi era? Lo conoscevate? – Stavolta la voce di Clara uscí senza indugio, tanto da attirare l'attenzione del tenente e della tenutaria del bordello, che smisero di battibeccare.

– Clara, come state? – domandò il carabiniere portandole via il bicchiere dalle mani e poggiandolo su di un comò. – Come state? – ripeté tastandole il polso. Piú un gesto affettuoso che la vera necessità di un controllo.

– Lo conoscevate? – chiese Clara, ignorando la domanda e guardando Elisa, poi la signora Tedde, e infine Sarrana.

– Lo chiamavano Pisciurrè, – rispose Elisa, – prestava servizio alla pescheria dei Cabras, al mercato civico.

– Un bambino dei cesti? – domandò Clara.

– Unu piciocu de crobi, sí, – ribatté stizzita la signora Tedde. – Ma tanto nessuno, figurarsi quei puresci dei Cabras, protesterà per la sua scomparsa. Quelli, qui non li faccio accomodare. Puzzano cosí tanto di pesce che nessuna delle mie ragazze li può reggere.

– Manco al bordello dell'Algerino li fanno entrare, a quelli lí, – sottolineò Sarrana incrociando le braccia e incastrando le mani tra ascelle e seni.

– Siete bene informata, signora sigaraia... – la guardò con disappunto il tenente Saporito.

– Avrà avuto un padre, una madre? – insistette Clara impaziente. In quella stanza era l'unica a non sapere come stavano i fatti.

– La madre, se è ancora viva, sarà al sifilicomio del lazzaretto. Padre? E chissà, – rispose la signora Tedde.

– Ha un nome, questa madre? – insistette Clara.

– Assunta Murru, per tutti Marigosa. Amara come la vita che ha avuto.

Clara Simon e il tenente Rodolfo Saporito camminarono a lungo in silenzio per via Roma, il mare era teso e le banchine del porto deserte. Ognuno era rapito dai propri pensieri. Clara era afflitta, e la vergogna la tormentava. Non si perdonava di aver perso i sensi in pubblico.

– Siete taciturna, Clara. Non vi sentite bene? – il tenente provò a ricucire un discorso.

– Sto benissimo, grazie. Vuole sapere che c'è? – rispose lei portando il tono della conversazione a una netta distanza. – C'è che se lei mi avesse detto subito che non si trattava di Carboneddu, oggi non sarei entrata in quel bordello e, di conseguenza, avrei evitato lo svenimento. Per di piú dinanzi a una nutrita platea, – soffiò aria dalle narici e girò il viso dall'altra parte.

Rodolfo liquidò la questione con un'alzata di spalle. «Non c'è scampo con questa donna», si disse. Continuarono a camminare uno accanto all'altra.

Il profumo di cibo cucinato proveniente dalle case e dalle bettole, dalle trattorie e dagli tzilleri del rione si fece insistente. Fritture e sughi che ribollivano nelle cucine.

– Anche questi odori vi sono insopportabili? – il carabiniere provò ancora a spezzare la tensione.

Clara si sistemò lo scialle che continuava a scivolarle dietro la testa. Dopo lo svenimento non era riuscita a fermarlo per bene, colpa delle doppie trecce in cui aveva raccolto i lunghi capelli.

– No, questi no, – rispose con un po' d'imbarazzo. – Rodolfo, ora, però, dobbiamo lasciarci. Vorrei ritirarmi a casa e riposare.

Il nodo si sciolse del tutto e lo scialle le scivolò a terra, sollevando una piccola nuvola grigia. Il tenente s'inchinò, lo prese, lo spolverò con gesti secchi della mano e glielo porse. – Immagino dunque vogliate andare al lazzaretto.

Clara gli rivolse un sorriso lieve: – Certo. E subito. Domani mattina.

– Domani è impossibile. Avrò bisogno di due o piú giorni per avere i lasciapassare. Non è facile entrare.

– Sono sicura che riuscirà ad accelerare i tempi, tenente.

– Vedremo. Un'ultima cosa, però. Badate che anche lí gli odori saranno forti.

– Stavolta non mi farò cogliere impreparata.

12.

Il maggiore Carlo Alberto Capraia – i baffi curati e con la punta all'insú, copia voluta di quelli di Vittorio Emanuele II – lo guardò severo e sbottò: – Insomma, ha fatto una corbelleria bella e buona.

A Rodolfo ricordava suo padre, il maestro Saporito, un uomo dai sentimenti miseri e dal cuore arido. Non rammentava di aver mai ricevuto da lui una carezza, soltanto molte bacchettate. Non aveva memoria neppure di un sorriso. Di certo non avrebbe mai dimenticato, però, il suo gelido abbraccio il giorno della partenza per la Scuola ufficiali.

– Io mi domando e dico, cosa le è passato per la mente, – il maggiore aveva lo stesso alito del maestro, fiele e risentimento. – Capisco che la signorina Simon le sia potuta apparire come un facile bocconcino. Ma le assicuro che non lo è. Tutt'altro...

A differenza di suo padre, l'ufficiale era un uomo di comando e potere, nonché di intrallazzi che andavano ben oltre il suo grado. A differenza di suo padre, aveva una cantina di ottimi vini e diverse scatole di eccellenti sigari. Ma proprio come il maestro Saporito, dal giorno del giovanile vedovaggio aveva iniziato a stillare un veleno che lo corrodeva senza speranza. Il padre lo infondeva nei suoi piccoli alunni, facendo loro odiare per sempre la scuola e forse anche la vita; il maggiore, nei propri sottoposti.

– Saporito! Mi sta ascoltando o no? Vedo la sua mente vagare altrove!

– Signorsí, signore, sono presente a me stesso e a voi.

– Si rende conto di cosa ha combinato? Questa città è come l'ano dell'asino di Buridano, – il maggiore Capraia era furente. – Tutti sanno tutto di tutti! E lei pensava di passare inosservato girando a braccetto con la cinese dei Simon!

«Non credo vi sia reato alcuno, in questo, maggiore», pensò Rodolfo. Ma non osò fiatare. Eppure fu come se Capraia gli avesse letto nei pensieri, i suoi baffi parvero d'improvviso drizzarsi ancor di piú verso il soffitto della caserma: – Io la sbatto a Castiadas! Ha capito, tenente? A Castiadas, la sbatto! E le faccio fare la spola fra le cave del cavalier Usai e dei Viviani. La spedisco alla colonia penale di Castiadas! Le rendo la vita una galera, se voglio!

Rodolfo non si sentí troppo intimorito, una bella strigliata faceva parte del mestiere.

– So tutto! L'ha accompagnata da quelle bagasce! Le ha fatto da damerino! E ora mi dica, sotto giuramento, le ha svelato aspetti dell'indagine?

– Nossignore, lo giuro, – Rodolfo scattò sull'attenti.

– Lo giuro, un piffero, – il maggiore sbuffò, e in quella pausa provò a infilarsi Rodolfo: – Semmai, signor maggiore, se mi concedete, sono io che ho tratto nuove e utili informazioni che…

– Quali utili informazioni? – Capraia lo scrutò curioso. Non abbassò, però, il grado della sua collera.

Rodolfo non rispose subito, di proposito.

– Oh insomma, Saporito, vuole parlare o dobbiamo attendere le calende greche?

– Ecco, maggiore, durante il riconoscimento ufficiale le due donne, la Tedde Luisa Antonietta e la Pilittu Rita Elisa, si sono limitate a disconoscere il cadavere come quello del Carboneddu.

– Corretto, tenente.

– Ma nessuno ha posto loro una domanda chiave.

– Quale?

– Se in ciò che rimaneva del corpo di quel povero ragazzino riconoscevano altri.

– Ah no?

– No.

– E perché non lo ha fatto, Dio santo?

– Perché non sono stato incaricato io di presenziare al riconoscimento, ma è stato deputato, in mia vece, il sottotenente Cammillini, in quanto doveva «farsi le ossa».

– Porco mondo! E chi diavolo ha dato questo ordine scellerato?

Il tenente Rodolfo Saporito dovette decidere, a quel punto, fra la scomoda verità e una ruffiana menzogna. Dunque, si limitò a dire al responsabile di quell'ordine ciò che voleva sentirsi dire: – Non certo voi, maggiore. Non certo voi.

– Poco importa ora, – tagliò corto Capraia. – Mi sembra di capire che, grazie alla visita al bordello con la signorina Simon, lei sappia di chi si tratta.

– Signorsí, signore.

– E di chi si tratta?

– Di un tale Pisciurrè, di cui però ancora mi sono imprecise le generalità.

Il tenente di prima nomina in Sardegna, Rodolfo Saporito, quella mattina rafforzò dentro di sé la certezza che, se c'era qualcuno per cui avrebbe combattuto sino allo sfinimento, sarebbe stato di sicuro per sé stesso, e solo in secondo luogo per l'Arma dei carabinieri. Quindi, in parte, mentí.

– Ah… ed è orfano, o ha la sfortuna di avere qualche familiare in circolazione?

Ancora una volta Rodolfo non ebbe alcun tentennamento nello scegliere tra la verità e una bugia. – Non è noto. Ma ho la certezza che la signorina Simon sulla faccenda abbia piú informazioni di noi, e che le tenga ben strette per sé. Sapete come sono i giornalisti...

Il maggiore Capraia cominciò a girare in tondo per la stanza. Si avvicinò alla finestra, l'aprí e respirò a pieni polmoni il buon profumo di tabacco in arrivo dalla manifattura, che si estendeva oltre quegli uffici a ridosso dello stabilimento. Ricordando bene d'aver dato l'ordine di spedire Cammillini a presenziare al riconoscimento, rimuginò se Saporito fosse un eccellente leccapiedi, un abile diplomatico, un gran figlio di buona donna, o se quel giovane fosse tutte e tre le cose messe insieme. Quindi si inebriò ancora per un poco dell'odore dei trinciati e prese la sua decisione.

– Guardi qua, tenente: tutto concentrato lungo questo viale dedicato alla nostra regina Margherita, – disse invitandolo ad accostarsi alla grande finestra. – La caserma; il miglior albergo della città; la sede dell'«Unione». Cagliari è uno strano inganno. Ogni cosa è a portata di mano. Molti fatti sono sulla bocca di tutti, altri ci sono ancora oscuri.

– Sí, signore.

– Sarò franco: non ci importa nulla di questi due disgraziatelli trovati affogati. Nulla di nulla. Come niente sono state le loro vite. Però, – e qui il maggiore si lasciò andare a un lungo respiro, – dobbiamo chiudere il caso. Prima che qualcuno ci ricami sopra ciò che gli pare. Vede, alle nostre spalle? Ebbene, in quella fabbrica non si producono solo sigari e sigaretti, ma anche idee disoneste. Si straparla di malsane parità. Ci rifletta: chi c'era nella casa della signora Tedde?

– La nota socialista detta Sarrana.

– E chi al riconoscimento del primo cadavere?

– Sempre Sarrana.

– E dove si trovano la sede dell'«Unione» e la fabbrica dei tabacchi?

– L'una si affaccia sull'altra.

– Ecco, le è chiaro dunque cosa sto dicendo.

– Chiarissimo.

– Non ci servono martiri della plebe, in questo momento. Già tre anni fa il popolino si è rivoltato per molto meno. Non ci servono eroi infanti; abbiamo solo due teste di cazzo che sono affogate per gli stramaledetti affari loro. Caso chiuso. Cosa fatta capo ha.

– Certo.

– Quindi, tenente Saporito, oggi l'ho qui convocata con un ordine preciso: stare alla larga dalla cinese dei Simon.

– Sí, signore.

– E la lascio dandole invece l'ordine opposto. Si appiccichi come una cozza allo scoglio alla Simon Clara Maylin, scopra chi è la famiglia di questo…

– Pisciurrè…

– Bene. Quindi, una volta individuata, si assicuri che non facciano bordello.

– Sí, signore.

– E che i fascicoli vengano chiusi. Sono affogati? Pace all'anima loro. Infine, Saporito, se ho questi gradi non è perché sono un fesso –. Rodolfo, ebbe un tremore. – Per cui non si azzardi mai piú a prendermi per i fondelli. D'accordo? – la voce del maggiore si fece piú imperiosa e non concesse repliche. – E convochi immediatamente quel babbeo di Cammillini, mi sa che spedisco lui, a Castiadas.

Il sole iniziò a tramontare su Cagliari: una palla rossa, che regalò al golfo su cui si affacciava la città l'ultima, abbacinante luce. Il riverbero infuocava le mura candide del castello, i bastioni e i rivoli dei rioni popolari, sino a far crepitare come carbone ardente la polvere di viale regina Margherita. Rodolfo Saporito lasciò la caserma in sella al suo cavallo per ricongiungersi al battaglione. Era tronfio e carico di soddisfazione.

Poco piú in là, nel suo appartamento, accecata da quel bagliore scarlatto che entrava con prepotenza dalle finestre sul porto, Clara Simon si stava sciogliendo le doppie trecce davanti allo specchio, armata di spazzola e gonfia di pensieri.

Al *Caffè Elvetico* Ugo Fassberger, un piede su una sedia, una gamba a terra, faceva vibrare un mandolino, mentre la sua storica combriccola di *oreri* – gente avvezza solo a contar le ore tra stornelli e bevute – accoglieva fra i ranghi un ottimo cantante toscano, che ben sapeva amalgamare la sua possente voce alle melodie del trio Fassberger, mandolino, mandola e chitarra. – Ajò, Anacleto, un'altra!

Al confine della città, sul limitare degli stagni, il conte Cappai Pinna, accomodato su un calesse a due posti – la sua costosa auto non era certo adatta a quegli infidi sterrati e acquitrini –, osservava l'ultimo carico di sale che lasciava il canale a bordo di una chiatta diretta al porto. Non uno sguardo riservò ai salinieri, che esausti salirono su un secondo barcone per far rientro a casa. Figurarsi se notò che, sulla sponda opposta, fra i detenuti allineati per due e pronti a marciare verso il bagno penale, ne mancava all'appello uno. Si limitò a fissare Maullu, che lo ricambiò abbassando la testa e tenendola china per un tempo che al conte parve esagerato e persino imbarazzante. Tant'è che, quando il capo delle guardie rialzò lo sguardo, il calesse con a bordo il conte si era appena avviato sulla strada del ritorno.

Maullu, accecato da quell'ultimo sole, calò la visiera del berretto sugli occhi, poi ringhiò ai suoi: – L'avete fatta, la conta?

– Sí, superiore, – rispose uno della scorta.

– Tutti, ci sono?

– A parte Africo, sí.

– E dove cazzo è?

– L'abbiamo incatenato dentro il casale degli attrezzi.

– E cosa ha combinato che io non mi sono accorto, ah? – chiese Maullu raccogliendo del catarro dalla gola e scagliandolo con forza a terra.

– Nulla, capo, – rispose il sottoposto, – non lo abbiamo messo noi in punizione. È lui che ha chiesto di passare la notte lí.

– E voi ce lo avete messo?

– Sí, – disse con voce tremante la guardia.

Maullu si portò le grosse mani sulla testa taurina, imprecò e abbaiò: – Datemi uno stupratore, un omicida, un balordo qualsiasi, ma levatemi dai coglioni questo scemo di guerra!

– Che facciamo, superio', lo leviamo dalla punizione?

– No, lasciatecelo. Vuole passare la notte lí? Che ci passi questa e le due a seguire. E tu, coso, come cazzo ti chiami?

– Fara, superio'.

– Tu, Fara, ti fai un mese di turni di notte, cosí impari a prendere ordini da un forzato.

– Ma quello un eroe di guerra è. E lei mille volte ce lo ha lasciato, lí a marcire. Pensavo le avrebbe fatto piacere.

– Ma quale eroe ed eroe. Gli eroi qua siamo noi in mezzo al sale che ci fotte i polmoni! – Maullu sputò a terra ancora e ancora. – Forza, teste di cazzo, si torna al bagno.

La colonna si mise in marcia. Superato il pontile, il sole tramontò sui detenuti. Il battere dei loro scarponi si fece un'eco lontana, sinché nella salina tornò il silenzio.

Imprigionato nel casale, Africo sospirò a fondo. Era rannicchiato e poggiato alla parete, inceppato ai piedi con una corta catena agganciata a un grosso anello arrugginito, ben incastonato a un muro di mattoncini rossastri.

– Perché ti vuoi punire cosí? – dall'altra parte del muro la voce di Chicchirichí gli arrivò chiara.

– Va' via, ragazzo, va' via. Hai già fatto abbastanza per me.

– Africo, lo hai visto con i tuoi stessi occhi, non è colpa tua se il capitano Simon e gli altri…

– Vai via! – urlò con una voce possente, rabbiosa e disperata l'ex secondo capo Gregorio Moro.

Chicchirichí tacque, chinò il capo e si incamminò verso la città, guidato dal candore della strada di calcare e salgemma. Superato il canale si voltò, come a dare un ultimo saluto all'amico. Fu in quell'istante che gli parve di intravedere tra i canneti, oltre i cumuli di sale, dei lumi. Ma non gli diede peso. «Bracconieri», pensò.

13.

Il direttore dell'«Unione» Giorgio Pisano si accarezzò i capelli tagliati all'umbertina, una spazzola da scarpe capace di rinvigorire anche le pelli piú lise, quasi lo specchio del suo carattere. – Signorina Simon, Fassberger, prego, seguitemi nel mio ufficio –. La sua voce era squillante, poco meno che allegra, di sicuro non rivelava preoccupazioni.

Il direttore li scortò nella sua stanza. Si avvicinò alla doppia finestra che, spalancata, faceva entrare l'aria salmastra, ma non il sole. A quell'ora batteva sull'altro lato dell'edificio. Clara avvertí subito nella stanza la punta di dopobarba che contraddistingueva il suo capo.

Il direttore fece cenno ai due redattori di prendere posto sulle poltroncine sistemate davanti al tavolo. – Vado al dunque. Non possiamo piú tacere. La città ne parla, e fonti personali molto accreditate mi dicono che c'è chi rivendica i cadaveri e organizza i funerali.

Clara e Ugo si guardarono meravigliati.

– Non stupitevi. Non devo farvi preamboli. Stiamo parlando dei due disgraziati trovati annegati. Oramai è una sciagura che il nostro giornale non può piú ignorare. Ho avuto il piacere, all'ora di pranzo, di andare in visita dal magistrato Sebastiano Alfredo Pimentel, il procuratore del re. Non ha dubbi, si tratta in entrambi i casi di una comune disgrazia.

Clara provò a interromperlo: – Come, comune?

– Signorina Simon, mi faccia concludere, – le disse con tono pacato. – A gettar maggior luce sul caso è stato il ritrovamento di legni e tavole sotto il faro del capo di Sant'Elia. Ciò, secondo il Pimentel, porta a una facile conclusione.

– Quali legni? – chiese colpita Clara.

Il direttore Pisano la guardò facendo richiamo a tutta la sua pazienza e alla secolare amicizia con Ottavio Simon: – I fatti sono cosí, cara Clara. Ieri, a equa distanza tra il luogo del primo ritrovamento e il secondo, è stata rinvenuta dai pescatori del borgo di Sant'Elia una specie di zattera mal combinata con vecchi chiodi e funicelle. L'ipotesi è che quei piciocus, come è loro uso, la domenica, giorno di mercato chiuso e quindi di riposo, si siano spinti oltre i soliti tuffi dai moli del porto. È dunque plausibile che si siano inventati navigatori per gioco. Ebbene, voi sapete che due domeniche fa siamo passati dalla bonaccia alla grande mareggiata di scirocco, che ha tempestato il nostro golfo per giorni e notti.

– Un classico di fine agosto, – si intromise Ugo.

– Esatto, – proseguí il direttore. – È probabile che i due sfortunati siano stati colti alla sprovvista e abbiano avuto la peggio.

– Ma perché allora i corpi non sono stati ritrovati subito, e poi perché tanto distanti? – Clara provò a riprendere coraggio.

– È la stessa domanda che ho posto a sua eccellenza, – disse il direttore. – Secondo le conclusioni della sua polizia giudiziaria, nei tre giorni successivi all'accaduto ha spirato forte il maestrale, che probabilmente li ha spinti al largo. Solo con una nuova mareggiata sono tornati a riva, e non certo tenuti per mano. Difatti sono emersi in punti opposti. Cara Clara, io non ho conoscenza dei flussi sottomarini del nostro golfo. Lei sí?

– No, direttore.

– Ecco. E allora noi, domani, questo scriveremo. Nulla di piú, nulla di meno. Racconteremo di una disgrazia e di un'ipotesi. Saremo cauti ma rispettosi delle verità a noi note. Due fanciulli, due diseredati, affogati in sfortunate circostanze rispetto alle quali si ipotizza quanto segue... – il direttore mimò con le dita il battere sui tasti della macchina da scrivere. – Non faccia quell'espressione, Clara. Non voleva che si desse la notizia fin dal primo ritrovamento? Eccoci qui. E molto del merito è anche vostro; parlo di entrambi.

Ugo guardò Clara con una timida complicità, quasi un invito a gioire. Ma non trovò corrispondenza.

– Sappiate che cosí facendo scontenteremo e non poco il conte Cappai Pinna, che non vuole cattiva pubblicità sulle sue saline, né faremo contenta la reale Arma dei carabinieri e tanti altri che vorrebbero mettere la sordina al caso.

– E perché invece il procuratore reale... – Clara lo incalzò.

– Clara Simon. Clara Maylin Simon, – ripeté il direttore ormai spazientito. – Non so se benedire il suo carattere o maledirlo. Ha sempre una domanda in piú degli altri.

– È quello che mi ha insegnato lei. Andare a bussare alla porta che viene tenuta chiusa. Sono sue parole, direttore.

– Santa ragazza, lei è proprio un bel tipino, – sorrise nervoso Pisano. – Mettiamola cosí: le nostre istituzioni non sono un saldo monolito. Esistono piú posizioni, piú idee e piú soluzioni per affrontare i problemi. Quindi, se c'è chi crede che tacere, celare e lasciare che il tempo metta la giusta distanza sia la miglior tattica, c'è anche chi la pensa diversamente. Il procuratore è uomo nuovo, uomo di questo secolo. Pimentel ha la netta convinzione che il giornale possa essere un ottimo alleato per aprire gli uffici e le loro verità al popolo. Bisogna tranquillizzarlo, ammansirlo, anziché far crescere in lui sospetti e macchinazioni. Tutti sanno ciò che è accaduto e tutti si domandano come mai «L'Unione» non ne abbia ancora scritto una riga. Anche gli analfabeti.

– Già, perché? – Clara non riusciva a mettersi un freno.

– Clara Simon! Lo sa, vero, perché lei non è finita dritta a casa dopo i fatti dello scorso anno? – sbottò alla fine Pisano.

– Sí, direttore. Per suo merito.

– Bene, meno male che lo riconosce. Ora, il giornale è come un vascello che deve percorrere la propria rotta assecondando i venti che ne gonfiano le vele. E il vento nuovo ci dice che noi non taceremo piú su questo caso. Cosí, tanto per iniziare, non ci ritroveremo un corteo di rivoltosi sotto il giornale perché tacciamo! – Il direttore era diventato paonazzo. – E di questi tempi una nuova sedizione e un'ondata di scioperi, come quelle che animarono persino i sonnacchiosi cagliaritani due anni fa, non le vuole nessuno: non le vogliono né i sostenitori del conte Cappai Pinna, né i fanatici del sindaco Bacaredda. Non le vuole il vescovo, non le vuole la nobiltà, non le vogliono i commercianti, persino suo nonno non le vuole, Clara! E io sono d'accordo con Pimentel.

– E chi si rivolterebbe per la memoria di due figli di nessuno? – chiese Clara.

– Chi ne ha organizzato i funerali, evitando che entrambi finissero nella fossa comune, – disse Giorgio Pisano sfinito. – Ah! Vedo che questa, la sua cara amica Sarrana non gliel'ha detta.

Clara rivolse uno sguardo carico di stupore a Ugo, che la ricambiò con un'espressione innocente. «Cosa vuoi che ne sappia io, è amica tua, quella là», sembrava volesse dirle.

– Li sta organizzando, – proseguí il direttore, – chi dalla fine del secolo va straparlando di diritti del proletariato. I socialisti, che stanno facendo proseliti fra gli ormeggiatori e i facchini del porto. Ma soprattutto, peggio ancora, *le* socialiste, – e sbuffando indicò in direzione della Manifattura dei tabacchi. – Come se non bastasse, si sono aggiunti a questa bella compagnia gli anarchici. I maestri scalpellini toscani, oltre a trasfondere l'arte alla manovalanza per costruire il nuovo palazzo civico, li stanno traghettando verso le loro idee confuse e rovinose. Insomma, tutta questa raffinatissima moltitudine sta ultimando una colletta, e fra tre giorni, così si dice, accompagneranno al cimitero di Bonaria i due corpi che, anche questo si mormora, saranno accolti in uno dei sepolcri dei colombari riservati alla Società degli operai.

«Questa città ha ancora un'anima buona», si disse Clara stupita.

– Bene, abbiamo parlato sin troppo. È ora che vi mettiate al lavoro! – il direttore era stremato.

– Sí, *L'eco dei teatri* ci attende, – disse Ugo alzandosi. – In verità è quasi ultimato, e sono pronto a consegnarlo a Clara.

– Bene, Fassberger, ottimo lavoro, sei stato preveggente e premuroso. Finito questo, voglio una cartella e mezza sul caso dei due bambini. Non una riga in piú rispetto a ciò che ti ho raccontato.

Ugo tremò e divenne piú rosso di quanto la natura non lo avesse dotato di rossori.

– Come sarebbe a dire, direttore?

– Come ho appena detto. Se no, secondo voi, perché vi ho convocati qui? Per condividere con voi i fatti miei? No di certo.

– Ma quindi devo scrivere *proprio* io?

– Certo, Fassberger. Chi meglio di voi due conosce la storia? Tu scriverai e Clara controllerà le tue bozze, che voglio qui sul mio tavolo il prima possibile. E mi raccomando, di sicuro c'è solo la morte per annegamento. Il resto è un'ipotesi. L'ipotesi piú accreditata, certo, ma comunque un'ipotesi. Noi facciamo i giornalisti, mica gli investigatori. Quest'ultimo è un ruolo che abdichiamo, con piacere, a coloro i quali la materia compete. Chiaro, signorina Simon?

Clara si alzò, non sicura se dovesse considerarsi soddisfatta. Si congedò, uscí dalla stanza del direttore e si immerse nel caos della redazione, rincorsa da Ugo che cercava in lei un aiuto.

14.

Gli svizzeri, i piú temerari, arrivarono a Cagliari nella seconda metà del Settecento. Dal Canton Ticino e dai Grigioni approdarono le prime famiglie in perlustrazione. Fiutavano aria d'affari. E buoni affari trovarono sulle vie del caffè, dei liquori e dei tessuti. I Fopper chiamarono gli Stuppani, i Pollini convinsero gli Unghenos, sinché non giunsero i Gisep, i Guicciardi e via con i Tramer, i Clavot, gli Smit e chissà chi altro ancora. Cosí da far perdere il conto e la memoria di quelli che aprirono caffè, offellerie e drogherie. Ecco perché, in quella mattina del secondo sabato di settembre del 1905, il cronista dell'«Unione» Ugo Fassberger stava quasi per perdere la pazienza. Quel testardo del buon amico Rosolino Guicciardi proprio non si convinceva che soprattutto i Fassberger avevano fatto parte della prima ondata di pionieri sbarcati nell'isola per far sorgere in città le caffetterie. E sulla questione Ugo non aveva intenzione di recedere. Come se far parte della seconda immigrazione di inizio Ottocento o, non sia mai, la terza di fine secolo, fosse un'onta, una *deminutio*, un disonore.

– Dài, Ugo, – chiuse la discussione Rosolino, – allora, se è come dici, salta dietro il bancone e preparaci il miglior caffè della città –. All'invito seguí l'ovazione di metà sala, composta per lo piú dagli aitanti, sfaccendati o in affari, giovani svizzeri, ben mischiati con gli altrettanti rampolli, sfaccendati o in affari, della miglior borghesia cagliaritana. Rosolino si levò la paglietta e urlò: – Dài, Fassberger! Caffè per tutti noi. Se, come dicono, è leggendario quello fatto con le tue mani… allora pago io! Se è una ciofeca, be', studieremo il modo per farci risarcire!

Una seconda ovazione scosse l'*Elvetico*.

Ugo Fassberger decise che opporsi sarebbe stata la stura a ulteriori sberleffi. Nessuno avrebbe fermato la spumeggiante congrega che in abiti eleganti si preparava ad andare compatta a un matrimonio. Quindi passò dietro il bancone, sotto lo sguardo severo dello zio Raimondo e del personale del *Caffè*, che stava iniziando a soffrire per tutta quella confusione. Si tolse la giacca e si rimboccò le maniche, proprio nell'istante in cui Rodolfo Saporito spinse la porta a vetri e fece il suo ingresso all'*Elvetico*. Avvolto da una nuvola di aroma, il tenente fu subito colpito da quel banditore improvvisato.

– Signori, siete pronti ad assaporare il vero caffè appena torrefatto? – Ugo Fassberger, dinanzi al nutrito drappello di amici, stava dando il via al rituale. – Il miglior caffè di Cagliari, preparato dalle sapienti mani di chi da generazioni… – Nel vedere Saporito, s'interruppe di colpo. Lo fissò, provò uno strano compiacimento e, nel proprio habitat naturale, si sentí in vantaggio. Se il tenente poteva considerarsi una volpe, in quel momento era piombato nel bel mezzo di un raduno di galli da combattimento. Ognuno di loro, preso da solo, sarebbe stato spennato al primo scontro, ma tutti insieme… Ugo annunciò con enfasi: – Signori, oggi un nuovo amico ci onora della sua presenza. Il tenente dei carabinieri, Rodolfo Saporito, vorrà unirsi a noi e condividere questo momento? Sa, – disse rivolgendosi a lui, – non capita spesso che io mi trovi da questa parte del bancone.

Rodolfo, che era in borghese, avrebbe preferito passare inosservato. Gli bastò una rapida occhiata agli avventori che affollavano il *Caffè* per capire che avrebbe dovuto dare un'aggiustatina ai suoi abiti. Tirò il polsino della camicia, affinché sbucasse il giusto dalla manica destra della giacca di lino sgualcito; fece lo stesso con quello sinistro; infine scosse un po' il colletto, perché non aderisse troppo al pomo d'Adamo. Non bastò. Continuava a sentirsi inadeguato in mezzo all'eleganza che quei giovani suoi coetanei ostentavano. La spavalderia di Fassberger, però, non lo intimorí.

– Noto con piacere che ogni tanto lavorate, signor Fassberger. Sono proprio curioso di assaggiare il vostro caffè, il migliore, come avete detto. Ma ricordate che io sono napoletano, vi toccherà impegnarvi.

A quelle parole la sala esplose di nuovo, ancora risate e un mezzo applauso. La sfida era stata lanciata, e il pubblico, divertito, si disponeva ad assistere.

– E lei, è pronto a impegnarsi? – Ugo aveva appena decretato l'apertura del duello. Quindi si mise all'opera, e dopo neppure un minuto piazzò una bella tazzina fumante sotto il naso di Rodolfo.

– Zucchero? – domandò Fassberger.

– Sia mai, – rispose Saporito afferrando la tazzina. Il primo sorso fu avido. Il secondo piú lento e l'assaggio meticoloso.

Tutti i presenti attesero il verdetto con il fiato sospeso. Dal laboratorio, nel retrobottega, giunsero a sbirciare persino gli indaffaratissimi maestri pasticceri. Ugo aspettò, certo del suo. Seppur timoroso di una carognata.

Rodolfo li osservò per bene. Era proprio un bel mondo, quello che aveva intorno, e non sarebbe stato per nulla male farne parte. Alzò la tazzina al soffitto e annunciò: – A Napoli non sapremmo fare di meglio! Eccellente!

L'*Elvetico* detonò in un boato. Fra gli applausi e le acclamazioni Ugo fece il giro del bancone, strinse mani, diede pacche sulle spalle agli amici, poi urlò: – Rosolino, tocca a te pagare! – Seguirono sghignazzi e altri battimani. Ugo pensò che era tutto esagerato, ma del resto l'aria di quella mattina era frizzante e, in fondo, ci si preparava a un matrimonio. Notò che, sottraendosi alla cagnara, Rodolfo si era appartato in uno dei tavolini rotondi di marmo e stava leggendo «L'Unione». Decise di andare a sedersi accanto al rivale.

– Ha letto, tenente? – gli domandò indicando il suo articolo.

– Ho letto. È opera vostra, immagino, – rispose Rodolfo puntando il dito su quella colonna di piombo dal titolo *Sciagura in mare. Periti due innocenti*, e non firmata, come invece la decenza comandava in quegli anni.

– Mia... – Ugo tentennò un momento, incerto se dire «piú di Clara, che mia» oppure sviare l'argomento su tutt'altro terreno. Dopo essersi guardato alle spalle per accertarsi che nessuno nella sala potesse udirlo, si lasciò andare: – Tenente, sarò onesto, sicuro che questa conversazione si perderà nel caos del *Caffè*. Non c'è articolo scritto da me che non passi sotto la lente d'ingrandimento di Clara, – si girò ancora, si accostò a Saporito e, quasi sussurrando, aggiunse: – Insomma, ha capito, no? In pratica i miei articoli vengono puntualmente riscritti da Clara.

Rodolfo rimase senza parole.

– Sperava di incontrarla qui? – lo pungolò Ugo.

Rodolfo fece spallucce: – Cosa ve lo fa pensare? Siete forse geloso?

– Geloso? Io? Non sa di che parla, – e, accavallando le gambe, Ugo si mise comodo, come per una conversazione tra vecchi amici che non nascondono la ruggine degli anni passati. – Deve sapere, tenente, che io e la signorina Simon siamo cresciuti insieme, le nostre famiglie sono molto unite. Il nostro è un legame forte, irrobustito dal lavoro comune. Ma niente di piú.

– Quindi le correte dietro come un segugio solo in nome dell'amicizia? Della famiglia?

– Lei, invece? – chiese Ugo evitando di rispondere. – Lei dove vuole arrivare? – Il momento delle confessioni era evidentemente concluso.

– Io faccio il mio lavoro che, si dà il caso, si è appena scontrato con il vostro. Clara, però, non dovrebbe essere tanto impulsiva, dovrebbe saper aspettare, o ci metterà tutti nei guai.

– Figuriamoci! Non ha mai aspettato in vita sua. E lei la sta facendo attendere.

– In che senso?

– Le ha promesso che la porterà al lazzaretto.

– Ah! Voi sapete... – Rodolfo era spiazzato.

– Non ci sono segreti, fra me e Clara, – disse Ugo.

– Non è mica tanto facile ottenere i permessi. Ma, state pur tranquillo, mi sto dando da fare –. Il tenente preferí non farsi vedere subito disponibile, non svelare a quel giornalista la propria missione.

– Affari suoi, tenente. Però, se tiene a Clara e vuole dare compiutezza a questa indagine, la porti al lazzaretto, – lo esortò Ugo facendosi una violenza. Sentí di essersi appena trapassato il cuore con una lama di ghiaccio. Tacque. «Se è questo che Clara vuole, questo avrà. A costo di saldare un'unione con Saporito», pensò.

– Mi sembra di capire che non vi convinca poi tanto la teoria del naufragio, della zattera, dei venti favorevoli e contrari, eccetera eccetera –. Rodolfo mosse le mani in aria come a scacciare concetti ovvi e già noti a entrambi.

– A me potrebbe anche andar bene cosí, ma per Clara, che ha fiuto, la faccenda non è chiusa.

– Mi risulta che questa sua caparbietà le abbia procurato danni, e non pochi. Se al giornale le hanno tolto i gradi deve averla fatta grossa, in passato, – Rodolfo conosceva i fatti solo a grandi linee. Informazioni troppo di parte, basate sulle voci che circolavano al comando, di chi manco aveva mai letto atti o verbali.

– Non avrebbe potuto sottrarsi all'evidenza, non avrebbe mai girato la testa dall'altra parte. Quella storia, la vicenda della manifattura, sembrava un groviglio inestricabile, ma lei è voluta andare fino in fondo.

– Spiegatevi meglio, – lo incoraggiò Rodolfo, incuriosito.

– Erano giornate infuocate, di scioperi e proteste per il carovita. Ci furono lotte, violenti moti, il prezzo del pane andò alle stelle, e una delegazione popolare chiese, senza successo, di essere ascoltata dal sindaco. Iniziarono i portuali, si unirono i lavoratori dei negozi e i fornai. Alla manifattura si scatenò un tumulto tra le sigaraie, che volevano far valere le proprie ragioni, e chi era pronto a mettersi al soldo dei padroni per non fermare il lavoro. Quella notte il fuoco era ovunque, tutti correvano da una parte all'altra, un crumiro si scontrò con un capo turno che rimase a terra, ferito ma ancora vivo. Nessuno si avvicinò per aiutarlo, forse si sarebbe potuto salvare. Alla fine l'unica ad accorrere fu una sigaraia e, trovandola con le mani insanguinate e il coltello ai piedi, fu piú semplice per tutti far cadere la colpa su di lei. Clara decise di vederci chiaro, e nei suoi articoli non si fermò davanti a nulla, riuscendo a scalfire il muro di omertà e portando alla luce la verità. Il resto lo può immaginare da solo.

Rodolfo annuí, chinando appena il capo.

– Molte persone che fino a quel momento l'avevano considerata una di loro, malgrado la sua diversità e con parecchi mal di pancia, presero a guardarla con sempre maggiori sospetti. Clara aveva deliberatamente scelto chi sostenere, mettendosi di conseguenza contro i rassicuranti cittadini nobili e borghesi. Comprenderà bene che, a quel punto, a loro non è rimasto che chiedere la sua testa. Sono riusciti ad averla solo in parte, però, e ora il fuoco della rivincita cova da ambo le fazioni. Chi la voleva vedere sconfitta è in attesa del colpo di grazia, invece Clara cerca la rivalsa. Quindi, tenente, ecco perché si aspetta da lei che la porti...

– Va bene, ho capito, non andiamo oltre, – Rodolfo lo interruppe. – Ditele che la attendo questo pomeriggio alle quattro in punto al bivio tra il bagno penale di San Bartolomeo e il borgo di Sant'Elia.

– Sarà fatto, – gli rispose Ugo colpito, e si alzò richiamato dagli amici. – Un'ultima cosa, tenente, – gli disse incurvando la schiena e portando la bocca all'orecchio del carabiniere. – Era davvero buono, il mio caffè?

Rodolfo gli sorrise e bisbigliò. – Sul caffè non mento mai.

Ugo si tirò su con un'espressione colma di soddisfazione e, per la prima volta, gli strinse la mano.

15.

Quando il calesse a quattro ruote – un demí tonneau fresco di fabbricazione – all'ora stabilita si fermò al bivio convenuto, al tenente Rodolfo Saporito per poco non cadde la mascella sullo sterrato dello stradone. Sperava in un pomeriggio a due. E invece, ecco qua.

– Fassberger, ma voi non eravate a una festa? – disse fissando l'espressione furba che Ugo, con i suoi costosi occhiali da sole, aveva sul volto, e quella seria, preoccupata, di Clara. La osservò meglio. Quel viso corrucciato gli fece provare un senso di tenerezza, un sentimento con cui raramente faceva i conti. Quindi, con un gesto atletico, fu a bordo del calesse. – Clara, siete turbata?

– Non sarà un bel vedere, immagino, – rispose lei.

– Saremo rapidi, – la confortò Rodolfo.

Ugo, con un lieve colpo di redini, fece scattare la sua cavalla bigia, che partí vigorosa.

Ci volle poco. Percorsero in silenzio il viale di pini marittimi che li riparò dall'arsura pomeridiana. Quando avvistarono il borgo, una manciata di pescatori era intenta ad ammucchiare ceste e cassette sul vecchio molo. Si preparavano con lentezza a un nuovo tramonto di lavoro, caricando reti, palamiti e nasse sui barchini. Alle loro spalle, poche casette color fango e qualche baracca di legno marcio. Tutto intorno, un deserto di bassi arbusti e cespugli infestati da lepri e conigli. Non un'anima viva. Molte anime defunte, però, si aggiravano vicino all'unico, vero edificio, incastonato in quella natura scontrosa: il lazzaretto.

Il calesse con Ugo, Clara e Rodolfo lasciò la carrozzabile e imboccò una strada stretta, fatta di pietre, scoscesa e sconnessa. L'odore dei pini ormai lontani si sciolse con quello del mare, che quel pomeriggio era in un particolare stato di grazia. Nessun vento spirava da nessun quadrante. «Un miracolo», pensò Rodolfo. Dal suo arrivo non c'era stato giorno in cui la città non fosse stata in balia di repentini e furiosi cambi di brezza che, gli era parso, condizionavano persino l'umore degli abitanti.

– Ecco il lazzaretto, – annunciò Ugo sistemandosi gli occhiali che con il traballare sulla pietraia gli si erano messi di sbieco.

Clara sentí l'angoscia farsi largo. La struttura era un grande edificio rettangolare. Una tomba candida che, dall'inizio del Seicento, era stata costruita per dare ricovero a chi era destinato alla quarantena, ai malati di lebbra e sifilide, di colera e peste. Quel posto distillava morte e pena.

Ugo abbassò gli occhiali sulla punta del naso: – Io non mi muovo di qua, lí non entro per nulla al mondo. Mi basta guardarlo per star male. Piuttosto, vado a comprare un po' di pesce.

Rodolfo e Clara non discussero e si diressero verso l'ingresso del casermone, sigillato da alte mura per tre lati e con un portico austero sulla facciata principale. Un portone scuro annunciava l'unico accesso alla struttura. Rodolfo bussò con forza, osservò Clara, e insieme attesero.

Ad aprire fu un grosso infermiere. Sbucò appena dall'uscio, la faccia color ruggine, e si guardò intorno prudente. Quindi tese la mano, per acchiappare dal palmo di Rodolfo qualche spicciolo. – Faccia presto, tenente.

Clara cercò di infilarsi nel poco spazio rimasto tra la porta e l'uomo, ma l'infermiere le impedí il passo e intimò: – E no, tenente. La ragazza no.

Rodolfo non perse tempo. Estrasse altre monete dalla tasca e subito gliele consegnò. Quello non disse nulla e fece cenno a Clara di entrare.

Con passo spedito in breve furono nella corte che precedeva i dormitori. Tre lettighe abbandonate su un lato e un odore pungente di candeggina, in arrivo da una fila di lenzuoli stesi ad asciugare, diedero il benvenuto ai visitatori.

Clara restava attaccata a Rodolfo, che tallonava l'infermiere. Superato l'andito, appena dentro una grande stanza di ricovero, il tenente rallentò dinanzi a un letto in cui una donna, coricata sul fianco, respirava a fatica.

– Piú avanti, non è lei. Questa non arriva manco all'ora di cena, – li esortò l'infermiere. – Marigosa è quella laggiú, – indicò. Poi fece dietro front e li lasciò soli.

Clara e Rodolfo continuarono ad attraversare la camerata tragicamente deserta. Superarono letti e sedie di metallo malconci, abbandonati al logorio del tempo e alla polvere. Una volta avevano ospitato corpi malfermi e carni macilente, ma adesso erano solo i silenti testimoni di disgrazie passate. Sentinelle in attesa di nuovi dannati.

I due ospiti si fermarono al termine dello stanzone, a un soffio da una paziente bendata. Solo gli occhi e la bocca erano liberi dalle fasce. Prima che qualcuno di loro le rivolgesse una parola, la donna scostò la zanzariera che circondava il letto e chiese: – Siete qui per uno dei miei figli, vero?

– Sí, – rispose Rodolfo.

– E chi è morto, Pisciurrè, Francolino o Prioghedda?

– Pisciurrè.

– Pisciurrè... – Marigosa sospirò, e i suoi pensieri volarono per qualche istante in un altro luogo. Forse, chissà, andarono alla ricerca di un momento di felicità con quel figlio. Ma non lo trovarono. – L'hanno ammazzato? – domandò con una voce affaticata, socchiudendo le palpebre.

– È affogato. Una disgrazia, – si affrettò a rispondere senza preamboli né pietà Rodolfo.

– Pisciurrè... sognava di diventare marinaio, – Marigosa puntò i gomiti sul materasso e provò a tirarsi su, invano. – Mischino, con quella gambetta storpia manco su un peschereccio lo facevano salire...

– Era... – provò a domandare con garbo Clara.

– Storpio, – la anticipò la donna. – Struppiau... Ma a quelli lí non gliene fregava niente, bastardi. Bastava che...

Rodolfo non la fece proseguire e le domandò impaziente: – Ma quelli lí, chi?

– Carabiniere, sei? – gli domandò Marigosa con tono sprezzante.

– Sí, signora.

– Bella razza di carabiniere, che non vede come sono sfruttati i nostri figli. Al mercato, nei cantieri, nelle miniere, nelle cave, al porto. Per i porci comodi di tutti...

– Questo mi è chiaro, – la interruppe brusco Rodolfo. La guardava con disprezzo, quasi volesse addossarle tutta la responsabilità per la vita disgraziata che aveva avuto quel figlio, e imputandole chissà quale altro destino fetente per gli altri.

– E allora, se ti è chiaro, cosa cerchi da me? Io non so nulla. Quello che so è che pochi dei nostri bambini diventano uomini, – gli rispose la prostituta, lasciando che la zanzariera ricadesse sul letto e voltandosi di fianco per dar loro le spalle.

– Sapete se vostro figlio era stato avvicinato da qualcuno che... Forza, parlate, insomma! – Rodolfo tirò fuori una voce minacciosa che stupí Clara.

– E se non te lo dico che mi fai, eh, carabiniere? Soffrire, sto già soffrendo; morire, sto già morendo. Ma poi manco lo so. Vanno e non tornano...

Clara circumnavigò rapida il letto, si parò davanti a Marigosa, alzò la zanzariera, e con la mano guantata le accarezzò il volto bendato. Rodolfo trasalí.

– Signora, noi siamo qui perché anche un secondo bambino è stato trovato morto, uno è sparito e si dice che altri negli ultimi tempi siano scomparsi senza lasciar traccia. Ci aiuti a capire, – la supplicò Clara.

Marigosa esitò: – Tu sei la figlia della cinese, vero? Già era una brava persona, tua madre. Se non è finita come me è soltanto perché ha trovato uno come tuo padre, ricco e fesso –. La sua voce non era convincente, e Clara non cadde nell'inganno; capí che era solo un esame, una provocazione.

– Mi dica se ha mai sospettato qualcosa. La prego, signora.

– Non sono signora. Sono una povera bagassa malata –. Marigosa chiuse gli occhi, respirò a fondo e riprese: – Vanno. E poi non tornano...

– Ma dove? – insistette Clara, riservandole una seconda carezza, stavolta sulla testa, anch'essa completamente bendata.

– Non so altro, molti vanno lí e poi non tornano, vanno lí e poi... cosí mi dicono... – Marigosa guardò Clara, e con una forza inaspettata le scansò la mano che stava per accarezzarla ancora. – E tu, cinese! Levami le mani di dosso! Non lo so! E se pure lo sapessi, non te lo direi! – Di colpo divenne una furia. – Mi hai stufato! Vai via! E prima di uscire butta il tuo bel guanto nel fuoco, o sarai tu quella stesa sul letto al mio posto –. Marigosa urlò ancora piú forte: – Jaccu, mandameli via! Jaccuuu! Via! Via!

L'infermiere comparve all'ingresso della camerata, le braccia incrociate, senza proferire parola. Rodolfo prese Clara per il braccio. – Andiamo, tanto non ne caveremo nulla, – le disse.

Lei si levò i guanti e li buttò in un cesto vicino al letto rigonfio di garze luride destinate al fuoco: – Va bene, andiamo.

Con passo cadenzato attraversarono il corridoio, accompagnati solo dai pensieri che affastellavano le loro menti. Le poche frasi di Marigosa non servivano a nulla, erano parole al vento piene di rabbia, pensò Rodolfo, quando lo sguardo gli cadde sulle dita sottili e candide di Clara. Era la prima volta che le osservava con attenzione. Le si accostò e, sfiorandole il dorso della mano, le disse: – Non avresti dovuto nemmeno avvicinarti a quella donna. Invece l'hai voluta accarezzare. Hai commesso un'imprudenza.

All'improvviso fu come se la distanza che avevano mantenuto fino a quel momento non fosse piú necessaria. Per nessuno dei due.

– Hai ragione, è stata un'imprudenza inutile, – rispose cupa Clara. – Si sa che i piciocus sono sfruttati da tutti. Sono stata stupida, a voler venire sin qui, – concluse uscendo dal lazzaretto e andando incontro a Ugo che li attendeva appoggiato al calesse.

– Ce ne avete messo di tempo! Allora? Ci avete parlato? Che ha detto? – domandò lui preoccupato.

– Andiamo, Ugo, nel tragitto di ritorno ti spiegheremo, – lo esortò Clara, mentre una bambina bionda dalla pelle nera come la pece – un contrasto inedito che lasciò Rodolfo attonito – caricava una cassetta con un paio di polpi e una mezza dozzina di seppie nel retro del calesse. Ugo la pagò piú del dovuto, fece un cenno a un pescatore, l'unico ancora presente sul molo, e salí a bordo, seguito a ruota da Clara e Rodolfo. – Bene, ci siamo tutti, – sbuffò.

Clara rivolse un ultimo sguardo al lazzaretto, poi a quella bambina che, scalza, indossava una sottoveste sudicia e logora. Sospirò. – Non ha senso, nulla ha senso. Forse davvero si è trattato di uno stupido incidente. E io mi sto incaponendo, abbagliata da un'ottusa sensazione, – disse. A quelle parole Rodolfo e Ugo si guardarono e decisero d'intesa di restar muti.

Fassberger sferzò le redini e spinse il calesse oltre il borgo. Uno scossone, poi altri ancora, sinché la stradina malconcia non s'innestò sulla via maestra, polverosa ma ben battuta. La carrozza si inserí nel doppio filare di pini, a sinistra la costa e il mare, a destra il colle di Sant'Elia. Li accolse una buona ombra, mentre il sole aveva iniziato la sua fase discendente.

Clara prese fiato e cominciò a fare rapporto a Ugo, seppur di malavoglia.

Non ne ebbe il tempo: un botto le spezzò le parole in gola. Poi un secondo botto. Uno spostamento d'aria, come una forte folata di vento, le passò davanti e le tagliò la strada. Pareva uno spirito maligno in fuga. Quindi si udí un tonfo.

Un nitrito e la cavalla stramazzò, portandosi appresso le stanghe della carrozza, che si impennò facendo cadere Rodolfo. Ugo e Clara rimasero in bilico qualche istante, poi entrambi saltarono giú e caddero con la faccia a terra.

Rodolfo si alzò di scatto, sfoderò la pistola e iniziò a correre oltre il filare che dava sul colle. Ugo attonito si rialzò e si avvicinò alla povera bestia agonizzante: due fori sul collo sputavano un sangue scuro e denso. Le si inginocchiò accanto e prese a singhiozzare.

Clara aveva il cuore che pareva volesse fuggirle via dal petto. Si guardò intorno terrorizzata, ma al di là dei pini non vide nulla che non fossero bassi cespugli. Esaminò il calesse: le ruote posteriori erano rivolte al cielo e ancora giravano a vuoto; quelle anteriori, spezzate e con i raggi conficcati nel terreno. Sembrava stesse morendo anche lui.

– Era uno, troppo lontano, troppo veloce –. Rodolfo ricomparve ansimante. Andò incontro a Clara. – Stai bene?

– Avresti potuto sincerartene prima, anziché correre via come un forsennato, – gli rispose lei.

Udendo quelle parole, Ugo si voltò di scatto. Nonostante il dolore per la cavalla fosse straziante, non gli sfuggí che quei due si stavano dando del tu.

Saporito gli si avvicinò: – Posso aiutarti, Ugo? – gli chiese tenendo la pistola in pugno, aderente alla gamba.

– Ci penso io, Rodolfo, se mi permetti, – gli rispose Ugo facendosi consegnare la pistola. La afferrò e la armò. Fissò Clara molto intensamente poi, senza tentennare, scaricò un colpo sulla fronte della cavalla. Un botto secco. Infine restituí la pistola a Rodolfo e guardò di nuovo Clara dritto negli occhi.

Restarono tutti e tre in silenzio per un po'.

Clara osservava attonita ogni movimento di quell'amico che non sembrava piú lo stesso. Non era scossa solo per lo sparo alla cavalla, ma anche perché l'uomo che aveva davanti le appariva differente, sconosciuto, qualcuno risoluto in una situazione buia e scandita dalla sofferenza. In una manciata di secondi, fissando Fassberger, rivide i momenti passati insieme, le feste, i compleanni, le ricorrenze. La sua mente si fermò soprattutto sull'immagine di Ugo cronista: dietro una scrivania o con il taccuino in mano, mai prima di quell'istante lo aveva visto tanto determinato.

Rodolfo si accarezzò i baffi e il pizzetto. – Ce ne stavamo andando via di qua senza piú sospetti, e ci hanno fatto il favore di confermarceli tutti, – disse.

– A costo della nostra vita, – lo incalzò Ugo.

– Tranquillo, volevano solo spaventarci. Se no, stai pur sicuro che almeno uno di noi sarebbe già all'altro mondo. Ma non si ammazza cosí un carabiniere. Né due giornalisti. Ci hanno esortato a non ficcare il naso proprio quando avevamo deciso di non farlo.

– E adesso? – domandò Clara.

– Si torna a piedi. In città troveremo le giuste cure per queste ferite, – disse Rodolfo indicando lo strappo nei pantaloni che lasciava intravedere i graffi alla gamba. – E io provvederò a informare il comando di quanto accaduto.

Si sentivano profondamente esausti. Si allontanarono in silenzio sulla strada, lasciandosi il borgo di Sant'Elia alle spalle.

Nessuno di loro poteva immaginare che a meno di un chilometro, incastrato sotto gli scogli del basso fondale su cui si affacciava il lazzaretto, lontano dagli occhi e dai pensieri di chiunque, galleggiava il corpo di un terzo ragazzino, che da giorni veniva sbocconcellato dai muggini.

16.

Il maggiore Carlo Alberto Capraia dispose che il capitano medico di stanza al comando generale si prendesse cura del tenente Saporito, e che una scorta riportasse al domicilio i giornalisti Simon e Fassberger. Che, in fondo, disse al capitano neanche troppo a bassa voce, si erano appena impolverati i vestiti. La sera stessa convocò Rodolfo nel suo ufficio.

– Ferite, tenente? – gli domandò senza nemmeno farlo accomodare. Quindi si girò di scatto, si avvicinò al muro dietro la sua scrivania, e voltò la pagina del calendario. Carta gialla su cui spiccava la scritta: «Cioccolato Talmone. Torino». – Agosto è finito e neppure me ne sono accorto.

– Due graffi, maggiore, nulla di piú, – rispose Saporito, che si sarebbe aspettato un'accoglienza piú cordiale e una migliore attenzione. Del resto gli avevano sparato contro.

Tuttavia non si perse d'animo. Immaginò che di lí a poco sarebbe arrivato un invito a prendere posto su una delle due poltrone in pelle testa di moro per un'amabile chiacchierata, a cui sarebbe potuto seguire un brindisi con un ottimo cognac e magari, perché no, un sigaro. Una di quelle cose che fanno i buoni ufficiali per rincuorare i propri uomini scampati al pericolo.

Ma Capraia restò in piedi di fianco alla scrivania, e lasciò Rodolfo al centro della stanza.

– Ha visto chi ha sparato, Saporito? – gli domandò.

– Nossignore, forse era un balordo solitario, forse i complici erano ben nascosti, non vi so dire. Di certo c'è che chi ha sparato ha usato un fucile…

– Ha scoperto qualcosa sui parenti di quel disgraziato, coso, come si chiamava… Pisciurrè. Ci muoveranno noie? – lo interruppe il maggiore.

Rodolfo era basito, ma fu pronto alla risposta: – Sí, signore, no, signore. Non prevedo nessuna noia. Come ben sapeva la signorina Simon, il ragazzino è orfano di padre e presto lo sarà anche di madre. È stato utile accompagnarla.

– Che intende?

– Che la madre sta morendo di sifilide al lazzaretto.

– Ottimo! – esclamò il maggiore Capraia, e non si sentí per nulla in dovere di correggere il tiro davanti alla faccia contrariata del suo tenente. – Vi ha svelato qualche particolare sulla morte di questo ragazzino? – aggiunse sistemandosi la punta dei baffi all'insú.

– Nulla, signor maggiore, la donna è apparsa alquanto confusa, neanche sapeva fosse morto.

– Benissimo. Sí sí, proprio bene, tenente Saporito. Ottimo lavoro, si prenda adesso una bella settimana di licenza e se la goda: ha la faccia sciupata. Può andare.

– Ma signor maggiore, e l'agguato? – sbottò Rodolfo.

– L'agguato, cosa? – Capraia era infastidito.

– Non pensate che dovremmo… – Rodolfo non riusciva a credere a ciò che stava accadendo.

– Be', certo, stenda un rapporto al suo rientro. Non c'è fretta.

– Al mio rientro…

– Tenente Saporito, – a quel punto il maggiore fece due passi in avanti e si avvicinò al giovane ufficiale. – Da quanto tempo è in Sardegna?

– Tre mesi, – Rodolfo rispose con una voce squillante.

– Dunque lei non sa, o fa finta di non sapere, che la piaga del banditismo è ben lontana dall'essere debellata?

– Sí, signore. Ma non pensavo che anche qui a Cagliari...

– Suvvia, – Capraia assunse il tono del padre paziente, deciso a svelare al figliolo un po' tonto come vanno le cose della vita, per traghettarlo dalla bambagia dell'infanzia alle prime amare verità dell'esistenza adulta, – lei deve farsi le ossa. Lo sanno anche i babbei, e con questo non voglio dire che lei lo sia, che le colline intorno alla città non sono sicure. Certo, è una novità che questi disperati si siano spinti sino ai borghi marini, ma se ne faccia una ragione. Eravate un bocconcino facile e invitante –. La voce di Capraia divenne falsamente mielosa. – Un bel calesse, una bella giovane, due incauti ed eleganti ragazzi, il deserto per chilometri. Perché no, si saranno detti...

– Ma hanno sparato a un vostro carabiniere, – Rodolfo si sentí offeso.

– Indossava la divisa, tenente?

– Nossignore.

– E allora, quale carabiniere e carabiniere, – il maggiore cambiò tono. – Ringrazi che non era una banda di temerari, ché a quest'ora lei non sarebbe qui bello comodo nel mio ufficio.

Rodolfo non osò ribattere, non era per nulla bello comodo ma, anzi, era stato lasciato in piedi neanche fosse un sospettato. Decise però di non arretrare: – Signor maggiore, perdonatemi, voi dunque escludete categoricamente che l'agguato fosse volto a intimidire chi sta indagando sulla morte...

– Tenente Saporito! Sull'attenti! – ordinò Capraia. Rodolfo scattò sui tacchi. – Solo un fesso potrebbe pensare ciò che lei ha appena detto, – la voce del maggiore rimbombò nella stanza. – O forse vuole ammantarsi di falsi eroismi? Qui non c'è nessuna indagine su bambini morti annegati. Non c'è nessun agguato intimidatorio. Per cosa, poi? Perché, poi?! Ha detto che non ha scoperto nulla, o no? Allora, suvvia, non mi faccia andare in bestia. Perché se io divento una bestia, lei va dritto a far compagnia al sottotenente Cammillini, che è pronto per la colonia penale di Castiadas. Le è chiaro?

– Chiaro, – rispose senza muovere un muscolo Rodolfo.

– E non le passi neppure per l'anticamera del cervello che il maggiore Carlo Alberto Capraia voglia intorbidire le acque di chissà quale mistero. O che lei sia vittima di un'ingiustizia. Chiaro?

– Chiaro, signore.

– Il mio scopo è quello di non far fare all'Arma dei carabinieri di sua maestà la figura di una banda di sprovveduti. Non lo voglio io, non lo vuole il colonnello, non lo vuole il generale. E se non le è sfuggito, non lo vuole soprattutto il procuratore del re. Ha letto oggi «L'Unione»?

– Sissignore.

– E cosa dice, la nostra amata «Unione»?

– Uno sfortunato naufragio...

– Ecco, bravo, e se lo ha letto sull'«Unione», lo sa chi lo ha scritto?

– Il signor Ugo Fassberger...

– Ma non dica corbellerie! Lo ha scritto il procuratore del re! – Il maggiore tornò alla scrivania e vi si appoggiò di schiena. – O meglio, lo avrà pure scritto il povero Fassberger, uno che, mischino, avrà altre doti ma non certo quella della scrittura. Se ha fatto il diavolo a quattro per farsi impiegare all'«Unione» è solo per seguire quella lí, per farle da cavalier servente. Ma Fassberger non è uomo d'atti di coraggio né di penna. Il procuratore Pimentel avrà dettato al direttore Pisano e il direttore Pisano avrà dettato a Fassberger. Ha capito, Saporito? Sono cosí i giornalisti: servi. Tutti, o quasi tutti. Purtroppo non quel demonietto della Simon. Ma le abbiamo spuntato le corna, a suo tempo, – Capraia guardò negli occhi Rodolfo: – Mi dica, tenente, non è che per caso la signorina le sta instillando strane idee per la testa?

– Nossignore, – rispose secco Rodolfo.

– Ecco, bravo, capisco che si possa cedere al fascino esotico di quella ragazza, – il tono del maggiore tornò pacato e persino paterno, – però, se mi consente un consiglio da uomo navigato: si sollazzi pure, con lei, ma sappia che quello è un tipo di donna che non si porta all'altare –. Rodolfo non era persona da facili rossori e ascoltò muto, provando però imbarazzo e un crescente fastidio. – La porti a teatro, a passeggio, si diverta, tenente, e lasci perdere quelle sue strane idee. E ora vada. Vada. L'ordine del suo maggiore è: *si sollazzi*!

Uscito dall'ufficio, Rodolfo trovò ad attenderlo il brigadiere Elmas e l'appuntato Copez. – Tutto bene, tenente? – domandò Elmas.

– Mi mandano in licenza, – disse Rodolfo con una faccia contrita. – Piuttosto, ditemi un po', brigadiere, ma a voi risultano attive bande di briganti nella zona di Sant'Elia?

– No, briganti no. Qualche piccolo contrabbandiere, nulla di piú.

Rodolfo Saporito si infilò il berretto, portò la mano tesa alla visiera e, senza aggiungere altro, li salutò.

– Tenente, qualsiasi cosa, noi siamo a sua disposizione anche oltre l'orario di lavoro, – disse Elmas ricambiando il saluto. – Vero, Copez?

– Verissimo.

Rodolfo arrivò al *Caffè Elvetico* quando i camerieri stavano spolverando la boiserie, pulendo il bancone, lavando il pavimento e riponendo, riverse, le sedie sui tavoli. Ugo era seduto in un angolo e accordava il mandolino. – Clara non c'è, – gli disse subito Fassberger, senza neanche alzare lo sguardo dalle corde.

– Non sono venuto solo per Clara, – gli rispose Rodolfo.

– Tanto non la troverai sino a lunedí, – disse Ugo facendo vibrare due corde. – Passerà come d'abitudine la domenica al Poetto. Al villino Simon. Si ritira lí da sola ogni domenica. Ogni volta che ha bisogno di pensare. E devi ammettere che, dopo quanto accaduto, oggi ha parecchio su cui rimuginare.

– Da sola?

Ugo alzò la testa, infastidito per essere stato interrotto: – Tu non hai ancora capito con chi hai a che fare. Per farle mollare la presa sul fatto del crumiro hanno dato fuoco al suo calesse e a un rimorchiatore dei Simon. Secondo te se l'è fatta addosso? Ti ripeto: non hai ancora capito di che pasta è fatta.

– E tu lo hai capito? – ribatté seccato Rodolfo.

– Certo, – Ugo iniziò ad accennare una melodia lieve.

– Non sapevo che un sardo potesse suonare cosí bene il mandolino.

– Non sai molte cose, Rodolfo. Per dirne una, qui a Cagliari ci sono una lunga tradizione e una rinomata scuola di strumenti a corda. Come non sai che ci sono molti tuoi compaesani che trafficano stoffe e tessuti. Brava gente. Gli Ammirati, i Caputo, i Signoriello, gli Auriemma, anche se altri… – Ugo fece una smorfia schifata.

– Altri?

– Ah, non lo sai? Una bella fetta di forzati al lavoro nelle saline arriva dalle tue parti…

– C'era da immaginarselo, – commentò mortificato Saporito. – Cos'altro non so?

– Che si può restare fedeli anche agli amori non corrisposti.

– Mi viene difficile da capire.

– È arduo, lo so.

– E lo hai accettato?

– Ci convivo. È diventato un fuoco tenue, una brace. Le vampate si rianimano quando temi di poter perdere per sempre la persona che ami perché vedi all'orizzonte... e anche lí non è che si possa far nulla. Te lo dico chiaro e tondo, però: ho visto i suoi occhi e sono sereno, Rodolfo. Le piaci, ma non abbastanza. Sei destinato a fare la mia stessa fine. Per questo mi sei simpatico. E comunque: prima risolviamo questa storia e dopo, semmai, ci affronteremo. Inutilmente, sappilo.

– Sei un ragazzo saggio, Fassberger.

– O forse un fesso. E tu come sei, Rodolfo?

– Non saggio, non sciocco. Di sicuro sono uno che non vuole passare per fesso.

Ugo smise di suonare: – Non mi offendere. Dal primo istante mi sono comportato in maniera leale...

– Calmati, non mi sto riferendo a te, Dio santo!

– E a chi ti riferisci?

– Clara ha ragione. Tu hai ragione. Cioè, tu hai ragione a dire che Clara ha un buon fiuto.

– E sei venuto qui per dirmelo? Era ovvio, dopo l'agguato. E sappilo, io non sono abituato a farmi prendere a fucilate e a farmi ammazzare la miglior cavalla. Quindi, in questa vicenda, adesso, anche se non mi farà dormire la notte, andiamo avanti sino in fondo. Sai che c'è? Mi sono stufato di essere il *buon* Fassberger.

– Ben detto, Ugo. Infatti, sono venuto a chiederti due cose.

– Ti ascolto.

– Cosa si dice alla redazione a proposito del maggiore Carlo Alberto Capraia?

– Non ti fidi di lui, eh? Fai bene. È un osso duro. Aspro e senza sentimenti. Conservatore e ottusamente monarchico.

– Che altro?

– Gli piace stare con la gente che conta. Se è questo che vuoi sapere, sí: a suo tempo si schierò contro Clara. E un'altra cosa: se dovesse anche solo sospettare che con questa storia potresti ledere gli interessi dei suoi potenti amici, ti farà a fette.

– Oggi l'ho capito.

– E la seconda cosa?

– Che sai del funerale dei ragazzini? È da lí che dobbiamo ripartire, indagare, chiedere –. Rodolfo prese una sedia, gli si sedette accanto e abbassando la voce proseguí. – Dobbiamo scortare le salme sino al cimitero: e lí, quando si rimarrà in pochi, potremmo individuare gli amici, i parenti stretti che sinora non sono venuti a galla. Soprattutto, dobbiamo riconoscere chi non sarà al camposanto per lutto o dolore, bensí per controllare che con la sepoltura la faccenda si chiuda.

Ugo lo guardò e annuí: – Lunedí mattina, niente messa, solo un corteo funebre. Del resto quelli che stanno organizzando non sono certo baciapile. Ho paura che la città si bloccherà, gli animi sono agitati, ancora adesso c'è un incontro in prefettura...

– E chi sta organizzando?

Ugo accavallò le gambe e sorrise. – Non sai nulla. Fatto a carabiniere.

– No, non so nulla. Se no non sarei venuto da te.

– Vieni con noi e lo vedrai. Ma non metterti in divisa. Non te lo consiglio.

17.

La perturbazione si infilò in Sardegna da nord, all'imbrunire, attraverso le Bocche di Bonifacio, che la accolsero a fauci aperte.

I nuvoloni avanzavano lenti verso sud, a bassa quota, lambendo il mare e la terra. Ad annunciarli, i ruggiti solitari dei tuoni.

Durante la notte il temporale attraversò campi, colline e monti.

Quando un primo tuono lontano si avvertí a Cagliari, erano le nove del mattino di lunedí 11 settembre 1905, e le due bare dipinte di bianco avevano appena lasciato la camera mortuaria del San Giovanni di Dio.

Adagiate su un carro messo a disposizione gratuitamente dalle pompe funebri Tonino Fois & figli, aspettavano che il cocchiere desse un lieve colpo di briglia ai cavalli. Due belle bestie nere che fiutavano l'aria placide, per nulla innervosite dalla folla che le circondava.

Il secondo tuono fu piú prepotente e vicino. Ma le nuvole decisero di arrestarsi ai confini dell'abitato e scaricarsi lí sui campi. Sembrava che volessero attendere prima di fare il loro ingresso in città. Qualcuno, alzando il naso al cielo ancora limpido per miracolo, lo interpretò come un segno di rispetto.

Clara, Ugo e Rodolfo si erano appostati sulla scalinata all'entrata del nosocomio.

– Tanti, troppi, – commentò Rodolfo guardando la folla ai loro piedi.

– Troppi, – concordò infastidito Ugo.

– Tanti, – disse ammirata Clara.

Le persone riunite erano in attesa di un comando per disporsi dietro il carro e scortarlo sino al cimitero, a sud-est del colle di Bonaria. Sarebbe stato un lungo cammino, dalle mura del castello pisano sino a quello che era stato il castro aragonese, di cui oramai rimaneva solo la basilica.

«E ora eccoli qua, – pensò Clara Simon, – i discendenti disgraziati delle grandi dinastie, toscana e spagnola, fusi in un unico popolo per rendere omaggio a due sventurati di cui la gran parte di loro non conosceva né i nomi né le fattezze».

Ugo si domandò a chi, tra socialisti e anarchici, fosse venuta l'idea di dare degna sepoltura ai piciocus. E ipotizzò che l'iniziativa fosse partita dalle sigaraie. Notò che, in mezzo a quella moltitudine di teste con o senza cappello, Sarrana si muoveva impartendo ordini a voce bassa fra il bisbiglio generale.

Rodolfo, in abiti civili e con le braccia dietro la schiena, riconobbe diversi agenti in borghese appartenenti al corpo di polizia di sicurezza, infiltrati tra un assembramento di muratori e uno di carrettieri. Sul lato opposto dello slargo vide il brigadiere Elmas e l'appuntato Copez, anch'essi in incognito. Bastò un cenno del capo per intendersi.

Nessuno in città si auspicava disordini. La costernazione non si doveva trasformare in rabbia, e da rabbia in rivolta. L'eco dei moti contro il carovita non si era ancora spenta. E il vertice in prefettura si era chiuso con chiare indicazioni. Il sindaco Bacaredda era stato determinato: che la presenza di uomini in divisa non infiammasse gli animi. Si concordò che fabbriche e attività commerciali osservassero una mattinata di chiusura, per permettere ai lavoratori che lo gradivano di partecipare al rito funebre. Volevano sfilare? Che li si lasciasse sfilare. Infine, tutti deprecarono «L'Unione» che, per colpa di quella colonna in seconda pagina, aveva fatto sí che un fatto privato si stesse trasformando in un'adunata di popolo.

Clara ne era consapevole. Quel piccolo articolo aveva toccato le coscienze dei cagliaritani, o perlomeno chi ne aveva una. Aveva ricordato che, ai margini del rinomato mercato – il Partenone, come lo chiamavano in città perché simile a un tempio greco –, campava di stenti e moriva in silenzio un'infanzia derubricata a bestia da soma per piccole faccende domestiche. «Figli di questa città nonostante tutto, ai quali, almeno nel momento dell'addio, non si possono voltare le spalle». Questa la chiusa dell'articolo. Questo Clara aveva aggiunto al compitino di Ugo.

Il resto lo aveva fatto il passaparola, dato che, fra le circa mille persone radunate intorno alle bare, una fetta non sapeva né leggere né scrivere.

Un tuono prepotente suggerí che era il caso di muoversi.

Sarrana, in camicia bianca e coprispalle nero, alzò lo sguardo al cielo e si accorse che l'assedio delle nuvole li avrebbe graziati ancora per poco. Facendosi largo goffamente tra la calca agguantò il fischietto, un piccolo tubo di rame appeso al collo, lo portò alla bocca e suonò. Un sibilo lungo e penetrante. Il brusio della gente si acquietò.

Abituate a quel segnale di inizio turno, tutte le sigaraie, due centinaia delle cinquecento nell'organico della fabbrica, si disposero in fila indiana dietro il carro. Trenta di loro tenevano per mano ciascuna un piciocu de crobi. Clara riconobbe la bambina nera come la pece dai capelli color paglia che in silenzio aveva caricato sul calesse il pescato a Sant'Elia. Impossibile dimenticarsi di lei.

Vestiti di stracci, gli altri piciocus si guardavano intorno spaventati e curiosi. A tratti persino divertiti.

Un secondo fischio e la folla arretrò.

Il barroccio si mosse di pochi metri, quel tanto da permettere ai muratori e ai marmisti di disporsi in coda sul lato opposto delle operaie. Ugo notò che li guidava un viso amico. Clara, invece, non lo riconobbe. – È Anacleto, il toscano. Quello che ha cantato per te e che ogni tanto viene all'*Elvetico*, – le bisbigliò Ugo.

– Un anarchico, – commentò Rodolfo.

– Non so se sia anarchico, di sicuro ha una voce versatile, – commentò Fassberger.

– È un anarchico, porta il fiocco alla lavallière degli anarchici, – insistette Saporito.

Clara lo osservò meglio. Il giorno del loro incontro la polvere di marmo che lo ricopriva gli aveva nascosto l'identità. Lo squadrò da capo a piedi e rimase colpita da un evidente contrasto: i lineamenti gentili cozzavano con la grossezza delle mani. La pelle del viso candida e i baffetti biondi, che sembravano essere stati disegnati col pennello, lo rendevano molto piú giovane di quanto probabilmente non fosse. Gli occhi verdi e vispi si muovevano rapidi in cerca di qualcuno che pareva mancare all'appello. Quel qualcuno comparve pochi attimi prima che il corteo funebre si mettesse in cammino. Clara lo vide e, con un colpetto sul braccio, avvisò Ugo. Il gesto non sfuggí a Rodolfo che si lisciò il pizzetto.

– Chicchirichí, – disse Fassberger riconoscendolo. – Sono venuti anche i salinieri, dunque.

Chicchirichí, in un abito per qualità e fattura ben al di sopra delle possibilità di un faticatore, si era accostato rapido ad Anacleto e gli aveva bisbigliato all'orecchio poche parole. Rodolfo notò che, al cenno dell'anarchico di far disporre i lavoratori civili della salina su due file, dietro sigaraie e muratori, Chicchirichí reagí allineando i suoi.

Il cocchiere della Fois & figli diede una scossa alle briglie, i cavalli partirono. Prendendo esempio dagli organizzatori, il resto dei cagliaritani convenuti si dispose lungo le due file. Il corteo iniziò la marcia lasciandosi alle spalle l'ospedale e il poggio su cui questo era stato eretto.

La carovana discese per via santa Margherita, una spianata costellata da qualche giovane alberello, stretta tra le mura di Santa Croce di Castello e i grappoli di case basse di Stampace, il rione sorto oltre i bastioni della città nobile. Qui ogni finestra, ogni balconcino era stato segnato a lutto. Manti o drappi neri erano stati rispolverati dalle cassepanche ed esposti. Sugli usci o sui piccoli ballatoi, gli stampacini, giovani e anziani, al passaggio delle salme si fecero trovare ritti e con il cappello in mano. Mentre le donne, adulte e piccine, il velo nero in testa, già da ore sgranavano rosari in suffragio dei due defunti.

Clara alzò lo sguardo verso il lato opposto dello stradone, Castello, e notò la differenza: gli scurini chiusi, in nessuna delle finestre dei palazzi nobiliari che svettavano oltre la fortezza erano stati apposti i segni del lutto. «Non cambia mai, questa città», pensò avanzando nelle retrovie della processione, stretta fra Ugo e Rodolfo che si guardavano intorno con circospezione, come a proteggersi. Soprattutto, come a proteggere lei da un nuovo e improvviso attacco.

Non poterono però sottrarla allo sguardo cupo del conte Cappai Pinna, che dalla terrazza all'ultimo piano del palazzotto di famiglia, armato di binocolo, osservava il passaggio della fiumana.

– Puttana, – digrignò tra i denti squadrando Clara e soffermandosi incuriosito sul secondo dei suoi accompagnatori, un uomo misterioso. Non proferí nessun'altra parola, quindi abbandonò il parapetto e si accomodò su una poltrona, mentre il maggiordomo serviva da bere a lui e alla contessa zia.

– Uno scandalo, – disse la professoressa Maria Vittoria Dessy Pinna, latinista pregiata, eccelsa negli studi quanto nell'aridità d'animo, sorseggiando il tè come se fosse un brodo. – Il lutto è una cosa seria. Non una pagliacciata. E questa, mio caro, non può che definirsi una delle peggiori arlecchinate. Stai pur tranquillo che mi farò sentire. Certo, che mi farò sentire. Tanto per iniziare, con la proprietà dell'«Unione», che ha avallato l'uscita di quello scellerato articolo e messo in movimento e ingigantito questa nefandezza. Senza tutta quella pubblicità, dietro alle bare si sarebbero ritrovate venti operaie e quattro muratori. E forse neanche loro.

Il conte si lasciò andare a un sorriso amaro. I suoi occhi scintillanti osservarono il cielo. Lo spazio azzurro stava via via restringendosi.

– È meglio se rientriamo, signora zia, – disse alzandosi. – Tutto questo passerà con la stessa velocità del temporale, verrà il sereno e i due piccoli sciagurati ben presto saranno dimenticati.

– Sempre che non ne spuntino degli altri, – disse la professoressa masticando il tè e producendo un verso che fece inorridire sia il nipote sia il maggiordomo che aveva alle spalle.

Il conte si fece ancora piú pensieroso: – Non ce ne saranno altri. Glielo assicuro, – ed entrò in casa.

Da basso, in via santa Margherita, il corteo stava scemando, la testa era già in piazza Yenne, sotto la statua dell'odiato re Carlo Felice. Ritratto in vesti romane, con tanto di elmo e di braccio alzato a indicare la giusta via, il solo nominarlo faceva rivoltare le budella dei sardi. Aveva governato col pugno di ferro, tanto da beccarsi il nomignolo di «Carlo Feroce». Erano passati quasi ottant'anni dalla fine di ciò che la gran parte dei sudditi locali, fatta eccezione per i soliti leccapiedi, aveva considerato un'ottusa tirannia. Troppo poco tempo per sperare di esser dimenticati da un popolo spietato nel risentimento.

Quando Anacleto, sardo acquisito e soprattutto anarchico, giunse a pochi metri dal basamento, si guardò intorno e, sicuro di essere ben osservato, caricò un grumo di saliva e con rabbia lo scaricò ai piedi del re bronzeo. Ne sarebbe nato un pandemonio, se un funzionario di polizia non avesse bloccato per tempo uno dei suoi agenti in borghese. Quello, alla vista di tanto vilipendio, aveva estratto rapido il manganello nascosto dietro la cintola della giacca e si era preparato ad abbatterlo contro la schiena del toscano.

– Non ora. Non qui, – gli ordinò a mezza voce il dirigente. Ma non poté evitare che, nelle prime file, le persone non si accorgessero dell'accaduto. La tensione prese a serpeggiare fra operaie e muratori. Quindi, a mano a mano sempre piú indietro, sino ai salinieri e alle retrovie miste. Dopo pochi minuti e una rapida intesa tra le sigaraie, la doppia coda che si distendeva ordinata alle spalle del carro funebre venne sciolta, e i partecipanti si ammassarono in un corpo unico dietro le bare. In quel modo Anacleto scomparve alla vista della polizia. Sarrana, fiutato il grave pericolo, raggiunse con fatica il cocchiere e gli diede ordine di aumentare il passo dei cavalli. In quell'istante, con la vista libera, capí che affrettare il passo non sarebbe bastato. Anzi.

– Vili, maledetti e vili, – disse notando in fondo a largo Carlo Felice, che dalla statua del re balordo portava sino al lungomare, un intero squadrone di carabinieri a cavallo, schierati dinanzi al mercato civico, aperto in spregio al lutto.

La voce si sparse, la tensione continuò a salire, il rumoreggiare si fece intenso. Sarrana chiamò a sé i caporioni di ogni categoria, mentre al suo fianco accorrevano trafelati Clara, Ugo e Rodolfo. – Ne sapeva qualcosa? – domandò Sarrana puntando gli occhi furenti su Rodolfo.

– Si sarebbero schierati solo nel caso in cui i commercianti del mercato non avessero accolto l'invito del prefetto di tener chiuso, se non tutto il giorno, almeno durante il passaggio del corteo funebre, – rispose Rodolfo. – Ed è evidente che non lo hanno accolto.

– Scoppierà l'inferno, – disse Sarrana. Intorno a lei si andavano accalcando uomini e donne. – Qui la gente è già furiosa con i commercianti del mercato, quei ragazzini si sfiancavano per loro.

– Sarebbe stato un atto dovuto almeno la chiusura dei banchi, – si intromise una sigaraia.

– Un segno di rispetto, – aggiunse un carpentiere.

– Ma la prefettura non poteva imporre la chiusura? – domandò Clara.

Rodolfo non rispose. Fu Ugo a dire la sua: – E da quando in qua in città si fanno interessi contrari agli affari? Oggi è lunedí, giorno di rifornimento delle principali merci, figurati se chiudevano.

Un tuono fece tremare la Terra. Un lampo illuminò il cielo ormai coperto dalle nuvole. Una prima goccia si schiantò sul battuto di largo Carlo Felice. E a seguire mille altre. Fitte ma leggere, tanto da essere sopportate. Almeno all'inizio.

Sarrana imprecò e si pentí di aver detto al cocchiere di affrettare il cammino. Il carro funebre era oramai all'altezza del mercato civico. I cavalli che lo trainavano nitrirono verso i loro simili schierati in doppia fila, fronte al colonnato. Fu quasi un saluto. Ma non ricevettero risposta.

Il grosso del corteo stava sfilando davanti all'ingresso principale, quando una voce si levò forte tra il brusio generale: – Carogne! Carogne!

Rodolfo guardò Ugo, che capí al volo: afferrò Clara per un braccio e cercò di trascinarla rapido oltre la ressa, in direzione del *Caffè Elvetico*. Non fu affatto facile. Lei, inviperita, oppose resistenza e tentò di sottrarsi alla presa.

– Non facciamo fesserie, Clara! – Ugo Fassberger le urlò contro come mai in vita sua, e la strinse cosí forte che lei reagí conficcandogli un tacco nel piede. Lui, dimostrando una forza sconosciuta, non mollò la presa e riuscí comunque a tirarla via per qualche metro, perdendo però di vista Rodolfo fra i manifestanti. – I bambini! Aiutiamo almeno i bambini! – gridò Clara, nel tentativo di divincolarsi.

Forse ci sarebbe riuscita se Anacleto Aniceti, sbucato dalla folla, non l'avesse afferrata per l'altro braccio. Un'occhiata d'intesa con Ugo e le cinse i fianchi. Insieme, mentre lei si dimenava, si precipitarono all'*Elvetico*. Per caso s'imbatterono in Elmas e Copez. Anacleto li guardò perplesso e si arrestò.

– Amici... – disse Copez per tranquillizzarlo, evitando di precisare «carabinieri».

Fu una corsa disperata. Una volta all'ingresso, il brigadiere Elmas spalancò la doppia vetrata, Ugo perse la presa su Clara, ma Anacleto senza scrupoli la scaraventò dentro, per poi correre di nuovo verso il mercato. Quando Ugo entrò trovò Clara che si rialzava da terra. Non le prestò attenzione, sbraitò al personale di uscire e di oscurare le vetrate con i pannelli di legno della chiusura notturna. La poca clientela presente, insieme ai due carabinieri in incognito, aiutò a barricare il locale. Lo zio di Ugo, Raimondo, dispose che Clara fosse fatta accomodare dietro il bancone.

Lei però li guardò con occhi di fuoco e nessuno osò sbarrarle il passo. La gonna lisa, una calza lacerata penzolante sullo stivaletto, si andò a sedere a un tavolo, e incrociando le braccia disse: – Mi basta un caffè. Bello robusto.

Per strada Rodolfo, con l'agilità di un gatto, era balzato sul tronco e da qui sui rami piú alti di uno degli alberi che facevano da corollario al largo.

Lo scontro non era ancora cominciato, ma sarebbe stato inevitabile. La folla spumeggiava, anche se fra i partecipanti alla manifestazione la parola che viaggiava di bocca in bocca era: «Calma, mantenere la calma».

Rodolfo vide Sarrana afferrare per il colletto Anacleto, che ansimante si era appena ricongiunto ai compagni. Da dove si trovava, però, non percepiva bene le parole della caposquadra delle sigaraie. Capí che gli stava intimando di tenere a bada i suoi, mentre l'altro le rispondeva con altrettanta concitazione che nessuno fra le sue fila, ne era certo, aveva gridato.

– Carogne! Carogne! – si sentí ancora.

Rodolfo si volse in direzione della voce e, nonostante la pioggerella gli impedisse in parte la visuale, individuò la persona da cui era provenuto l'urlo.

– Carogne! Carogne!

Riconobbe il capo delle guardie del bagno penale, confuso tra la folla della coda del corteo.

– Cani! Carogne!

Maullu, con indosso una giacca da lavoro della salina trafugata chissà a chi, tirò fuori da una bisaccia una grossa pietra e, coperto da alcuni complici – uno piccoletto e uno tutto muscoli –, la lanciò in direzione dei carabinieri. Il sasso colpí in piena fronte uno dei militari del cordone di difesa. Come un fantoccio, senza un lamento, quello cadde da cavallo e stramazzò a terra. Ad altezza di cavalleggero, saettò una seconda pietra poi, in rapida successione, altre due, scagliate da un paio di uomini del gruppetto che faceva quadrato intorno a Maullu.

Rodolfo capí che ogni cosa era perduta. E si mosse rapido.

Scese dall'albero nell'attimo in cui l'ufficiale in comando ordinò al trombettiere di dare fiato al cornetta. Raggiunse il carro funebre, si piazzò accanto al cocchiere che lo guardò esterrefatto e gli strappò di mano le redini.

Senza indugi, mandò al trotto i cavalli.

La carrozza si staccò dalla folla, che di lí a qualche secondo fu travolta dalla prima, furiosa carica dei carabinieri.

18.

Il San Giovanni di Dio non era abituato a quel caotico via vai, ai lamenti, alle urla, allo scompiglio fra i corridoi, né a tutto quel sangue che ora lordava i candidi pavimenti.

Il temporale in cielo era passato, ma non in Terra. Le lettighe, senza sosta, continuavano a scaricare nell'atrio i feriti, che si confondevano con chi, zuppo d'acqua, veniva portato a braccia, e con quelli che erano riusciti a giungere claudicanti, pesti, con le proprie gambe.

Mai l'ospedale si era trovato a gestire una tale emergenza. Su suggerimento del professor Callisto Rombi, a dar manforte erano stati convocati pure gli studenti dell'ultimo anno di Medicina che ora, sotto la sua guida, eccitati, tamponavano emorragie, ripulivano ferite, infliggevano punti di sutura. I piú esperti erano stati inviati in traumatologia a raddrizzar ossa.

La doppia carica dei carabinieri a cavallo aveva lasciato a terra per lo piú ragazze, e fra loro la quasi totalità era composta da sigaraie. Le ampie gonne non le avevano facilitate nella fuga. Dunque, per non urtare i pudori, al lavoro erano state messe anche parecchie suore, vista la presenza di sole due donne tra gli studenti e di solo una tra i medici, la dottoressa Paola Molinas.

Il nosocomio nel giro di poche ore si era trasformato nel ricovero di centinaia di feriti, in mezzo ai quali si aggirava trafelata Clara, nella speranza di rintracciare Rodolfo.

– Chi cerca, signorina Simon? – La giovane dottoressa le si parò davanti con un sorriso, bloccandole il passo.

– Un carabiniere... il tenente Saporito.

– La gran parte degli uomini non è qui, tanto meno i carabinieri.

– E dove sono?

– All'ospedale militare. Ma non si affanni, non le è consentito entrare. Piuttosto, noi abbiamo bisogno di braccia forti e menti lucide. Le va di darmi un aiuto?

Clara esitò. Paola la prese per mano e la condusse verso il gabinetto medico alle loro spalle. Spalancò un'anta della porta e quasi la spintonò dentro.

– Clara! – Sarrana l'accolse come una visione celeste. Stesa su un letto, il busto corto, le gambe e le braccia decisamente sproporzionate, quel donnone malconcio sembrava piú che mai una rana riversa a pancia in su. Clara notò che, rintanata sotto il letto con le ginocchia al petto e i pugni serrati, era accovacciata la bambina nera dai capelli di paglia. S'inchinò appena.

– Non si accosti, – le intimò Sarrana, – questa bestia ingrata è capace di mordere, se è impaurita. Martinica ha bisogno dei suoi tempi. La deve ignorare, sarà lei ad avvicinarsi quando lo riterrà opportuno.

Clara arretrò sbalordita.

– Come sta, signora? – la dottoressa Molinas si rivolse a Sarrana.

– Non vedo bene da quest'occhio, – rispose la sigaraia con la sua voce profonda e aspra, quasi maschile. Da fumatore. Aveva le calze lacerate, le ginocchia fasciate da una prima medicazione, e sul sopracciglio destro un'evidente ferita appena ricucita, gonfia e rossa. Il fischietto che portava al collo era ammaccato quanto lei.

– Ora le somministro un po' di morfina, poi attendiamo l'arrivo di un oculista. Intanto, la signorina Simon mi aiuterà a levarle la camicetta, cosí controlliamo anche la schiena... – Paola Molinas non ebbe il tempo di finire la frase che nella stanza entrò trafelato un uomo con la faccia da ragazzo.

– Sarrana, che san Giovanni ti benedica! Sei qua.

Clara lo riconobbe subito.

– Chicchirichí, figlio di una bagassa, – tuonò la sigaraia scattando su seduta, come animata da una forza improvvisa ma avvertendo un forte intorpidimento al braccio destro.

– Dobbiamo andare via. Subito! Ti cercano! – disse il saliniere.

– La signora non si muove di qui sinché... – e per la seconda volta la dottoressa fu interrotta dall'ingresso di un uomo, stavolta qualcuno ben noto a tutti, in quella stanza. – Professor Rombi, – disse con rispetto e ammirazione.

Rombi guardò Chicchirichí senza proferire parola, il giovane sgranò gli occhi e lo fissò per qualche istante, pure lui muto. Clara ebbe la sensazione netta che i due si conoscessero e che non volessero darlo a vedere.

– Dottoressa Molinas, avrei bisogno di lei al secondo piano, – disse quindi Rombi in modo garbato, contando sulla propria autorevolezza.

– Professore, ma... lasciamo qui sola la signora? – provò a fare resistenza Paola.

– Sta per giungere l'oculista, non si preoccupi. Inoltre, noto la presenza della signorina Simon, persona cara e scrupolosa. Le baderà lei, nell'attesa.

Il professor Callisto Rombi uscí dalla stanza senza degnare di uno sguardo Chicchirichí. Alla dottoressa non restò che seguirlo, non prima di essersi congedata da Clara: – Spero di poterla incontrare ancora. Mi piacerebbe poter approfondire la nostra conoscenza.

– Volentieri, – le rispose Clara.

Neppure il tempo che i due medici uscissero dalla camera e Sarrana era già in piedi, pronta a lasciare l'ospedale. Fece male i conti con le proprie forze, però. D'improvviso le parve che il mondo girasse vorticosamente. Cercò di aggrapparsi alla spalla di Clara, ma la mano non rispose ai comandi, e anziché sorreggersi alla ragazza quasi la accarezzò. Quindi scivolò, per poi piombare giú di peso con tutto il corpo.

Alla bambina, che sino a quel momento tutti avevano ignorato neanche fosse un arredo, scappò una risata. Balzò su pure lei.

– Per fortuna ho un gran culone! – gracchiò l'operaia, ritrovandosi seduta sul pavimento sporco di cotone insanguinato. – Forza, Chicchirichí, porco demonio, dammi una mano a tirarmi su, ché non ho voglia di farmi nemmeno un giorno di galera. E lei, cinesina bella, non stia lí impalata, ajò. A te, Martinica, manco lo chiedo.

L'ex trombettiere di marina e la correttrice di bozze la afferrarono sotto le ascelle, e con gran fatica la rimisero in piedi.

– Mi stia accanto, ragazza, – disse a Clara. – Da sola non ce la faccio, – e la prese sotto braccio.

Usciti dal gabinetto, si persero nel caos del corridoio. Qui nuovi pazienti, fra cui diversi ragazzini, erano stati fatti accovacciare a terra con le spalle al muro, in attesa che qualcuno si prendesse cura di loro. C'erano alcuni piciocus de crobi, ma soprattutto, dalla parte opposta del lungo androne, a fatica cercavano di farsi largo quattro carabinieri, intralciati nell'avanzare dalla massa di soccorritori che affollavano il piano.

Erano guidati da un tizio basso e muscoloso, lo stesso che con Maullu aveva dato il via ai tumulti.

– Rais, traditore, crumiro, bastardo! – lo riconobbe subito Sarrana. – Sempre al servizio dei padroni!

– Da questa parte, – disse Chicchirichí prendendo per un gomito la sigaraia, accelerando il passo e puntando verso un lato del corridoio che sembrava non avere vie di fuga.

Clara, agganciata ai due come un cavallo da pariglia, si ritrovò suo malgrado a dover fuggire. Il trio trainato dal saliniere pareva destinato a schiantarsi contro il muro di fine corsa, ma sulla sinistra si palesò un piccolo arco da cui prendeva il via una stretta scala di ferro a chiocciola.

– Per di qua, in fila per uno, – ordinò Chicchirichí che, sfilandosi dal braccio di Sarrana, quasi la gettò giú per gli scalini.

– Piano! Fesso! Sangue di Dio! – imprecò la donna precipitando e battendo le chiappe su ogni singolo gradino. Si ritrovò, per la seconda volta nel giro di poco, con il culo a terra, in quella che le si rivelò subito come una sagrestia.

Dietro di lei giunse Clara, che la aiutò di nuovo ad alzarsi. Infine arrivarono Chicchirichí e la piccola Martinica. – Seguitemi, – le esortò lui aprendo una porta di ciliegio mal rifinito che dava sulla cappella dell'ospedale. – Di qua, – e le guidò rapido lungo l'unica navata, in direzione di una teca di legno scuro posta al centro del muro sulla sinistra. Al suo interno troneggiava una bella statua in gesso di san Giovanni. Chicchirichí esitò. Fissò Clara, poi la sigaraia. Dalla sagrestia giunsero ovattate delle voci. – Presto, sono qui sotto!

Il saliniere esitò un attimo ancora, le voci si fecero piú vicine. Guardò la porta principale della cappella, quindi la statua. Non era sicuro di quale fosse la decisione giusta da prendere. Poi di colpo s'inginocchiò davanti al gesso dell'apostolo Giovanni.

– O buon Dio! Ma che fai? Fesso! Non abbiamo tempo per pregare, – gracidò la sigaraia.

Chicchirichí si rialzò con in mano una piccola chiave. La infilò in una minuscola toppa nascosta da alcune calle candide messe in un portafiori di bronzo lí accanto. Due giri nella serratura e la teca si aprí, rivelando un cunicolo ben piú ampio di quello percorso dal professor Rombi poche sere prima, e celato da un medesimo meccanismo.

Clara e Sarrana non ebbero nemmeno il tempo di restare di stucco, che già stavano avanzando nella galleria, mentre la teca si era richiusa alle loro spalle. Chicchirichí, sempre accanto alla bambina, apriva la strada e la illuminava stringendo in mano un tubo color oro lungo due palmi. Una specie di bacchetta magica che emanava luce da una lente convessa posta sull'apice. Martinica ne era incantata.

– Cos'è? – chiese la sigaraia.

– Un regalo dei tempi della Cina, – rispose il giovane facendo sussultare Clara.

– Ovvero? – insistette l'operaia.

– Una torcia di Misell.

– E com'è alimentata?

– Con una pila di zinco-carbone, – rispose quasi infastidito il saliniere. – Ma non credo tu possa capire.

– Capisco benissimo, invece. Lavoro in una fabbrica, coglione.

La bambina si lasciò andare alla sua risatina, che dentro quel cunicolo risuonò come un richiamo lugubre di un predatore notturno.

– Chi gliel'ha regalata? – domandò Clara.

Chicchirichí comprese di aver compiuto il secondo errore della giornata. Il primo era stato rivelare loro quel passaggio segreto, ma non aveva avuto alternative, se non voleva far finire Sarrana in bocca agli sbirri. Deglutí e attese prima di rispondere.

– Un soldato di marina americano, – disse quindi. – Un ex poliziotto di New York. Me la regalò con una scorta di pile. Da usare in caso di massima necessità, si raccomandò. Un buon commilitone.

– Ha combattuto nella difesa delle legazioni a Pechino, è stato a Tientsin? – lo incalzò Clara velocizzando il passo.

– Sí, signorina Simon.

– E ha conosciuto, dunque, mio padre? – la voce di Clara era ferma, ma dentro di sé lei stava tremando.

– Non c'è sardo inviato in Cina che non conosca suo padre. Non c'è sardo che sia tornato vivo da quell'inferno che non debba la vita a suo padre e al secondo capo Africo.

Clara scartò la sigaraia, superò Chicchirichí e gli si piazzò davanti, mettendogli una mano sul petto. – È vivo?

Chicchirichí abbassò la pila verso terra, il cunicolo piombò nella penombra, prese il braccio di Clara e lo spostò con delicatezza. – Nessuno lo sa. Nessuno, – disse mantenendo sempre la pila bassa, affinché il suo volto restasse al buio, dove meglio si può custodire una bugia.

I feriti maschi, quelli che non erano riusciti a darsi alla fuga, erano incatenati e buttati per terra lungo i corridoi del complesso di San Michele. L'ex casa del noviziato dei gesuiti, dal 1848 sede dell'ospedale militare, era distante duecento metri dal San Giovanni di Dio. Piú che in attesa di essere curati, gli ammanettati aspettavano di essere interrogati. La precedenza per i medicamenti era stata data a una mezza dozzina di carabinieri. Disarcionati durante il tumulto, erano stati massacrati di botte sotto la pioggia.

Fra i primi ricoverati, il militare colpito in pieno volto dalla pietra scagliata da Maullu. Coricato su un letto con le sponde di ferro laccate di bianco, stava rispondendo un po' intontito al maggiore Capraia, che gli chiedeva se avesse riconosciuto la mano criminale che lo aveva ferito.

– No, signor maggiore. Mi spiace. Mi sembra indossasse una divisa da saliniere, posso azzardare e ipotizzare questo. Altro non sono in grado di dire.

Il maggiore Capraia sbottò severo: – Insomma! Perdincibacco! Era o non era un saliniere? Sia preciso!

Il giovane carabiniere, seppur stordito, capí qual era la giusta risposta che ci si attendeva da lui: – Sí, signore. Era un saliniere.

Il maggiore fece una faccia soddisfatta. Gli poggiò una mano sulla spalla e prima di andar via gli domandò: – Ed è certo di non averlo visto in viso?

Il sottoposto si rabbuiò, ma dovette rispondere in modo sincero: – Sí, signor maggiore. No. Purtroppo.

L'ufficiale non lo degnò nemmeno di un saluto e uscí dalla stanza. Appagato. Sul corridoio incrociò un tenente che scattò sull'attenti per salutarlo, il maggiore ricambiò senza convincimento, percorse i corridoi affollati del San Michele, sfiorò gli incatenati a cui riservò un'occhiata schifata e superò l'uscio che dava sul porticato d'ingresso di quello che una volta era stato il potente istituto gesuita. Lí era pronto per lui un calesse con un attendente alla guida.
– La porto a casa, maggiore Capraia? – gli domandò.

– No, mi porti al palazzo civico, in Castello. Si preannuncia un consiglio comunale straordinario quanto infuocato.

– Signorsí, signore.

La corsa dei cavalli che trainavano la carrozza con le piccole bare aveva moderato il ritmo. Lasciatosi alle spalle la città, Rodolfo allentò la presa delle briglie per regalare un po' di fiato alle bestie e permettergli di arrivare, con passo conveniente alla circostanza, fino all'ingresso del cimitero alla base del colle di Bonaria. Qui fermò il carro e le bare furono scaricate.

Del corteo di mille persone partite dal San Giovanni di Dio non erano rimasti che un gruppetto di sigaraie e qualche bambino. Sguardo basso e vestiti ancora bagnati, i piciocus riuscivano a fatica a bloccare le lacrime, mentre passavano in mezzo alle tombe riservate ai bambini alle spalle della chiesa di San Bardilio, tra le cappelle immerse nella vegetazione, davanti alle statue di marmo di angeli e puttini. Uno iniziò a singhiozzare, come se avesse colto, pur non sapendo leggere, l'avvertimento dell'epitaffio inciso sul monumento per un bimbetto morto, raffigurato seduto su una seggiola accanto ai suoi giocattoli: «Cattivo! Perché non ti risvegli?»

Anche Rodolfo lo notò e rabbrividí. Si guardò indietro e realizzò che l'unico contributo alla cerimonia di sepoltura sarebbe stato qualche fiore sgualcito tra le mani sciupate, strette sul petto, delle sigaraie. E sentí ancora piú forte la miseria e la solitudine dei due bambini che aveva accompagnato.

Restò immobile e muto davanti al lavoro degli uomini che si occupavano di trovare una sistemazione per le piccole bare nel colombario della Società degli operai. Il tenente fece un cenno di tenerezza verso uno dei piciocus, ma la carezza sul capo rasato del piú piccolo venne interrotta da una sensazione, dalla percezione di essere osservato a distanza. Con la mano destra ancora a mezz'aria, Rodolfo sollevò gli occhi senza muovere la testa. In cima alla collina che dominava il camposanto si era piazzato il procuratore del re, Sebastiano Alfredo Pimentel. Alto, asciutto, un filo di baffi su un viso che ricordava il profilo marmoreo di un senatore romano, austero e rassicurante. Rodolfo l'aveva già incontrato in occasione di una manifestazione ufficiale e si era stupito del fatto che a capo della magistratura cagliaritana ci fosse un uomo che non aveva superato i quarant'anni.

L'attendente al fianco di Pimentel reggeva l'ombrello e lo riparava dalle sporadiche gocce che con il vento venivano giú dalle foglie degli alberi. Il magistrato non si mosse, il tenente neppure. Ma si scambiarono uno sguardo fulmineo che parve durare in eterno.

19.

Ugo Fassberger era seduto nella balconata riservata al pubblico. Prendeva appunti animato da un nuovo furore, mentre sotto di lui, fra i banchi del consiglio comunale, si consumava uno scontro rabbioso.

Quando un fattorino dell'«Unione» di neppure quattordici anni lo raggiunse, Ugo riordinò i fogli già scritti a mano in bella copia, glieli porse e gli disse che per il momento poteva andare. Il ragazzo gli bisbigliò all'orecchio: – Signor Fassberger, il direttore Pisano mi dice di riferirle che la sua cronaca dei tumulti di questa mattina era eccezionale. E mi ha detto di sottolineare «eccezionale».

Ugo sorrise e gli diede un buffetto sulla guancia: – C'è dell'altro, Gigi?

– Il direttore ha detto pure che, se lo gradisce, manda Camedda a darle il cambio, cosí lei si può finalmente riposare. Tanto, il resto della cronaca di stasera andrà in pagina domani.

– Di' al direttore che sto bene qui, e non ho bisogno di *Camerda*, – rispose Ugo, facendo scoppiare il fattorino in una risata che si perse fra le urla in arrivo dai banchi del consiglio.

Il ragazzo scappò via, mentre lui continuava a ripetersi la parola «eccezionale». – Già, veramente eccezionale, – si disse, – per essere il primo articolo scritto senza l'aiuto di Clara.

Da basso, sotto i suoi occhi, le voci concitate della maggioranza intanto si scontravano con le ragioni urlate dalla minoranza. L'inedito disordine non turbò l'equilibrio del sindaco Ottone Bacaredda, che li osservava sbraitare senza intervenire. Lasciò che a parlare fossero i suoi consiglieri. Quelli che sventolavano il fonogramma da lui diramato e continuavano a ribadire il giusto operato di chi, alla guida della città, aveva deciso che al corteo non partecipassero le forze dell'ordine, quanto meno non in divisa né armate.

Dall'altro lato dei banchi si invocava il pugno di ferro che una gestione troppo debole non aveva mai avuto il coraggio di usare.

Il tutto a un volume sostenuto, fra gli strepiti che si accavallavano alle urla.

Tra le pretese degli uni e le rivendicazioni degli altri, spiccò dal nulla la protesta del consigliere Pasqualino Chessa, che alzando la voce quasi tuonò: – E allora, il Poetto? Forse qualcuno è in grado di spiegare la necessità di spostare la città del mare da Giorgino al Poetto, eh?

Quell'uscita fuori dai binari ebbe lo stesso effetto di uno starnuto in una chiesa affollata. Tutti si girarono a guardare chi aveva osato interrompere la funzione, poi, tornando a ignorarlo, ricominciarono a dirsele di santa ragione.

Alla fine era piú divertente, nella sua tragica comicità, persino di un'opera a teatro, pensò Ugo. E, con l'occhio di chi osserva la vita come un grande palcoscenico, notò tra il pubblico assiepato dietro le bancate il maggiore Capraia. Lo studiò mentre ascoltava il trambusto, sembrava cercasse di acchiappare, nella concitazione, ogni singola rimostranza. Uno spione. Lo vide accostarsi a due guardie municipali, borbottare alcune frasi, e all'improvviso puntare deciso verso l'uscita, attratto da qualcosa che Ugo non riusciva a determinare, perché posto sotto la sua balconata. Immaginò, senza una ragione fondata, che potesse trattarsi di Rodolfo – carabiniere chiama carabiniere –, di cui aveva perso ogni traccia dalla mattina.

Stufo di stare seduto, Ugo si disse che quella era una buona occasione per sgranchirsi un po' le gambe. Tanto, la discussione si era arenata nelle secche delle contrapposizioni ideologiche. Quindi decise di lasciare il suo posto per andare a vedere se magari anche Rodolfo era stato inviato a supervisionare il consiglio comunale. Si mise gli appunti in tasca alla rinfusa, prese il cappello e si avviò al piano di sotto. Muoversi fra il pubblico non fu facile. Lungo le scale si dovette far largo tra le numerose persone accorse in municipio per quella seduta straordinaria.

Giunto in un corridoio che costeggiava la sala dell'assemblea, non individuò subito il maggiore né tanto meno Rodolfo. Riconobbe invece, in mezzo a un drappello dell'opposizione, Roberto Cappai Pinna che, circondato dai sodali di partito, bisbigliava loro qualcosa. Al solito, il conte si stava muovendo come un'ombra per controllare che i suoi uomini in consiglio si attenessero alle indicazioni dispensate.

Ugo non gli diede importanza e lo liquidò con un'occhiata sprezzante. Si guardò intorno, e riuscí infine a vedere il maggiore, di spalle, che si avviava nell'atrio. Gli si mise alle calcagna e sbucò dietro di lui nel foyer, anche quello affollatissimo. Lo perse ancora, nella ressa di gente che divisa in fazioni discuteva animatamente accalcata nell'ampio ingresso.

– Che bordello! – Ugo si grattò la folta chioma rossiccia e controllò a destra e a sinistra piú volte, sinché non rintracciò l'ufficiale. Lo seguí, ma si bloccò deluso nel vederlo dirigersi al guardaroba – un grande gabbiotto di legno scuro addossato a una parete – ed entrarvi. Fece spallucce e decise di tornare in aula. Peccato, si disse. Un attimo prima di fare dietro front, però, notò il conte Cappai Pinna convergere anche lui verso il guardaroba ed entrare. Ugo restò perplesso, poi la curiosità crebbe quando, nel giro di pochi secondi, vide uscire proprio da lí due inservienti, che si allontanavano felici stringendo ciascuno un sigaro in mano.

Scartando le persone stipate nell'atrio si precipitò anche lui al gabbiotto, senza nemmeno sapere cosa fare una volta lí. Agí d'istinto. A pochi passi dalla porta socchiusa, riuscí a sbirciare dentro: in quella specie di grande armadio non c'era nessuno. Restò di sasso, ma capí subito. Avevano un sistema simile anche nel retrobottega dell'*Elvetico*. Si controllò alle spalle e, constatando che gli inservienti stavano sfumazzando sereni, entrò. La cabina era vuota: era settembre, nessuno avrebbe indossato un cappotto o un soprabito sino a ottobre. Quindi tastò i pannelli e bussò sui legni con le nocche della mano destra, fino a che uno di essi non emise un suono piú squillante. Con una spinta si rivelò essere una porta che dava su un lungo corridoio illuminato, che terminava su degli scalini. Dall'ingresso non riusciva a vedere nulla, però percepí chiare, sulle scale, due voci che rimbombavano contro il soffitto a botte. Socchiuse il festone e restò in ascolto senza entrare.

– È stato riconosciuto il mio uomo? – Ugo distinse la voce gelida e tagliente del conte.

– No, signore, – e comprese che l'altra non poteva essere che quella del maggiore Capraia.

– Benissimo. E cosa si dirà nel rapporto?

– Che è stato uno dei suoi salinieri civili.

– Ottimo.

– No, conte. «Ottimo» mi sembra una parola esagerata... – Ugo avvertí che il tono di Capraia si era fatto severo, – assai esagerata... – ma perse il resto della frase, perché pronunciata a un volume piú basso. Osò, e chiuse la porta d'ingresso del guardaroba per sentire meglio. Provò ad affinare l'udito, ma fu inutile. Restò quindi in attesa, sinché la voce del carabiniere non esplose in un rimprovero. – Tenga a bada i suoi uomini!

– Cosa insinua? Non si azzardi! – ora era Cappai Pinna a riprendersi la scena con imperio.

– Conte, non tollererò che si attenti di nuovo a uno dei miei carabinieri!

Ugo si portò le mani alla bocca come un bambino a cui è stato rivelato qualcosa di spaventoso.

– Maggiore, non la capisco –. Cappai Pinna sembrava frastornato.

– Conte, non giochi sporco con me. Il nostro patto si basa su giusti contrappesi, massima lealtà e uno scopo comune: mettere a terra il movimento dei lavoratori e quei cani socialisti –. Capraia lo stava incalzando.

– Non so di cosa parla.

– Non ha dato lei ordine di sparare contro la signorina Simon e quel fessacchiotto di Fassberger?

Ugo ebbe un conato.

– No, è ovvio! Certo, vorrei vederla annientata, quella puttana impicciona, ma non morta! – rispose sdegnato il nobile.

– Quindi non ha ordinato neanche di metter loro paura?

– Ma no! Mi crede cosí... cosí... imbecille! – superato l'imbarazzo il conte tirò fuori la sua consueta fermezza.

Il maggiore, però, non si intimidí: – Badi bene che con loro, a prendere schioppettate, c'era uno dei miei uomini! E l'ho inviato con il preciso scopo di tenerli sotto controllo e riferire!

Stavolta Ugo si portò le mani agli occhi ed ebbe quasi

voglia di piangere dalla rabbia. – Pezzo di merda, – imprecò fra i denti. E si sentí fesso. Fesso e tradito.

– Maggiore, mi sta facendo perdere la pazienza! – Cappai Pinna passò al contrattacco.

– Dunque, no?

– No, maggiore! No! E non osi mai piú dubitare di me. Mai piú!

Seguí qualche frase che Ugo non riuscí a decifrare, mentre il cuore gli batteva forte in gola e un martello gli percuoteva le tempie. Quella cabina si era fatta di colpo troppo angusta: sudò, temette di perdere i sensi, ma tenne duro. Restò in ascolto fino a che non captò dei passi proseguire in basso, per le scale che di sicuro portavano a un'uscita di servizio. Altri passi piú marcati, degli stivali militari, invece, le risalivano di gran lena. La riunione era stata sciolta. Quindi richiuse con cautela la tavola, uscí dal guardaroba, si confuse fra la folla e si precipitò fuori nella piazza in cerca di aria. Il campanile della cattedrale accanto batté le dieci della sera.

20.

– Non mi va di chiamarla Sarrana.

– Ma mi chiamano tutti cosí fin da bambina, Clara. La rana. S'arrana, in sardo. Sarrana, tutto attaccato, per farla semplice. Il perché è evidente, – disse la donna, seduta sui gradini del patio del villino del Poetto.

Dopo un breve confronto tra Chicchirichí e Clara si era alla fine convenuto che quella casa affacciata sulla grande e deserta spiaggia fosse il giusto ricovero. Bisognava rimettere ordine alle idee, e trovare un buon rifugio per la sigaraia, in attesa che i marosi si placassero. Di certo al Poetto nessuno sarebbe andato a cercarla. Al termine di una giornata impetuosa, la cura del mare, il silenzio, la quiete di quei luoghi erano stati la terapia che Clara aveva scelto per loro.

Avrebbe voluto ritagliarsi anche il tempo per scambiare due parole con quello strano saliniere. Voleva sapere qualcosa in piú da lui, i trascorsi in marina, la missione in Cina, quanto, come e dove aveva conosciuto suo padre. Che notizie aveva, adesso, di lui. Una volta giunti al Poetto, però, quel giovane si era dimostrato sfuggente, smanioso di fare rientro in città. Soprattutto quando Sarrana, con i suoi modi spicci, gli aveva chiesto perché conoscesse quel passaggio segreto.

«Cagliari è piena di accessi misteriosi, ricavati nei secoli. Non dimenticate l'alternanza dei governi che si sono susseguiti: ognuno ha costruito le proprie vie di fuga. La città è stata edificata sul calcare, ma c'è pure una realtà sotterranea. Di sicuro sono in pochi a conoscerla: pochi, ma non pochissimi».

«E lei? Lei perché la conosce?» lo aveva invitato a proseguire Clara.

«Il nosocomio ha degli ingressi segreti, non tutti possono accedere liberamente alle cure passando dall'atrio principale. Nobili e latitanti pretendono la stessa segretezza».

«Sei stato uno di quelli che ha avuto bisogno di cure? E se non sei nobile...» aveva insinuato Sarrana.

«Fai troppe domande, sigaraia», aveva risposto brusco il giovane e se n'era andato, accollandosi l'incarico di contattare Ugo e Rodolfo e farli convergere lí l'indomani mattina.

Clara, Sarrana e Martinica si erano poi preparate per la notte, ma solo la bambina si era lasciata andare, esausta, a un sonno sereno.

La sigaraia e la giovane Simon avevano riposato male. Girandosi e rigirandosi nei letti, non avevano trovato pace, travolte da mille pensieri.

All'alba erano già in piedi, sul patio della villa.

Il leggero maestrale aveva finito di spazzar via le nubi e si era acquietato. Nel giro di poco sarebbe tornato il gran caldo. Una mezza luna si contendeva ancora il cielo con un sole basso, appena sorto, che illuminava di taglio il volto di Clara Simon. – Avrà pur un nome di battesimo... – insistette sedendosi accanto alla sigaraia e sistemando i lacci del costume da bagno.

– Maria, – rispose svogliata Sarrana.

– Un cognome?

– Boi.

– Oh, finalmente! Dopo un anno che ci conosciamo mi rivela la sua identità. Che farà ora, Maria Boi?

– Non posso stare nascosta qui in eterno. Lascio che si

plachi la voglia di usare il bastone. Poi tornerò alla manifattura e affronterò ciò che ci sarà da affrontare. E tu? – le disse senza convenevoli.

– Farò lo stesso con il giornale. Pagherò i miei conti.

– Eh, ragazza mia! Che conti ti dovrebbero mai far pagare?

– L'articolo sul giornale... l'eco riservata al funerale. Senza il nostro appello, dicono, non sareste stati cosí tanti, non ci sarebbero stati i disordini, non ci sarebbe stato tutto questo... e sarà la volta buona che mi faranno pagare di essere nata, d'aver messo piede all'«Unione», di aver osato osare. Simon o no, sono sempre un mezzo muso giallo, un abominio, una stonatura, – Clara portò le mani alla faccia, lasciò scorrere le dita lungo il viso sino alle orecchie, poi le staccò e le scosse, come si fa per scacciare qualcosa di unto o bagnaticcio. In questo caso, i vecchi e cattivi pensieri.

– Il funerale l'avremmo fatto anche senza l'articolo, – disse Sarrana, incuriosita da quel gesto. – Forse non saremmo stati tanto numerosi, ma il bordello ci sarebbe stato ugualmente. Quelli ci aspettavano al varco, pronti a farci pagare, come dici tu, di essere nati. Non vedevano l'ora di prenderci a mazzate, punirci, rimetterci al nostro posto.

– Le va di fare il bagno? – Clara scattò in piedi espirando con forza e saltellando sulle punte, spostando collo e capo a destra e a sinistra come un pendolo.

– Il bagno non è una cosa per noi. È una cosa per voi che avete tempo di oziare al sole, – la incalzò la sigaraia che la guardava sempre piú stranita.

– Non abbastanza in basso o non abbastanza in alto. È il mio destino –. Clara, allargando le gambe e ancorando con forza i piedi alla sabbia che circondava in buona parte la casa, prese a roteare in maniera stramba le braccia, quasi volesse tagliare l'aria con i palmi delle mani tese, secondo un tracciato preciso e già studiato.

– Come? Cosa vuoi dire? Non ti capisco, ragazza. Parla chiaro. E stai ferma, porco demonio, mi stai facendo venire un capogiro! – gracchiò Maria Boi massaggiandosi la tempia poco sopra l'ampia ferita al sopracciglio.

– Mi manca sempre un pezzetto per far parte di qualcosa. Troppo in alto per quelli come voi, troppo in basso per quelli che sono contro di voi. Non appartengo a nessuno. Straniera tra i cinesi, intrusa tra gli italiani, – disse Clara tirando su il ginocchio sinistro sino al petto e facendo scattare la tibia in alto, una, due, tre volte.

– Ma che fai? Prendi a calci l'aria? O santissimo Efisio! Ma in che mani mi sono messa! Una matta! – Adesso, però, la sigaraia piú che allarmata pareva divertita.

– Nulla. Mi alleno. Risveglio i muscoli. Questa è la parte cinese di me, – rispose Clara cambiando gamba e ripetendo l'esercizio. – Ma è chiaro che, come molti, non la capite e non la capirete mai.

Sarrana si mise in piedi e cominciò ad aprire la camicetta bianca con lentezza, bottone dopo bottone. – Se la pianti di commiserarti, io mi prenderei anche questo lusso di voi borghesi e nobili di farmi un bagno, – se la sfilò e la buttò a terra, poi sganciò due bottoni sul fianco destro della gonna e lasciò che cadesse ai suoi piedi, scalzi, grossi e callosi. Rimasta in sottoveste, alzò le mani alla testa e con poche mosse sciolse la cipolla in cui aveva raccolto i capelli. Una chioma lunghissima nera e grigia le cascò sulle spalle.

Alla vista di quel donnone in canotta e mutandoni ascellari, Martinica, giunta in quel momento ancora assonnata, non riuscí a trattenere la sua risatina tetra.

– Ridi, ridi, tu, bambina, ché oggi è gratis, ma fra massimo un paio d'anni imparerai che per vedere una donna mezzo ignuda bisogna pagare; maschio o femmina che tu sia.

– È sicura di fare il bagno? L'acqua non sarà calda, – le domandò Clara preparandosi a lasciare il villino e a dirigersi sulla spiaggia, dove tutto era immobile, aria, sabbia, mare.

– Ragazzina, pensi che noi siamo abituate all'acqua calda? È un lusso che non possiamo permetterci, se non una volta alla settimana. Siamo gente d'acqua fredda. E tu a che acqua sei abituata?

Clara fece due passi indietro e le regalò uno di quei suoi sorrisi per cui gli occhi le diventavano fessure, le guance lasciavano emergere due fossette e gli incisivi sbucavano prepotenti dalla bocca. – Io sono nata nella bambagia e nel broccato. S'immagini, quando ho visto la luce del mondo mi sono messa a ridere. Capito? A ridere! Anziché piangere e disperarmi come fa il resto dei neonati. Sicura che avrei avuto tutta l'acqua calda di questo pianeta a mia disposizione, e ogni tipo di agio, sfizio e ricchezza. Ho riso, anziché frignare, io.

– Davvero? – Sarrana spalancò la bocca, incredula.

– No, stupida. Ho pianto come avete vagito tutte voi, e urlato pure piú forte, perché mentre io nascevo mia madre moriva.

Maria Boi la prese sotto braccio, la strinse forte a sé e le disse con la sua voce roca: – Andiamo, adesso, facciamoci questo benedetto bagno.

Si divertirono. Soprattutto Martinica, che le aveva seguite come un cagnetto fedele e che, spogliandosi dei suoi poveri stracci, si era buttata in acqua prima delle altre. Un tuffo ed era sparita sotto, tanto da far venire un accidente a Sarrana che non la vedeva riemergere. «Dov'è finito, quel demonio?» Salvo poi averla vista riaffiorare parecchio piú lontano e dimostrare grande dimestichezza col mare, fiato e capacità natatorie. «Ma dimmi tu 'sto pescetto», aveva detto tirando un sospiro di sollievo Maria Boi, che dal canto suo, dopo aver fatto la sbruffona, era avanzata lenta e freddolosa, arrestandosi nel punto in cui il mare lambiva appena i polpacci.

Fecero un lungo bagno. La prima a tornare sulla spiaggia fu Clara, mentre Sarrana dovette faticare, e non poco, per convincere Martinica a fare dietro front: – Esci, maledetta, esci! – La bambina, impazzita di una felicità mai provata, sapeva che una giornata cosí non le sarebbe ricapitata molto presto. – Esci! O vengo io lí e ti affogo con queste mani!

Alla fine, dopo mille minacce, Martinica schizzò via dal mare completamente nuda, e correndo a zig-zag sulla sabbia si diresse come una saetta verso il villino Simon. Dietro di lei, arrancando e ansimando, ancora acciaccata dagli scontri del giorno prima, Maria Boi, per tutti Sarrana, faticava a tenere il passo. – Rivestiti! Non puoi andare in giro spogliata come una selvaggia!

Clara si lasciò andare a un sorriso e avanzando sulla sabbia notò, nonostante la distanza, che alla staccionata sul patio del villino era legato un cavallo color zenzero. – È arrivato il tenente, – disse in direzione della sigaraia, che di poco la precedeva.

– Tu ti fidi di quella guardia? – le domandò Sarrana senza neppure voltarsi. Quindi indicò con il braccio sinistro una carrozzella, che nella corsa stava alzando un gran polverone. – E quello dev'essere il tuo amico Fassberger. E deve avere anche parecchia premura, – aggiunse.

Clara affrettò il passo, Martinica tornò indietro e, lasciandola di sasso, le prese la mano. – A me, da che la conosco, non l'ha mai data, – commentò sbuffando Sarrana. – E tu, vatti a vestire, bestiaccia! – intimò infine alla bambina.

Clara la guardò con comprensione. – Non si preoccupi, Maria, in casa le troveremo abiti migliori. Adesso muoviamoci, – disse, riconoscendo ora chiaramente la carrozza di Ugo che si avvicinava a gran velocità. – Ho paura che non ci siano buone nuove.

Una duna che separava la spiaggia dalla strada battuta e dal villino tolse loro la visuale per pochi minuti. Non appena la superarono, però, quello che videro fece arretrare persino Martinica, che si nascose dietro le gambe di Clara.

– Ro-dol-fo Sa-po-ri-to! Traditore! Infame, ecco cosa sei! Guardia di merda!

Ugo era sceso come una furia dal calesse e si stava per avventare su Rodolfo.

– Hai perso la ragione? – gli urlò Saporito indietreggiando.

– Sei un avanzo di sterco! – Ugo fece un balzo e cercò di sferragli un cazzotto in viso, ma sbagliò mira, perse l'equilibrio e cadde a terra.

Rodolfo gli offrí il braccio per aiutarlo a rialzarsi, Ugo lo afferrò e lo tirò con forza, facendo stramazzare il tenente fra la sabbia e la polvere. Gli balzò sopra e gli scaricò una gragnuola di pugni in faccia. Rodolfo si difese con difficoltà: – Sei impazzito? Che cosa fai? Fermati!

Fassberger stava per assestare un altro pugno, quando si sentí tirare per le spalle. Si rese conto che Sarrana, con una potenza straordinaria, stava cercando di trascinarlo via. Saporito tentò di rialzarsi, ma Fassberger, quasi in rovesciata, radunò le forze per scaricargli un calcio in pieno viso, mancandolo.

– Fassberger! Ora m'hai scassato le palle! – Rodolfo passò al contrattacco. Si tirò su e con uno spintone staccò Sarrana di dosso a Ugo, lo cinse per i fianchi, lo ribaltò, lo buttò faccia a terra, gli prese un braccio e, torcendolo, glielo portò sin sulle scapole. – Datti una calmata! Datti una calmata, o ti spezzo 'sto braccio! – urlò con la bava alla bocca. Fu l'ultima cosa che disse, prima che Clara gli spaccasse in testa una tavola e lui si accasciasse sopra Ugo, che era già svenuto per il dolore.

21.

– So tutto, ho scoperto ogni cosa. Adesso puoi anche piantarla, con questa messa in scena. Conosco i tuoi sotterfugi, bastardo!

– Cos'è che credi di sapere, scemo? Sembra tu non voglia andare oltre le apparenze. Piuttosto, guarda qui, pure la giacca mi hai strappato. Dovresti scomodare una delle tue sarte per farmela mettere a posto. Invece dovrò pensarci io...

– Hai ancora il coraggio di andare avanti per la tua strada? – Ugo, controllando con cura nello specchio del salone della villa Simon se avesse riportato delle ferite al volto, non aveva nessuna intenzione di mollare la presa.

– Qui ci sono dei panni e dell'acqua fredda, avete bisogno d'altro? – Clara, rimasta in silenzio fino a quel momento, cercava di capire cosa avesse tramutato il pacifico Ugo Fassberger in una belva. Lo osservò, i capelli scarmigliati sembravano un rovo di more, la faccia piú paonazza del solito, gli occhi assatanati. Non lo riconosceva piú. Gli si avvicinò con una spazzola in mano e, come faceva quando erano bambini, provò a domargli la chioma folta, ispida e rossa. Ugo Fassberger si lasciò addomesticare.

– È un bastardo, traditore, – le mormorò.

– Non è come credi, Ugo. Non c'è nulla fra di noi. Rodolfo è qui solo per proteggerci.

Fassberger scoppiò in una risata. – Sei banale, Clara,

terribilmente banale, – e le scostò la mano con cui lo stava pettinando.

– E tu sei un gran villano! – gli rispose Clara sgranando gli occhi allibita. No, non era lo stesso uomo che sino a pochi giorni prima la seguiva impaurito fra i canneti della salina.

– Clara! Non me ne frega un fico secco di cosa ci sia fra voi! Spero un bel nulla! – Ugo avvampò. – Questo qui è solo una maledetta spia...

– Ma che dici, imbecille! – Rodolfo gli andò incontro smettendo di massaggiarsi la nuca ancora dolorante per la bastonata presa.

– Fermi! State fermi! Non ricominciamo, – Clara si mise in mezzo e allargò le braccia, come un arbitro di un incontro pugilistico che debba tenere a distanza i contendenti. Poi si rivolse a Ugo con un'espressione tra l'offeso e lo stupito. – Ah, dunque non te ne frega nulla se fra noi...

– Cosa c'entra adesso, Clara? Certo, che mi interessa... Cioè, no! – Ugo si stava ingarbugliando. – Oh, insomma! Il punto non è questo! È che questo qua è al servizio di Capraia!

Clara guardò Ugo, poi Rodolfo. Scosse la testa e disse: – Che sia al servizio di Capraia è ovvio, Ugo! È un carabiniere!

– Ecco, meno male che in questa stanza c'è qualcuno dotato di senno, – commentò Rodolfo beffardo.

– E tu, – Clara gli puntò il dito contro e gli levò subito dalla faccia il sorrisetto, – non fare il furbo. Sei con noi per aiutare o per mettere i bastoni fra le ruote?

Rodolfo non ebbe neppure il tempo di rispondere che Ugo si intromise: – È un maledetto spione! L'ho sentito dire con le mie orecchie dal maggiore. Ci sta alle calcagna solo per tenerci a bada e riferire! E non ci sarebbe nulla di male, se Capraia non fosse al servizio del conte Cappai Pinna! Insieme tramano per affossare il movimento operaio e chissà cos'altro!

– Ah! – esclamò Rodolfo, come se quella rivelazione fosse una delle tessere mancanti di un mosaico ancora molto lontano dall'essere composto.

– Ah! – disse Clara, sinceramente meravigliata.

– Un vigliacco. Ecco chi è davvero il tenente Rodolfo Saporito, – insistette Ugo, – schiavo di quel maggiore che Cappai Pinna paga profumatamente per avere i suoi sporchi servigi e coprire chissà quali mascalzonate. Non dimentichiamo che il primo bambino è stato ritrovato nella sua salina.

– Lo paga per mandare in malora il movimento sindacale, – lo interruppe pensieroso Rodolfo.

– Lo vedi! Lo vedi! – Ugo quasi si mise a saltellare nella stanza. – Confessa pure, il manigoldo!

– Ti sbagli, Ugo, ripetevo solo ciò che hai detto tu, le tue supposizioni, – Rodolfo iniziò a rinfrescarsi la nuca con uno degli asciugamani umidi portati da Clara.

– Le mie non sono supposizioni, ne ho la certezza: ho le prove, io! – continuò Ugo massaggiandosi il braccio.

– E comunque io non sono al servizio di Capraia. Sono al servizio dell'Arma dei carabinieri. Sono dalla parte della giustizia, – proseguí Rodolfo fermo, calibrando le parole. A Clara quasi sembrò che stesse riordinando le idee a voce alta. – Se il maggiore crede di potermi usare per i suoi loschi affari non significa che io sia uno sprovveduto. Ho visto Maullu, l'ho visto in azione mentre istigava i suoi in mezzo alla folla del funerale.

– Maullu! – esclamò Clara.

– Maullu, sí, Maullu. L'ho visto scagliare il sasso che ha scatenato la baraonda. E ora tu, caro Ugo, non fai altro che darmi conferma. Adesso, grazie a te, i miei dubbi su Capraia sono fondati. E non si può dire che non ti avessi già espresso le mie perplessità sul mio superiore, – Rodolfo poggiò l'asciugamano su un tavolino, sospirò e si lisciò baffi e pizzetto.

– Non mi blandire, Saporito… – disse Ugo. Clara lo interruppe con un gesto.

– Il marcio s'insinua ovunque, anche fra di noi, bisogna prenderne atto, – proseguí Rodolfo. – Io, però, non devo essere fedele a te, Ugo. Non ti devo niente, – gli disse senza rancore e con voce ferma. – Forse a Clara… – e la guardò. – Di sicuro devo essere fedele al mio giuramento, e lo sarò. Ma ciò vi deve far capire che siamo soli, in questa storia bislacca, e che unicamente con i nostri sforzi, le nostre buone intenzioni, non arriveremo da nessuna parte.

– Bel discorso, tenente. Però non mi hai convinto, – Ugo non poté accettare di aver scatenato una baraonda inutile e tenne duro. – Clara, tu credi alla favola del carabiniere onesto e inattaccabile?

Clara non rispose subito. Troppe rivelazioni, troppe cose che non avevano ancora un senso. Guardò Ugo, tentennando ancora.

Davanti a quella esitazione, Fassberger scattò in piedi furibondo. – Al diavolo, tutti voi! – gridò cercando giacca e cappello e preparandosi ad andar via. – E tu, Clara, se hai deciso di fidarti di lui, con me hai chiuso.

– Aspetta, Ugo, se vogliamo portare un briciolo di luce in questa vicenda dobbiamo rimanere uniti. Resta con noi, per favore, – Clara cercò di misurare il tono delle parole nella maniera piú persuasiva possibile. Non serví.

Seduto all'ombra del patio del villino, Rodolfo stringeva fra le mani un bicchiere di vetro grosso. Beveva una cedrata che al primo sorso gli aveva fatto sfrigolare gli occhi. Clara gli stava accanto, pensierosa e con lo sguardo perso verso la spiaggia, dove Sarrana aveva riportato Martinica con la scusa di raccogliere delle conchiglie, nel tentativo di tenerla lontano da tutta quella baraonda.

– Il primo ordine era di starti lontano, – disse Rodolfo rompendo il silenzio, – mi avresti procurato solo guai.

– E cosí è andata, no? – commentò Clara, continuando a fissare il mare. – Sono una che porta con sé solo pasticci.

– Chi me lo ha detto è un bugiardo e un venduto. Ma, Clara, se volevo starti vicino, dovevo piegare la situazione in mio favore. Soprattutto se volevamo entrare al lazzaretto. E sí, ho promesso di tenerti d'occhio.

– Molto bene, – Clara lo ascoltava tormentandosi le unghie, sfregandole una contro l'altra alla ricerca di asperità microscopiche nella pelle.

– Senti, ti prego, non fare la sostenuta con me, – Rodolfo aveva una voce diversa dal solito, piú rivolta all'interno che all'esterno. – Se non mi hai cacciato significa che mi credi.

– Voglio sentire cos'hai da dirmi, poi deciderò, – gli rispose.

– Sarò anche di primo pelo, qui in Sardegna, ma non sono uno stolto. Sono cresciuto in una città che è molto piú complicata di questa. Una città che si è persino dimenticata cosa significhi vivere nella quiete. Anzi, sai cosa ti dico? Che non le piacerebbe neppure, la quiete –. Rodolfo appoggiò i gomiti sulle ginocchia, la testa fra le mani: sembrava che pure fisicamente volesse chiudersi in sé stesso. – Qui, invece, tutti vogliono stare sereni e nulla e nessuno deve turbare questa pace.

– Si chiamano equilibri stabiliti, – lo interruppe Clara. – Stabiliti da chi, oramai ti è chiaro. Se avessero potuto, avrebbero persino evitato l'inizio di questo nuovo secolo.

– Magari i lavoratori potevano anche stare tranquilli, stavolta, ed evitare di soffiare sul fuoco, – le parole di Rodolfo parevano incanalate in un binario che non concedeva soste. – Perché, diciamocela tutta, questa del corteo funebre era piú che altro una prova di forza di quegli scalmanati socialisti e dei loro compari bombaroli, gli anarchici. Un pretesto, insomma.

– Non per tutti, – commentò Clara.

– Non per tutti –. Rodolfo raccolse quel suggerimento e subito proseguí. – Non siamo uguali, la questione risiede esattamente in questo. Spetta a ogni uomo costruirsi il proprio destino. Povero o ricco che sia. Ma non è contrabbandando parità che…

– Rodolfo, per favore, non è di questo che… – Clara si alzò in piedi, non concluse neppure la frase, e con una manata fulminea, una rabbia sproporzionata, spiaccicò una zanzara su un pilastro del patio.

Quello schiocco sembrò ravvivare Rodolfo. – Hai ragione, hai ragione, chiedo venia, – riprese a tormentarsi i baffi. – Quello che voglio dire… Ecco, non riesco a mettere in ordine i miei pensieri. Di sicuro non doveva finire a carte e quarantotto. E questo mi fa uscire dai gangheri. Vedere i carabinieri usati per rifilare bastonate a destra e a manca durante un corteo funebre, no, questo non è concepibile, – Rodolfo ruminava i pensieri e li risputava in forma di borbottio. – Non ho prestato giuramento per caricare a cavallo donne e bambini –. Si ravviò un ciuffo di capelli, che portava sempre ben impomatati. – E non mi piace farmi prendere per i fondelli. Quel Capraia… – Rodolfo iniziò ad andare su e giú per il patio, sotto lo sguardo stranito di Clara, – ha osato farmi credere che ci avessero aggredito dei banditi. Dei banditi! Ma quali banditi e banditi! Mi vuole prendere in giro, a me? Qui una cosa è chiara, se non lo era già prima…

– Rodolfo... – Clara provò a interromperlo.

– Perché Ugo mi attacca e mi dice traditore di qua, traditore di là. Ma chi è che ha preso le redini del carro funebre e ha portato in salvo quei bambini? Ma che dico, le loro bare? Un carabiniere, io!

Clara gli poggiò una mano sulla spalla e lo fermò. Il suo istinto di giornalista, quello che si fida del genere umano in quantità ridotta, le suggerí di azzardare. E di ascoltarlo con maggiore convinzione e comprensione. – Tu? – gli domandò.

– Io! Non un socialista, non un anarchico o una sigaraia, né un giornalista. Io mi sono messo in ballo, – Rodolfo si sentí autorizzato a rompere gli argini, mantenendo sempre però un tono dimesso, e senza fare tarantelle. – E sai cosa dice, questo imbecille qui, il *traditore*? Che ora ci andiamo a fondo, alla questione. Quindi, adesso piú che mai voglio sapere che fine ha fatto quel poverino lí...

– Carboneddu... – gli suggerí Clara.

– Carboneddu. E voglio sapere, anzi lo pretendo, chi è, o chi sono i responsabili della brutta fine di quei bambini. Sino in fondo, voglio andare. Anche se siamo soli, Clara. Contro il maggiore Capraia, contro il conte Cappai Pinna, contro tutti.

Rodolfo non era piú il tenente arrogante che Clara aveva conosciuto appena pochi giorni prima. Pure lui, dopo Ugo, stava rivelandole una nuova sfaccettatura del carattere. E le piacque.

– Perché il tenente Saporito non è un fesso. Eh no. Mica gli passa inosservato che addirittura il procuratore del re è andato a controllare e si è presentato al funerale di due... – si rivolse a Clara: – Come li chiamate?

– Piciocus...

– Piciocus. Già, come mai il procuratore del re presenzia ai funerali di due sguatteri? Perché sono i funerali di due morti ammazzati. E a me adesso non me lo leva dalla testa nessuno che non sono affogati cosí, alla me ne frego.

Clara lo lasciò sfogare, trovandolo sia forte sia tremendamente vulnerabile. Sembrava quasi che quella mattina Ugo e Rodolfo, con le botte, si fossero scambiati una parte delle rispettive anime. La risolutezza e l'incertezza, l'imperturbabilità e l'emotività erano trasmigrate dall'uno all'altro in dosi stupefacenti.

– Quindi, dicevo, uno come Pimentel va alla sepoltura di un ammazzato, perché la prima regola dell'investigazione dice che al funerale gli assassini si presentano sempre. E se non gli assassini, va chi ha la coda di paglia oppure le mani in pasta. E infatti, Pimentel era lí a controllare. Ci siamo guardati e ci siamo capiti. O almeno credo. Ho avuto la netta sensazione che mi volesse dire anche altro...

Il tenente Rodolfo Saporito s'interruppe. Parve illuminarsi, come chi trova la soluzione che lo libererà da un tormento di giorni. – Per cui adesso tu, Clara Simon, per cortesia, farai di tutto per farmi incontrare sua eccellenza Pimentel lontano da occhi indiscreti. Perché, ne sono certo, solo su di lui possiamo contare, in questa città impantanata come gli acquitrini che abbiamo alle spalle.

– Dici? Ti ricordo che dai suoi uffici è stata diramata la versione secondo cui si è trattato di un incidente in mare, – gli fece notare Clara.

– E sí, – rispose l'altro sicuro, – è una tecnica conclamata: dare in pasto la notizia ai quotidiani, tranquillizzare i colpevoli, far finta di essere caduti nell'inganno e lasciar loro commettere un passo falso, mentre le investigazioni proseguono. Sai quante volte abbiamo fatto 'sto giochetto con la complicità del «Mattino», a Napoli? A dirla tutta, io personalmente solo una, ma sulla scia di una buona tradizione, – il tenente Saporito si sentí esausto, si massaggiò la nuca e si rese conto di aver straparlato. Quindi si aggiustò colletto e polsini della camicia. Un altro dei suoi inarrestabili tic nervosi.

– E se invece Pimentel fosse stato lí solo per sincerarsi, visti i presupposti, che non finisse come è finita?

– Glielo chiederemo.

Clara gli si avvicinò: – Davvero sei stato tu a portare in salvo le bare? – gli domandò accarezzandogli lievemente la guancia con il dorso della mano.

– Non sono un bugiardo, né un traditore, – rispose lui. E ricambiò la carezza prendendole la mano e sfiorandola con le labbra.

22.

La quiete tornò a regnare al villino Simon, rotta solo dal suono lontano di una debole risacca.

Rodolfo aveva da poco lasciato il Poetto e stava trottando verso la città, determinato a non fare rientro in caserma. Era in licenza? Bene, tanto valeva godersela, aveva detto a Clara toccandosi la nuca ancora dolorante per la bastonata presa. Quello che non le aveva rivelato era che si sarebbe preso in affitto una bella camera all'albergo *Posta e Telegrafo*, in via Baylle, e l'indomani mattina sarebbe andato prima dal sarto e poi dal cappellaio, mettendo mano a quei risparmi che aveva riservato per le emergenze. Alla festa di fine estate, si disse, non poteva di certo sfigurare, tanto piú che si trattava di un'occasione per agganciare sua eccellenza Pimentel. Clara era stata arguta. L'abboccamento sarebbe avvenuto due giorni dopo, allo stabilimento balneare di Giorgino del cavalier Carboni. Sul punto lei non aveva avuto dubbi: il procuratore del re non sarebbe mancato a uno dei piú prestigiosi eventi della città, riservato ai gentiluomini e alle gentildonne cagliaritane. Ecco perché, per nulla al mondo, Rodolfo si sarebbe presentato al ricevimento in divisa. Per un tale avvenimento non sarebbe bastata neppure l'uniforme di gala. La divisa lo avrebbe solo omologato agli altri carabinieri che, a differenza sua, non sarebbero giunti alla rotonda sul mare a braccetto della famosa signorina Simon. Dunque, concluse, il fatto meritava un'eleganza fuori dall'ordinario.

Spronò il cavallo e si girò per rivolgere un ultimo sguardo al villino. Un pensiero piacevole gli intiepidí il viso e immaginò che in quell'eremo di lusso sulla spiaggia, un giorno, avrebbe potuto mettere su famiglia. – E che Ugo Fassberger se ne faccia una ragione, com'è vero Iddio! – esclamò dinanzi a un filare di fichi d'india su cui un falchetto appollaiato montava la guardia in attesa che, dai bassi cespugli, una lepre, un coniglio, o forse un topo si azzardassero a mettere il naso fuori dalla tana.

Clara indossava ancora il costume da bagno quando l'orologio al secondo piano del villino batté le quattro del pomeriggio. Dopo tutto quel pandemonio non aveva ancora avuto il tempo di cambiarsi, e adesso le mancava persino la voglia. Rimasta sola con Sarrana e Martinica, si era rifugiata nella biblioteca, perché dentro di lei cominciava a prendere corpo una strana angoscia, di cui non conosceva l'esatta natura.

Seduta su una poltrona riprese a fare congetture su ciò che le sarebbe toccato il giorno seguente. Per prima cosa si propose di lasciare lí, al sicuro, la «signora Maria», come si ostinava a chiamarla, e la bambina. Quindi sarebbe rientrata in città, per presentarsi al giornale e, come ogni mercoledí, si sarebbe dedicata alla solita correzione di bozze per la rubrica *Di qua e di qui*. Stavolta, però, sarebbe stato diverso, ne era certa. Ben altre questioni si prospettavano. Al di là delle consuete chiacchiere nei salotti, quali responsabilità le avrebbero addossato per gli effetti scatenati dall'articolo? E quali a Ugo?

Aveva di nuovo messo in moto un meccanismo che non si sarebbe arrestato facilmente, e capí che tutto era andato oltre la sua portata. Aveva commesso un azzardo. Avvertí una fiammata in viso che la disorientò e le sovvenne un'idea: le sarebbe piaciuto scomparire ed essere dimenticata.

– Dimenticata, – si ripeté. Ecco, in quel momento non le sarebbe per nulla dispiaciuto dissolversi. Magari vivere nella lontananza del Poetto. Suo nonno le aveva sempre rimproverato che sola in quel villino non poteva stare. Che, quanto meno, si dovesse dotare di una governante. Bene. Ecco qua. Il destino, nella baraonda, le aveva offerto un'opportunità: Sarrana.

– Starò qui per tutta la vita, – si disse tra i denti, – cosí terrò anche Martinica lontano da quegli sguardi, quei commenti, che sono stati riservati a me.

Per pochi istanti l'idea la consolò. Fissò gli occhi alla vetrata sul mare. Vide sotto il loggiato la sigaraia riversa su una poltroncina di vimini. Forse non aveva mai riposato tanto in tutta la sua esistenza. Accanto a lei Martinica lanciava sul pavimento della grande veranda una trottola di legno. Sarrana, con abbondante fatica, le aveva sistemato i capelli crespi, stopposi. Glieli aveva pettinati, bloccati con un nastro di raso, e raccolti sulla nuca con due treccioline.

– Ha la pelle troppo scura per questa città, – sospirò Clara, e di nuovo il tormento si fece largo dentro di lei, un piombo piazzato fra la gola e il petto. L'angoscia le levò il fiato. Il piombo si fuse, le arroventò i polmoni, il palato. E tutto le sembrò insormontabile.

I bambini, Ugo... e Rodolfo? Già, Rodolfo. Si portò il dorso della mano al naso e sentí il profumo di lavanda. Ma non le fu di conforto. Anzi, la infastidí. Lo percepí troppo forte e penetrante. Nervosa, sventolò la mano per scacciarsi di dosso quell'odore. Con Rodolfo sarebbero stati solo altri guai o forse... Le mancò ancora di piú l'aria.

D'improvviso le si pararono davanti delle facce, acquistavano un'identità e la perdevano un secondo dopo che le aveva riconosciute. Le ballavano attorno il nonno Simon, il padre scomparso, il direttore del giornale, i colleghi, il conte Cappai Pinna, la sua perfida zia, il maggiore Capraia... E tutti insieme le piombavano addosso. Poi svanivano e, infine, ricomparivano. Niente e nessuno aveva piú un ordine o una ragione, nella sua vita. Ogni cosa le sembrava confusa e senza senso. Ebbe una vertigine e si spaventò: mai aveva provato una tale confusione mentale. Come se la logica, i fatti, perdessero di valore e consistenza, trascinando il corpo in un malessere strampalato.

– Ma perché mi sono ficcata in questa vicenda? Ho già i miei pasticci, mi ci mancavano solo i guai degli altri! – gridò. O almeno le sembrò di farlo. La terrorizzò una certezza: non aveva nulla se non una desolante, immensa solitudine, che adesso stava perfino meditando di alimentare rintanandosi lontano dagli occhi degli uomini, delle donne e financo da quelli di Dio.

– Dove sto portando la mia vita? – mugugnò lasciando cadere le braccia lungo la poltrona. Sperò di piangere. Ma non pianse. Si sentí immobilizzata e provò una grande paura. Tremò all'idea che persino il soffitto affrescato si preparasse a piombarle addosso. – Che diavolo mi sta succedendo? – cercò di dire, sentendo le labbra tremare.

Quando le parve di essere sul punto di crollare, un vigore salvifico le arrivò in soccorso da un angolo remoto dell'anima. Una riserva di vitalità per nulla disposta a soccombere alla forma piú tremenda di malinconia. Clara capí che doveva alzarsi. E ci riuscí. Comprese che avrebbe dovuto correre verso la spiaggia. E lo fece.

Si tuffò e restò in mare per un tempo che le sembrò indefinito. Di certo fu eterno per Sarrana che, dopo averla vista fuggire come una pazza, si rasserenò quando la vide riemergere sul patio. – Come stai, Clara? – le domandò.

– Maria, si è mai fatta rapire dalla tentazione di essere vile e codarda? – le rispose Clara sfilandole davanti e allungando la falcata.

– Ogni giorno che il Signore manda in Terra.

Fu in quel momento che anche l'inconscio piú profondo di Clara decise di non sottrarsi all'imprevedibile.

All'imbrunire, finito il turno alla salina, Chicchirichí si presentò al villino Simon con po' di provviste e una brutta notizia.

– Adesso non manca piú nessuno, – Sarrana l'accolse con il suo solito sarcasmo.

– Ti licenziano, Sarrana. Stanno licenziando tutte le caposquadra –. Il tono preoccupato del saliniere e il rumore dei sacchetti poggiati con vigore sul tavolo della cucina rabbuiarono Martinica. Non parvero scalfire la sigaraia, che rimase in silenzio.

– Se non rientri alla manifattura e non ti consegni ai carabinieri, passeranno alla decimazione. La dirigenza ha annunciato che verrà allontanata una tua collega ogni dieci, – andò avanti Chicchirichí.

– Bene, allora partiamo subito, – rispose secca Sarrana, riponendo la bottiglia del latte e asciugandosi le mani con un panno.

– Preparati, io aspetto fuori, – disse Chicchirichí e fece per uscire, ma fu raggiunto dalla preghiera di Clara: – Un'ultima notte. Ancora un poco di serenità, prima di affrontare il resto.

– No, meglio andare ora, – ribadí Sarrana. – Il tempo della fuga è terminato, bisogna rientrare in città e cercare di sistemare le cose.

Clara la guardò con tenerezza: – Signora Maria, e che ne sarà di lei? – disse sollevando il mento e piegando la testa verso Martinica. – Chi si farà carico della bambina?

– Se ne occuperanno le mie sorelle, le mie cugine. Dovremo solo organizzarci un po' –. Clara, figlia unica, la incalzò con invidia: – Sorelle? E quante?

– Quattro. Alla manifattura ci sono molte donne che appartengono alla stessa famiglia, ma la verità è che siamo un unico clan. Siamo come sorelle, e da sorelle ci comportiamo.

– Allora saprete di certo prendervi cura di lei, – concluse Clara sorridendo lieve.

La carrozza guidata da Chicchirichí scaricò Sarrana davanti all'alto muro di cinta posteriore dell'immensa fabbrica di trinciati e tabacchi.

Il dondolio che li aveva portati dalla spiaggia fin dentro Cagliari aveva accompagnato i sogni di Martinica, che con uno scossone fu costretta a svegliarsi. Sarrana le ordinò di scendere con un gesto della mano.

La ragazzina si strofinò gli occhi e si tastò la testa, per sincerarsi che il nastro e le due treccine, di cui andava orgogliosa, fossero ancora ordinati e al loro posto. Erano il segno di una cura che nessuno le aveva mai riservato. Saltò giú.

I turni di lavoro alla manifattura non subivano interruzioni. Anche nell'aria rarefatta della notte si poteva gustare la fragranza dolciastra del tabacco in lavorazione.

Clara sospirò e disse: – Mi raccomando, Martinica…

– Stai tranquilla, – le rispose Sarrana secca, e si allontanò senza ulteriori convenevoli per mano alla bambina. Voltò l'angolo sottraendosi alla vista di Chicchirichí e Clara, quindi superò l'imponente cancello d'ingresso davanti al quale stazionava un carro scoperto, a cui erano attaccati due placidi cavalli dal manto ben lustrato. «Carabinieri», pensò rapida. Ma non si intimorí né si arrestò.

Sbucò nel primo cortile dell'opificio, e il suo sospetto trovò subito conferma. Un nutrito gruppo di uomini in borghese e quattro carabinieri, riuniti intorno a un fuoco, presidiavano la strada che portava al secondo chiostro e da qui al complesso di produzione. Fumavano tutti. Quelli seduti sulle panche erano in silenzio. Gli altri, una gamba piegata e il piede saldato al muro, parlottavano tra loro. Sarrana riconobbe la squadraccia di crumiri che la dirigenza della manifattura aveva schierato a difesa in occasione di altri scioperi.

Dal manipolo si staccò un tale, il piú piccolo, ma forte nel fisico tozzo. Le andò incontro e senza togliere il sigaro dalle labbra disse: – Oh, Sarrana, ce ne hai messo di tempo per tornare a lavorare. Noi siamo qui per te. Dov'eri finita?

– In villeggiatura, – rispose lei, e si indicò sarcastica la pelle delle braccia appena colorata dal sole, – come i signori che servi. E tu, Rais, vecchia carogna, sempre a capo dei crumiri?

– Taci, Sarrana, lo svago è finito, – disse un brigadiere dei carabinieri avanzando e separandosi dal gruppo. Si rese conto che un drappello di sigaraie stava marciando verso di loro. Una cinquantina tra donne e ragazze in arrivo dagli stabilimenti con aria di sfida formò un semicerchio pochi metri alle spalle di Sarrana.

Il brigadiere le fissò. Poi si voltò verso i commilitoni per tranquillizzarli con lo sguardo. Non furono necessarie parole, nemmeno da parte delle operaie. L'intento era chiaro a tutti. Martinica lasciò la mano di Sarrana e corse a nascondersi dietro i gonnelloni delle donne.

– Ragazze, avete già avuto i vostri guai. Non peggioriamo la situazione, – disse loro Sarrana.

– Non te la caverai, – ringhiò il carabiniere, – e quando avrai finito con noi, dovrai vedertela con la dirigenza della fabbrica. Mentre eri in villeggiatura, le altre caposquadra sono state licenziate. Manchi solo tu all'appello.

Il brusio di voci femminili stava diventando incontenibile; alcune lavoratrici iniziarono a stringersi intorno al carabiniere e al capo dei crumiri. A quel punto, il fronte maschile si compattò e cominciò ad avanzare in difesa dei superiori. Lo scontro sarebbe stato impari, ma le sigaraie non si sarebbero arrese facilmente.

– Ferme! Ferme! Non ora! Arriverà il nostro momento! – urlò Sarrana allargando le braccia, come a voler contenere l'onda pronta ad abbattersi sugli avversari.

Il brigadiere capí che non c'era piú un attimo da sprecare, prese per un braccio Sarrana e la trascinò verso l'uscita, scortato da tutta la sua truppa. Issata quasi a forza sulla carrozza, un gomito sollevato dal brigadiere e una mano che teneva su il vestito, la sigaraia si rivolse alle sorelle ingabbiate dal cordone dei crumiri: – Andate a lavorare! Pensate voi alla bambina. Martinica non deve tornare a Sant'Elia. Mai e poi mai al mercato!

23.

Clara si presentò in redazione cercando di assumere l'espressione piú pacifica possibile, anche se i suoi pensieri erano altrove. Un sorriso sarebbe stato troppo sfacciato, un passo altero non le si addiceva proprio. Quando entrò nella grande sala che ospitava i giornalisti dell'«Unione», Clara trovò esattamente ciò che si aspettava. Fu costretta a incrociare gli sguardi di rimprovero dei colleghi che, riuniti in piccoli gruppi, aspettavano da giorni quel momento. Come se quell'articolo, voluto dal direttore, fosse stato un corpo estraneo a ciò che loro chiamavano «il nostro giornale». Eppure, grazie a quel pezzo e alle cronache successive, «L'Unione» aveva registrato un picco di vendite mai visto dalla fondazione.

Clara cercò di restare indifferente e si precipitò nel salottino: trovò Ugo seduto su una poltrona, il colorito livido. Non la salutò.

– Un viso amico, finalmente, – Clara sperò di scorgere in lui un gesto di complicità, sicura che sarebbe riuscita a cogliere un'occhiata incoraggiante, magari anche solo accennata.

– Alla buonora. Si può avere l'ardire di chiederti dove eri finita? – le domandò Ugo tenendo la testa china. – O forse preferisci non far sapere che eri con quello lí.

– Non fare lo stupido! Senza contare che, come potrai immaginare, non sono tenuta a dire a te tutto ciò che faccio, – gli rispose lei. – Non lo dico alla mia famiglia, figurarsi a questo qua –. Finí la frase quasi sottovoce, cercando di trattenere la rabbia e con un distacco che rabbuiò ancora di piú il viso di Ugo.

– Sei matta, siete tutti matti in famiglia. Ecco perché sei uscita storta... – ribatté lui con voce tetra.

Clara chiuse gli occhi per ritrovare la calma che sembrava perduta, quando sulla porta si affacciò il direttore Pisano. – Vi prego di seguirmi nel mio ufficio, – disse fermo.

Entrati nella stanza, entrambi notarono che le poltroncine che arredavano lo studio erano sparite. E il disordine, fatto strano, regnava là dove erano abituati a vedere una precisa disposizione di ogni oggetto.

Il direttore si sedette al suo posto dietro la scrivania, quasi si accasciò come un sacco di semi vuoto, emettendo un lungo sospiro.

– Non fateci caso, mi spostano di ufficio, pare che a breve arriverà un direttore del personale. Siamo in tanti, oramai. Specie in tipografia. Serve un direttore del personale. Cosí dicono.

Ugo cedette la sola sedia a disposizione a Clara e si posizionò accanto alla grande libreria, l'unico posto libero in quella stanza piena di pile di quotidiani e libri sparpagliate ovunque.

– Bentornata, Clara. Non le chiederò spiegazioni e lei non le chiederà a me. Le basti sapere che dobbiamo far fronte a notevoli pressioni. Ci addossano la colpa dei disordini scoppiati al mercato. Finora ho preso tempo, ma è arrivato il momento di *dare* qualcosa.

Clara poggiò la schiena alla sedia, con le mani afferrò i braccioli di legno e provò a interrompere l'agonia: – Mi licenziate? O devo forse dimettermi?

– Niente di tutto ciò. Ma per un periodo sarà bene che non si presenti in redazione. E... e non potrà che occuparsi della verifica delle note teatrali.

Davanti all'espressione persa nel vuoto di Clara, il direttore Pisano cercò di tranquillizzarla. – Aspettiamo che si calmino le acque. Sarà solo per qualche tempo, e potrà comunque continuare a lavorare da casa.

Clara si sentí lentamente svuotare.

– Faremo cosí, – proseguí il direttore, – un fattorino le recapiterà a domicilio le bozze della rubrica *Su e giú*...

– *Di qua e di qui*, – intervenne Ugo.

Il direttore lo fulminò infastidito: – Non è il momento di fare i pignoli, Fassberger! Purtroppo, ce n'è anche per te, cosa credi?

– In realtà il mio pezzo era tutt'altra cosa, prima della revisione... – provò a obiettare Ugo incrociando lo sguardo furente di Clara. Non riuscí ad aggiungere altro, perché Pisano lo travolse: – È meglio se stai zitto! Le correzioni le hai accettate e, come sempre, di quell'articolo ti sei fatto vanto. Non credere che le voci non siano giunte anche dentro questo ufficio. In ogni caso, non potrai piú occuparti della cronaca cittadina, – concluse.

– Ma come? È un'ingiustizia! Io credevo che oramai per me la strada fosse spianata...

– Ma sentilo! Taci, bugiardo! Non potrai che esserne contento, – lo interruppe Clara, – cosí continuerai a stare al calduccio delle tue, poche, conoscenze, senza sconfinare oltre il seminato. E non tremerai piú dinanzi a un articolo che preveda contrattempi e scossoni e che non si conformi alla tua pavidità.

Ugo avvampò di un calore interno che ora temeva lo avrebbe incenerito: – Ma cosa dici? La mia cronaca sull'ultimo consiglio comunale è la prova provata che posso osare ben oltre, e pure senza di te e le tue pedanterie da maestrina!

Il direttore li guardò stranito: li aveva visti sempre coesi, fusi in un'amicizia indissolubile, mentre ora...

Clara scattò in piedi e simulò un mezzo inchino. – Se è tutto, io andrei a casa ad attendere le bozze. Grazie, direttore –. Si congedò, attraversò lenta la redazione e guardò i colleghi uno per uno: – Sarete contenti, – bisbigliò.

Ugo, rimasto inebetito davanti al capo, balbettò una fesseria: – Direttore, posso aiutarla a fare ordine?

Accarezzandosi i corti capelli, Giorgio Pisano si abbandonò a una sonora risata, in una giornata in cui un altro si sarebbe messo a piangere: – Vai, Ugo, torna pure alla tua postazione.

Solo nel suo ufficio, il direttore dell'«Unione» aprí la finestra e lasciò entrare i garriti dei gabbiani in arrivo dal porto. Guardò il cielo e si domandò se anche lui, da giovane, fosse stato cosí: egoista e concentrato solo su sé stesso. Tornò alla scrivania, aprí una scatola, tirò fuori un sigaretto. Lo accese. Con la prima voluta di fumo si disse che, a differenza loro, lui da giovane si sarebbe accorto che il boccone piú amaro sarebbe stato servito a breve proprio al direttore del giornale.

24.

La contessa Maria Vittoria Dessy Pinna fece scorrere due dita su una delle colonne scanalate che sorreggevano il tetto della terrazza a mare dello stabilimento Città di Cagliari. La sua mano gelida al contatto con il marmo si umettò di un'acquolina salmastra. – Intollerabile! – digrignò tra i denti. – Che qualcuno asciughi subito queste colonne! – ordinò al nulla, perché non poteva vedere niente al di là del proprio naso. Una bruma fitta continuava ad avanzare dal mare. Densa e inesorabile avvolgeva la spiaggia di Giorgino e faceva perdere ogni connotato ai bagni del cavalier Carboni.

La contessa scosse la testa e uno spettro evocato dagli abissi, vestito da cameriere, spuntò dalla nebbia con un panno in mano. Subito provò ad asciugare la colonna. – Anche la mia seduta, asino! – lo redarguí la donna, indicando un punto indefinito dietro di lei, dove con molta probabilità si trovava una sedia.

– Signora contessa, mi permetto di riferirle quanto comandatomi dal cavalier Carboni, – disse tutto d'un fiato l'inserviente. – Il padrone prega di farle sapere che senza alcun dubbio fra un'ora, alle dieci, la nebbia si dissolverà, sciolta da uno splendido sole, e solo in seguito ci adopereremo affinché ogni angolo dello stabilimento sia debitamente asciugato. Adesso ogni tentativo risulterebbe vano…

– Taci! Taci! È chiaro anche a me! Ma almeno qui, dove ho deciso di accomodarmi, che si tenti di scacciare tutta questa umidità. O si coprano la mia poltrona e il mio tavolino con dei teli! – disse la contessa Dessy Pinna aggiustandosi il cappello nero adornato da una corona di fiori scarlatti su cui risaltava una piccolissima melagrana che stava incantando gli occhi del cameriere: – Insomma, ragazzotto! Non stare lí impalato, vai a riferire!

– Signora contessa, mi perdoni, il cavaliere Carboni le consiglia, nell'attesa, di sistemarsi dentro. Abbiamo uno splendido salotto...

La nobildonna stava per sbranarlo vivo, quando dal mare si alzò un coro lieve, un canto soave ma non perfettamente coeso. – I bambini, – disse addolcendo la tonalità della voce, – i bambini sono già qui?

– Sí, signora, come da sue disposizioni gli orfanelli sono stati sistemati sulla rotonda con le Sorelle del crocefisso addolorato, insomma, sí, le suore, – disse il cameriere portando la mano in tasca e afferrandosi i testicoli, sicuro che la foschia avrebbe nascosto il suo scongiuro.

Il coro si fece compatto, e stavolta risultò piú armonioso e robusto. La contessa Pinna rimase in ascolto, ritta sotto il colonnato nel suo abito nero pece. Sperò che quelle voci bucassero il velo grigio che si era poggiato sulla spiaggia e rivelassero la strada per la rotonda, una passerella per metà sulla sabbia e per il resto elevata sul mare. Attese. Invano. Provò ad aguzzare la vista in direzione delle voci, ma l'unica cosa che avvistò fu una bandiera rossa in cima a una parvenza di guglia. Il coro si bloccò d'improvviso, un netto rimbrotto di una delle suore, poi riprese, finalmente ben accordato.

La contessa si beò. – Per questo sarò premiata, – disse ancora una volta al nulla, dato che persino l'inutile cameriere era scomparso, mangiato da una nuova ondata di nebbia. Si sistemò, quasi una carezza, le due medagliette affisse al corpetto. La prima risaliva alla festa del 1903: sua eccellenza il signor prefetto l'aveva insignita per l'encomiabile conduzione del circolo melodrammatico; la seconda era dell'anno precedente, il 1904, quando il giovane prefetto Calcaterra l'aveva premiata per il sublime lavoro svolto con il circolo della lettura. E adesso il suo petto, si gongolò la contessa Maria Vittoria Dessy Pinna – latinista pregiata, eccelsa negli studi quanto nell'ipocrisia –, si preparava ad accogliere una terza medaglia, per il meritevole sostegno a uno dei due orfanotrofi della città.

Tenendo fede alla vecchia – e piú ragionevole – scansione del tempo, secondo cui il nuovo anno prendeva l'avvio a settembre e non certo a gennaio, il gran gala di fine estate aveva anche questo scopo: premiare i cittadini che si erano distinti e avevano spiccato per intraprendenza e buone pratiche. Ma non solo.

Di lí a meno di un'ora si sarebbero riversati su quel tratto di spiaggia a ovest della città tutti i giovani in cerca di una moglie e tutte le donzelle in età da marito, in compagnia delle rispettive famiglie. Certo, non proprio tutti. Non i figli dei facchini o delle fioraie, dei pescatori o delle cucitrici, dei carrettieri o delle serve domestiche, né degli scalpellini o delle levatrici. Loro no. Anche pagando la corposa retta d'ingresso, anche dotandosi a nolo di buoni abiti, nessuno di loro, il giovedí mattina, avrebbe potuto lasciare i propri posti di fatica. Neppure le sigaraie, che da tutti i lavoratori erano guardate con invidia per essere riuscite, dopo la grande rivolta, a farsi abbassare le ore di lavoro giornaliero da quindici a tredici.

Diradata la nebbia, a bordo dei calessi piú raffinati e delle piú belle carrozze, sarebbero arrivate le famiglie meglio referenziate di Cagliari, qualche ospite straniero, e parecchi dignitari, dal sindaco al procuratore del re. Sarebbe stato un trionfo di convenevoli, di baciamano, di chiacchiere allegre, di pettegolezzi a mezza voce, di strette di mano che avrebbero sancito nuovi affari commerciali, accordi politici e promesse matrimoniali. Ci sarebbe stato un gran défilé di cappelli dalle fogge piú esagerate, ogni donna avrebbe dato il lustro all'estro del proprio sarto, obbligato ad attenersi a una sola regola: l'uso di stoffe bianche o color crema, secondo quanto dettava il protocollo. Unica eccezione per i militi. E per la contessa Dessy Pinna, in rispetto alla sua vedovanza oramai trentennale e all'innata cupezza di carattere.

Il sole tornò a trionfare alla quinta premiazione. La fanfara della banda municipale suggellò le parole di sua eccellenza il prefetto Eugenio Giuseppe Calcaterra, piemontese dalla faccia marmorea, che, congedato il commendator Lastretti, esimio commerciante, si rivolse a mezza voce al suo attendente, il dottor Deidda, mentre le trombe si attardavano con le ultime note: – Quanti ancora ne devo premiare?

– Due, eccellenza, ma l'ultima, l'avverto, come d'abitudine sarà particolarmente ostica. La prossima, al contrario, sarà assai piacevole.

Calcaterra si levò il fazzoletto dal taschino, si nettò rapido la fronte, e osservò la sterminata platea assiepata sotto il suo palchetto, addobbato con mille bandierine. Che gente, si disse. E che eleganza. Al suo arrivo in Sardegna, Calcaterra aveva maledetto il giorno in cui, a causa di un imperdonabile errore, lo avevano spedito sull'isola. Si era immaginato di giungere fra tribú di belluini, e invece si era ritrovato a constatare che persino gli operai in sciopero scendevano in piazza eleganti come a una festa, e con in testa cappelli all'ultima moda. Notò che fra la platea festosa, sotto gli ombrellini portati con naturalezza dalle ragazze, molti erano i visi dai tratti ammalianti. E si disse che, forse, quella mattina di addio all'estate sarebbe stata per lui anche la fine della vita da eterno signorino.

La fanfara terminò. Il sole di mezzogiorno illuminò il suo volto, e l'attendente Deidda pregò gli invitati di tacere. Non riuscí però a ottenere il silenzio piú assoluto, soprattutto nella zona delle bevande.

Un brusio piú sommesso accolse il suo editto, il sesto di quella mattina: – Sua eccellenza il prefetto Eugenio Giuseppe Calcaterra, su richiesta della Società reduci patrie battaglie, ha il piacere di premiare alla memoria il capitano Francesco Paolo Simon, per essersi distinto nella lontana Cina durante la rivolta dei Boxer, e per aver permesso a tanti suoi concittadini impiegati in quella missione di poter far rientro sani e salvi alle rispettive dimore...

Deidda non riuscí a terminare le motivazioni: un applauso caloroso e compatto lo interruppe. – Ritira il premio... – provò a proseguire, inutilmente.

– Evviva il capitano! – si alzò un grido.

– Evviva! – risposero in coro in tanti, stavolta persino camerieri e bagnini dello stabilimento Città di Cagliari si unirono all'ovazione, cosa mai successa quella mattina nel corso delle premiazioni.

Il prefetto guardò con piú attenzione la platea: vide che chi urlava con maggior foga e batteva le mani con maggior impeto era la parte dell'auditorio schierata alla sinistra del palco e raccolta intorno a un gigante austero. Riconobbe il cavalier Ottavio Simon. Molti indossavano le divise di gala della marina mercantile, altri, di quella militare; fra loro vi erano pure diversi ufficiali dei granatieri di Sardegna, nonché dei civili con numerose medaglie al petto. Si accorse che uno si reggeva a una stampella, un altro non applaudiva perché aveva un braccio della giacca floscio e appuntato sulla spalla con una spilla dorata. A guidare l'ovazione, un anziano di piccola statura, secco e con un cagnetto al fianco. Il prefetto si commosse. Notò inoltre che piú il suo sguardo si spingeva a destra, piú l'entusiasmo svaniva, sino ad annullarsi nei pressi di un baldacchino, sopra il quale spiccava una figura nera. Capí e fece un cenno all'attendente di proseguire con piú decisione.

– Ritira il premio, – la folla si placò, – la signorina Clara Maylin Simon. Figlia del capitano Francesco Paolo Simon –. Si levò un applauso compatto solo fra i reduci, mentre un chiacchiericcio generale si riverberò come una piccola scossa tellurica per tutta la spiaggia, fino a giungere ai limiti dello stabilimento dove, su una passerella accostata a un gruppo di casotti, Clara Simon e Rodolfo Saporito, per nulla interessati alle premiazioni, da due ore cercavano invano di scorgere il procuratore del re.

Nell'udire il nome di suo padre, Clara tremò e strinse forte la mano di Rodolfo: – Ma come, me lo dànno già per morto? – Nel sentire il proprio nome, invece, fece un passo indietro, e andò a sbattere con la schiena sui legni di una delle cabine.

– Ne sapevi qualcosa? – le domandò Rodolfo.

– No, nulla, – balbettò lei. – Nulla di nulla.

Il brusio si acquietò, tutti si girarono nella sua direzione e un silenzio d'attesa scese sul lido.

– Devi andare, – le disse Rodolfo.

– Non posso.

Saporito le afferrò un braccio, la spinse in avanti e la scortò verso il palco. A Clara non restò che procedere, seppur con il cuore in gola. Insieme avanzarono come una coppia consolidata.

Facendosi largo tra la folla, Clara udí le piú disparate voci saettarle intorno, ora in calorosi sussurri, «complimenti, signorina Simon», ora come frecce al curaro, «si vergogni, lei e il suo giornale, che con quello scellerato articolo...» Ma la completezza delle frasi si perdeva col suo avanzare. Sinché, a un passo dalla scaletta, quasi a sbarrarle la strada, trovò il conte Cappai Pinna e la signora zia. – Fossi in lei, se è ancora dotata di un barlume d'amor proprio, abdicherei al premio, – sibilò la contessa.

Clara la guardò e ruppe ogni indugio: poggiò il piede sul primo scalino e salí sul palchetto, lasciando Rodolfo di guardia, ritto sulla scaletta.

Il prefetto si diresse verso un tavolo posto alle sue spalle e, scortato da Deidda, afferrò la medaglia da un cofanetto di legno foderato di damasco rosso. – Non sapevo fosse cosí incantevole, – bisbigliò al suo attendente. – Glielo avevo detto, eccellenza, – rispose compiaciuto quello. – Le risulta libera? – proseguí Calcaterra. – Liberissima, mi dicono. Ma non è puledra da marito, vista la sua miscellanea di sangue –. Si voltarono entrambi e accolsero Clara con un gran sorriso.

Il prefetto affidò la medaglietta alle mani di una nobildonna deputata alla consegna, che l'appuntò sulla camiciola di Clara e, guardandola in cagnesco, le mormorò: – Si vergogni.

– La signorina Simon gradisce dire qualcosa? – domandò come di rito il prefetto.

Clara osservò con attenzione la fiumana dei suoi concittadini: sapeva che da lei non si sarebbero aspettati nulla di che. – Non posso che ringraziare, per l'immenso onore, la Società reduci patrie battaglie e lei, signor prefetto, per aver accettato la loro richiesta, – disse rivolgendosi ai militari e ai reduci riuniti attorno al nonno e al fido Serafino. – Mi preme dirvi che questo riconoscimento mi trova impreparata, esattamente come l'idea che mio padre sia morto. Perché, vi confesso, brucia in me la ferma convinzione che ancora, chissà dove, caparbiamente come tutti gli uomini di mare e di armi, Francesco Paolo Simon stia lottando per far rientro al suo porto. Grazie.

C'è chi giura che quella mattina, sui visi del nutrito drappello di ex combattenti, sgorgò piú di una lacrima. Altri testimoniano che una buona fetta dei convenuti riteneva che il premio, dopo i fatti del mercato, si sarebbe potuto evitare. A ogni modo, su tutti prevalse un bisogno, quello che sovrasta ogni sentimento, piú che mai intorno all'ora di pranzo: la fame.

Gli invitati dovettero però attendere parecchio, prima di potersi tuffare sul ricchissimo banchetto disposto all'ombra del colonnato della terrazza e lungo la rotonda.

Alla richiesta del prefetto se avesse gradito rivolgere un ringraziamento per il premio ricevuto, la contessa Dessy Pinna infatti si era lanciata in una filippica che ormai solo uno sparuto gruppo di fedelissimi con relative mogli e figlioli seguiva sofferente, e sudatissimo, sotto il palchetto. Finanche le iscritte ai circoli guidati dalla contessa avevano finito per dirigersi all'ombra del colonnato, in attesa che, una volta per tutte, si desse il via al pranzo. Altri invitati si erano ammassati sulla rotonda, dove da ore il coro dell'orfanotrofio era schierato in attesa di cantare. Osservando le facce di quei disgraziati, Rodolfo era sicuro che piú d'uno, fra i bambini, stava rimpiangendo di non essere morto il giorno in cui erano trapassati i genitori.

Dopo mezz'ora di discorso, persino chi si era detto arcischifato per l'onorificenza ritirata da Clara Simon avrebbe voluto appendere al pennone, al posto del tricolore che svettava sul bagno Città di Cagliari, la signora contessa.

Eppure la nera aristocratica pareva non voler demordere. Il prefetto si fece portare una sedia, sulla quale stramazzò esausto, mentre la Dessy Pinna, in ordine confuso, da un lato bacchettava gli organi di informazione per lo scandaloso servizio reso alla città nell'alimentare i venti di rivolta a seguito dello sciagurato perimento di due facchini, e dall'altro esaltava il proprio personale lavoro in favore degli orfani.

Quando infine terminò e fu fatto cantare il coro, con suo grande disappunto la contessa dovette constatare che le dodici canzoni in repertorio erano state decurtate a due, su ordine del prefetto e per la gioia di tutti. Perciò offesa, accompagnata dal tintinnio delle sue tre medaglie, ordinò di farsi scortare nell'angolo piú remoto della terrazza, dove attorniata da un codazzo di fedelissime pretese che le venisse servito un brodo tiepido.

25.

Mancava poco alla chiusura dell'ora di pranzo del mercato civico e la piccola Martinica, tenuta per mano da una delle sigaraie, si guardava intorno alla ricerca di qualche faccia amica.

– Giornata magra, – commentò uno dei commercianti dal suo banco di carni bovine.

– Come mai? – domandò la sigaraia.

– E come mai, l'avete scordato? Oggi a Giorgino i lor signori celebrano il gran gala di fine estate, – disse, omettendo che, qualche giorno addietro, molti dei bottegai, lui in testa, avevano fatto grandi affari fornendo al cavalier Carboni le materie prime per allestire il sontuoso banchetto.

– Beati loro, – fece spallucce la sigaraia.

Intanto i banconi cominciavano a essere svuotati e la merce avanzata veniva disposta in ceste e cassette, ma in larga parte veniva buttata. L'allegra concitazione della mattina aveva lasciato spazio alla flemma e al lieve borbottare della chiusura. Di lí a pochi minuti il Partenone sarebbe stato deserto.

Martinica vide spuntare la testa di un ragazzino dietro il piano di marmo di un pescivendolo, e le sembrò di conoscerlo. Approfittando di un attimo di distrazione della sigaraia, che stava contrattando sul prezzo di un grosso scorfano, la bambina si sfilò dal suo controllo e rapida attraversò la corsia, poi svoltò a destra dove le era parso di vedere il suo ex compagno di lavoro.

Girato l'angolo incrociò cinque piciocus che, armati di coltellini, stavano provando ad aprire delle cozze ammassate fra quelle non buone, pericolose, destinate a essere buttate. Non appena la videro, la squadrarono con stupore.

– Martinica, che ti è successo? Dove hai preso quel bel vestito? – le chiese il piú piccolo, coperto di stracci al pari degli altri, e scalzo. Lei si passò le mani scure lungo l'abitino di cotone candido, lisciando le balze ricamate. Era un regalo di Clara, e da quando glielo aveva dato non se l'era piú voluto togliere, se non controvoglia per dormire. Si accarezzò poi i capelli, domati e ordinati in due lunghe trecce, adornate con un nastro di raso. Infine, con gesto vezzoso allungò un po' il piede destro, affinché si notassero le scarpe bianche, arricchite fino alle caviglie da una fila di bottoncini.

Dal gruppo si staccò un ragazzino esile, molto piú alto ed evidentemente piú grande degli altri. I primi accenni di timidi baffetti sotto il naso. La guardò storto e alla fine, quasi schifato, disse: – Ci ha tradito, ecco la verità! Se no dove li trovava, questa qua, i soldi per farsi bella?

– Che dici! Lasciala in pace! Martinica è una di noi, – provò a contrastarlo il piú piccolo dei piciocus, mentre gli altri ammutolivano dinanzi all'aggressività di quello che a quanto pareva era il loro capo.

– Non è una di noi! È negra! Non l'hanno voluta, non la vuole nessuno se non quelli di Sant'Elia, e ora per noi… – Il ragazzino non ebbe il tempo di finire la frase che Martinica gli si avventò addosso, si arrampicò su di lui, e con furia lo morse a un orecchio.

– Bastarda! Negra! Spia! – urlò quello, che per staccarsela di dosso prese a riempirla di pugni sul fianco, non rendendosi conto che nella mano destra stringeva ancora il coltello per le cozze.

Martinica cadde a terra, intorno a lei un fiume di sangue. Terrorizzati i bambini fuggirono, piú veloce di tutti il loro capo.

Richiamati dalle urla, la sigaraia e i pochi negozianti del mercato accorsero sul posto. Troppo tardi. Non trovarono nessuno, tranne la bambina agonizzante.

La piciochedda fu gettata senza riguardo su un carretto a cui non si pensò neppure di attaccare il suo placido asinello, troppo lento per quell'emergenza.

Afferrata una stanga a testa, due robusti commercianti, un venditore di polli e un fruttivendolo, cominciarono a correre disperati trainando il carro verso l'ospedale San Giovanni di Dio. Dietro di loro, la gonna tenuta su con le mani, la povera sigaraia e un codazzo di curiosi, che mai mancano al seguito di ogni tragedia.

26.

Il sole aveva iniziato, lento, a disporsi verso occidente.

Con le pance gonfie come otri e gli spiriti inebriati da ottimi vini, seppur con i riflessi rallentati, i partecipanti al gran gala di fine estate potevano dirsi soddisfatti.

Lo stabilimento balneare Città di Cagliari ora sembrava piú che mai un formicaio animato da candidi insetti in festa. Dal felice chiacchiericcio era evidente che ognuno avesse raggiunto lo scopo della giornata. Chi doveva trovare soddisfazione l'aveva trovata; chi voleva instradare buoni affari, altrettanto; cosí come chi bramava di far sbocciare amori o di rinvigorire corteggiamenti. Divisi in capannelli, gruppi e gruppetti, gli ospiti occupavano l'intero lido: dalla rotonda sul mare ai casotti, lungo la terrazza, le pedane e all'ombra di diversi gazebo.

Gli unici a non trovare pace erano Clara e Rodolfo, in attesa dell'arrivo, ormai poco probabile, del procuratore del re. Avevano aderito all'invito di desinare insieme al cavalier Simon sotto il tendaggio riservato agli affiliati alla Società reduci patrie battaglie. Per l'intera durata del pranzo il cavaliere era stato silenzioso. Si era limitato a osservare con occhi compiaciuti i modi e l'eleganza di Rodolfo, che ascoltava ammaliato i racconti dei reduci. Due anziani che, all'età di sedici e quindici anni, avevano preso parte alla missione in Crimea fra gli scavatori del genio dell'armata sarda, un nutrito drappello di combattenti delle disastrose battaglie coloniali incolonnati tra i bersaglieri e gli ultimi accorsi alla difesa delle legazioni in Cina. Ascoltandoli Rodolfo era rimasto stupito. Per la prima volta era riuscito a comprendere in che modo il regno attingesse a piene mani fra i ranghi dei giovani sardi quando c'era da guerreggiare in giro per il mondo, e come la chiamata alla leva incidesse sulla decimazione di intere generazioni. Il tenente Saporito non si era fatto sfuggire neppure una sillaba di quei discorsi, che oscillavano tra l'orgoglio e l'amarezza.

Il vecchio Simon non li aveva interrotti e si era divertito a punzecchiare l'accompagnatore della nipote prediletta solo all'inizio del banchetto: «E Fassberger, il buon Ugo come mai oggi non s'è visto? Ci sono diversi giornalisti dell'"Unione", ma manca proprio lui che mai si è perso una festa in vita sua, tanto meno questa».

Rodolfo aveva preferito non cogliere la provocazione, e Clara aveva lanciato uno sguardo di rimprovero al nonno. Solo allora le era venuto in mente Ugo. Già, che fine aveva fatto, quel capoccione?

All'arrivo dei cesti di frutta un reduce si parò dinanzi a Clara e la salutò con un lieve inchino.

– Signorina, permette? La distolgo dalla sua compagnia solo per onorare con un saluto speciale la figlia di un uomo speciale, – disse togliendosi il cappello e portandolo al petto.

– La ringrazio, davvero. Qui tutti conoscevate mio padre, e forse qualcuno conosce pure la sua storia. Eppure nessuno mi aiuta a scoprire la verità. Perché, eh? – sbottò Clara, battendo a terra con vigore il suo ombrellino, finché la punta non si incastrò nei legni della pedana. L'uomo fece un passo indietro, poi un altro, e riproponendo un frettoloso inchino biascicò: – Non è come dice. Non sono in tanti, a sapere, – si accertò di non essere udito da altri e concluse:

– Solo quella testa matta che è in galera può aiutarvi, – e si congedò indietreggiando.

– Africo... – sospirò Clara ormai scura in volto prima di riunirsi al gruppo.

La breve conversazione non sfuggí al cavaliere Simon, che con uno sguardo di amorevole rimprovero, senza essere visto, rivolse a Clara un sospiro di profonda compassione. Quindi decise di dirigersi al tavolo degli amari e dei distillati. Si sganciò dagli ex combattenti su invito del vecchio Severino, e si spostò verso il gazebo, dove lo attendevano i cavalieri riuniti e i membri della Società fratellanza commerciale. Un brindisi lo accolse: – A suo figlio, il comandante Simon!

Clara e Rodolfo decisero di dividersi e di lanciarsi in un'ultima, demoralizzata ricerca del procuratore Pimentel. Pochi passi e Clara fu di nuovo bloccata, stavolta da un sorriso amichevole e sincero. – Signorina Simon, le faccio i miei piú profondi complimenti, – disse la dottoressa Paola Molinas, – anche se, immagino, questo riconoscimento scateni in lei sentimenti contrastanti.

– Dice bene, dottoressa Molinas. Eppure, come ha visto, non tutti hanno apprezzato che sia stata io a ritirarlo, – Clara si lasciò andare a una smorfia, mentre i suoi occhi saettarono oltre il medico in cerca di Pimentel.

– Dicono che in origine sul palco sarebbe dovuto salire suo nonno, il cavaliere. E si mormora pure che abbia declinato e ceduto a lei il posto. Il fatto ha inorgoglito i reduci, ma...

– Ma solo loro, o quasi. Quel testardo di mio nonno si incaponisce a farmi accettare, a difendermi, a impormi, nonostante...

– E fa bene, – la interruppe la dottoressa Molinas. – Vede lí? Chi svetta fra i medici del San Giovanni di Dio?

– Il professor Rombi, – rispose Clara.

– Ecco, e lei crede che il professore non faccia lo stesso per me in ospedale? E non mi è padre né parente. È solo un uomo illuminato come suo nonno e capisce che nel nuovo secolo pure le donne come noi hanno diritto a un collocamento diverso nella società.

– Dovrebbero lasciarci fare da sole.

– È ancora troppo lontano, quel tempo, signorina Simon. Quante donne crede che esercitino la professione medica al San Giovanni di Dio... che dico, in tutta la città, in tutta la regione?

– Non lo so.

– Una. La sottoscritta. E quante giornaliste?

– Una, la sottoscritta.

Clara e Paola si lasciarono andare a una risata complice.

– Or dunque, cara Clara, non rimproveri suo nonno e prenda ad esempio uomini come lui e come il professor Rombi, che sono al nostro fianco. Seppure spesso si muovano goffamente, perché anche loro sono inesperti in questo novello ruolo.

Clara si abbandonò a una seconda, grassa risata. Era da mesi che nessuno portava leggerezza e ilarità nella sua vita. Forse anni, si disse.

– Posso chiamarti Paola? – la richiesta le sgorgò naturale, dal cuore.

– Certo, – rispose raggiante la dottoressa.

Clara spostò l'attenzione all'ingresso del lido, da cui giungeva una certa concitazione.

– Che accade? – domandò Paola.

– Stanno arrivando gli atleti delle società Amsicora ed Eleonora d'Arborea per la rituale disfida. Hai visto, poco fa sono state disposte attrezzature, pesi e pedane sulla sabbia.

– Ah sí, ma in effetti non avevo capito. Questa per me è

la prima volta. Sai, io arrivo dalla Gallura... – disse arrossendo e indicando il Nord alle sue spalle. Poi, voltandosi verso il drappello capitanato dal professor Rombi, aggiunse: – E tutto ciò grazie al mio mentore.

Gli atleti avanzarono in fila per due, petto in fuori e mento alto, anticipati dagli stendardi delle rispettive società. In mutandoni, ognuno aveva sulla canotta diverse medaglie, ricevute per meriti sportivi, che tintinnavano nell'incedere.

Nel giro di poco, intorno a ginnasti e lottatori si radunò elettrizzata la gran parte degli ospiti, che li accolse con un poderoso applauso. Persino il direttore del bagno penale di San Bartolomeo, il dottor De Martino, aveva finalmente abbandonato il banchetto a cui era stato saldamente ancorato per parecchio tempo e si era alzato ad acclamare gli sportivi, seppur con un pollice ancora sporco di panna.

– Quello è il conte Roberto Cappai Pinna, – disse con stupore Paola Molinas riferendosi all'atleta che chiudeva lo schieramento dell'Amsicora.

– È ancora un lottatore provetto di greco-romana. E, nonostante l'età, ogni estate ci tiene a ribadirlo, – le rispose Clara nell'istante in cui vide, accanto al prefetto Calcaterra, il sindaco Ottone Bacaredda cedere il passo a Sebastiano Alfredo Pimentel, giovane e prestante procuratore del re. – Lo sapevo! – esclamò poi congedandosi in fretta e furia da Paola, e scansando alcuni convitati che si dirigevano verso il punto dove, secondo tradizione, si sarebbe consumata la sfida.

In un abito tre pezzi candido, e scortato da un paio di carabinieri del corpo di polizia giudiziaria e da un segretario, al suo comparire in spiaggia Pimentel accese pensieri sconvenienti fra le numerose invitate. Persino la contessa Dessy Pinna, inforcando un binocolo da teatro, commentò:

– Avete ragione, mie care signore. È sempre un bel giovine, – scatenando le risatine ruffiane e compiaciute delle sue ospiti assiepate sotto il colonnato.

Pimentel salí sul palchetto che poche ore prima aveva visto protagonista sua eccellenza il prefetto Calcaterra, e con fare sbrigativo annunciò: – Sicuro che vogliate perdonarmi per il ritardo e per non essere giunto qui con la mia adorata consorte, dichiaro aperta la disfida tra le onorate società Amsicora ed Eleonora d'Arborea!

Al suo fianco il dottor Deidda estrasse dalla giacca una pistola, sparò un colpo in aria e, fra l'inno nazionale suonato dalla banda municipale e gli applausi scroscianti, gli atleti si disposero per le diverse prove.

Con un gesto atletico il procuratore scese dal palchetto e si diresse, salutato da inchini e inutili tentativi di bloccarlo, all'ingresso del lido. Rallentò solo alla vista del direttore del bagno penale. Gli andò incontrò, gli strinse con vigore la mano e gli sussurrò: – Stimatissimo direttore, temo che a breve dovrà privarsi di alcuni dei suoi ospiti. Mi è appena giunto da Roma un fonogramma che renderà operativa l'amnistia che attendevamo.

– Le casse del regno non potranno che giovarne, – commentò De Martino. – Un po' meno quelle del conte Cappai Pinna, destinato a perdere alcuni dei suoi schiavi alla salina, – azzardò quindi con una risatina.

Pimentel restò impassibile, gli strinse di nuovo la mano e se ne andò. Giunto davanti alla sua carrozza vide, ferma sulla strada sterrata e con l'ombrellino puntato a terra, Clara Simon. Fece per scartarla, poi notò sul suo petto la medaglietta che brillava, complice un raggio di sole.

Si arrestò bloccando tutto il suo codazzo, e con fare curioso le domandò: – Signorina Simon, per cosa è stata premiata? Non mi dica per i suoi rivoluzionari articoli…

– Non sono io a scriverli, sua eccellenza lo sa bene, – Clara rispose pronta ma rispettosa.

– Vuole che il procuratore del re non sia a conoscenza dei suoi meriti, o demeriti, a seconda di come si guardi la questione?

– Certo, eccellenza. In verità ho questa medaglia in attesa, un giorno, di poterla consegnare al legittimo proprietario: mio padre.

Pimentel si sentí colpito, contrasse i muscoli del viso e aggiunse: – Sono stato uno sciocco, ho commesso un'imperdonabile gaffe, come direbbero i cugini francesi.

– Può rimediare, – lo incalzò coraggiosa Clara, e la sua intemperanza fece inarcare i sopraccigli del segretario del procuratore.

– Mi dica pure.

Clara gli si avvicinò sino quasi a toccargli il petto con la punta del naso; se fosse stata un uomo la scorta l'avrebbe buttata a terra e in un battibaleno le avrebbe stretto i ferri di campagna ai polsi. – Avrei necessità di conferire con lei. In privato.

Pimentel si concesse una breve riflessione, quindi sentenziò: – Acconsento. Glielo devo. L'aspetto domattina, a casa. Immagino conosca la strada –. Andò via, sicuro della propria scelta e ignaro, come spesso capita a molti uomini, che in realtà non aveva deciso un bel niente, aveva semplicemente obbedito ai piani di una donna parecchio arguta.

Clara restò a gongolare al bordo dello stradone, la festa poteva andare a farsi benedire. Pensò che, in mezzo a quella baraonda, non avrebbe voluto neppure cercare Rodolfo per farsi portar via. Svogliatamente girò i tacchi in direzione dell'ingresso dello stabilimento Città di Cagliari, quando le si pararono dinanzi gli orfanelli del coro, incolonnati per due, nelle loro divise candide, la testa china e gli occhi rivolti alle punte delle scarpette nuove fiammanti. Tristi.

– Ecco, invece, chi non ha nessuna voglia di andar via, – si disse.

Dalla direzione opposta vide arrivare un carro nero trainato da quattro muli, il cassone chiuso su ogni lato da alte paratie grigie. Sembrava una grande cella ambulante dotata di una sola finestra. Uno dei due uomini a cassetta scese a terra, si diresse sul retro e abbassò il portellone. – Forza, bestiacce immonde, si torna a casa.

Fu subito redarguito da una delle suore di scorta ai ragazzini. – Maccarroni! Certe parole, non al cospetto del Signore, – disse sgranando gli occhi e indicando con la testa Clara, l'unica che piú di Dio, in quel momento, non avrebbe dovuto essere testimone di ciò che stava accadendo.

Clara finse di non aver udito nulla e fece per tornare dentro. Giunta nel loggiato d'ingresso, però, nascosta da un pilastro, si voltò e notò che prima di salire le suore imponevano ai bambini di togliere le scarpe e riporle in una cassa.

– Non vi serviranno piú sino a Natale, – vociò Maccarroni. – Sempre che qualcuno di voi, per allora, sia ancora con noi.

27.

La villa del procuratore del re Sebastiano Alfredo Pimentel era arroccata in cima alla collina di Tuvixeddu e affacciava sul misero borgo di Sant'Avendrace e sulle balze di calcare dell'altipiano delle anime, l'immensa necropoli punica scavata sui gradoni di roccia sedimentaria.

Pimentel non amava la vita di città, guardava a Cagliari come a un dovere. Preferiva quell'eremo di periferia che sua moglie, laureata in Architettura a Firenze, aveva personalmente progettato. In centro li si vedeva solo nelle occasioni ufficiali, dove spiccavano per la sobria eleganza e la bellezza austera. Sembravano fratello e sorella: la simbiosi su cui avevano basato la loro vita aveva finito per plasmarli come gemelli.

Nell'ampio atrio da cui si dipartivano due corridoi e uno scalone, Clara e Rodolfo attendevano di essere ricevuti. Saporito controllò l'orologio: mancavano venti minuti alle dieci. – Siamo giunti troppo presto, forse.

Clara sentí che la casa profumava di un gradevole aroma, un misto di menta e incenso. Il procuratore del re comparve accompagnato dalla moglie e da due bambini e una bambina, silenziosi, magri e dai volti gentili, proprio come i genitori. Erano tutti vestiti di nero.

– Siamo giunti troppo presto e nel momento sbagliato, – ribadí Rodolfo.

– Non preoccupatevi, – disse spezzando l'imbarazzo la contessa Simona Cao Pimentel, – stavamo per celebrare il funerale di Osvaldo, il nostro soriano –. E aggiunse: – I bambini ci tenevano tanto a una sepoltura con tutti i crismi –. I figli confermarono con un composto movimento del capo.

– Signorina Simon, è un piacere riceverla, – disse freddo il procuratore, – ma non mi aspettavo venisse accompagnata, – concluse con un tono di evidente rimprovero.

– È stato un azzardo. Forse è meglio se togliamo il disturbo, – farfugliò Clara.

– È stato indubbiamente un azzardo, – confermò Pimentel, immobile.

– Ma di certo non possiamo farvi riprendere la strada senza neanche offrirvi un rinfresco, – disse la contessa muovendo un passo avanti e tendendo la mano a Clara. – Vero, Sebastiano?

Il procuratore guardò la moglie con accondiscendenza: mai e poi mai l'avrebbe contraddetta, tanto meno in pubblico. – Tenente Rodolfo Saporito, prego, mi segua, – tagliò corto indicando uno dei due corridoi.

– Signorina Clara, – disse la moglie, – vuole accompagnarmi nel salone? Sono sicura che i bambini vorranno raccontarle le destrezze predatorie del nostro povero Osvaldo.

In fila indiana e in ordine di età, i bambini le passarono davanti e iniziarono a salire le scale. Clara esitò e guardò prima il procuratore poi Rodolfo, decisa a rivendicare un ruolo in quella vicenda. Non era per nulla disposta ad accontentarsi di un tè e quattro chiacchiere di cortesia. La risposta che ebbe dai loro volti, severo quello di Pimentel, supplicante quello di Saporito, la fece capitolare e si rassegnò ad accodarsi al piccolo corteo funebre in onore di un dannato gatto.

I suoi occhi incontrarono quelli profondi e grandi della contessa, ritta sul primo scalino. Quei due fari neri le perforarono le pupille e, come scandagli capaci di risalire sino al cervello, le parve che frugassero nei suoi pensieri piú reconditi.

– Sebastiano, caro, – disse d'improvviso con tono suadente Simona, interrompendo la camminata del marito diretto con il suo ospite in cucina. Al procuratore del re fu sufficiente un'occhiata all'espressione della moglie – le labbra strette e tese in una parvenza di sorriso – per afferrare il messaggio. Aveva imparato a destreggiarsi con quel linguaggio: un avvertimento complice, se soddisfatto, avrebbe tramutato il viso della moglie in un sole raggiante; diversamente, in una luna nera. Un «consiglio» che aveva capito come decifrare già nei giorni fiorentini, quando si erano conosciuti da poco. Giovanissimo, per imperizia e sfrontatezza aveva messo un piede in fallo domandandole perché si fosse incaponita tanto nel perseguire studi cosí maschili.

Forte dell'esperienza, quella mattina il procuratore del re rispose all'ammonizione della moglie con un sorriso: – Signorina Simon, riflettevo... Non è che per caso avrebbe il piacere di seguirci? Avrei alcune domande da porle.

Clara guardò la contessa, l'avrebbe voluta abbracciare con una foga infantile. Dalle labbra le uscí un assenso carico di soddisfazione al pensiero che persino un temutissimo giudice avesse un capo a cui rendere conto.

Pimentel fece strada verso la cucina. – Lei si è mosso in maniera scomposta sin dal suo arrivo a Cagliari, – bisbigliò all'orecchio di Rodolfo, che si sentí trafitto da una lama sotto il costato. – Ho solo seguito le strade della giustizia, – fu l'unica cosa che riuscí a dire.

– Accomodatevi, – disse l'alto magistrato restando in piedi e poggiando i pugni sulla pietra candida venata di rosa che copriva il grande tavolo in legno. Rodolfo si sedette, si sentiva sotto interrogatorio. Clara fece altrettanto e nel frattempo stimò la meticolosità con cui ai ganci erano appesi gli attrezzi e il pentolame lucido, di prima qualità.

– Mi dica, allora? Di quale giustizia parlava? – attaccò Pimentel rivolgendosi al carabiniere. – Cosa mi è sfuggito che l'ha spinta addirittura a presentarsi in casa mia?

– I bambini. Sospettiamo che non siano morti per annegamento, – rispose il tenente.

– Sospettiamo... – sbuffò il procuratore.

– Sí, eccellenza, – s'intromise timida Clara Simon.

– Se lei lo sospetta, io ne ho certezza, – affermò il padrone di casa lasciando entrambi di sale.

– Lei ne ha certezza? – si meravigliò Clara lanciando uno sguardo sgomento a Rodolfo, che la ricambiò per nulla sorpreso, ma anzi galvanizzato dalla rivelazione.

– Ora piú che mai, visto che ieri mattina, al San Giovanni di Dio, hanno accolto in fin di vita un'altra bambina dei cesti.

– Un'altra bambina? Chi? – si allarmò Clara.

– La chiamano Martinica. È stata accoltellata.

Clara avrebbe voluto urlare, ma riuscí a trattenere quel grido in gola. Sentí il cuore battere all'impazzata, Rodolfo la scrutò preoccupato. Allungando la mano sotto il tavolo, le afferrò il polso e prese a massaggiarlo con delicatezza.

– Non avrà neppure otto anni. Non parla, mugugna. E non credo che quando starà meglio sarà comunque in grado di spiccicare parola –. Pimentel, visibilmente infastidito, si levò la giacca di scatto e iniziò ad arrotolare le maniche della camicia. – Spero non vi scandalizziate. Non mi sono mai abituato all'afa di questa città, è insopportabile.

– Mi posso permettere di domandare quali sono le vostre origini? – azzardò Rodolfo per dar tempo a Clara di riprendersi.

– Nuoro.

– Io arrivo da…

– So tutto di lei, Saporito. Ha venticinque anni, si è laureato in Diritto alla Federico II di Napoli. È orfano di madre, e suo padre, maestro elementare di Torre Annunziata, si è risposato. Infine, ha una sorellastra molto piú piccola di lei. Un maestro elementare non poteva garantirle nessuna solida entratura, e dunque si è arruolato. È al suo secondo incarico, il primo nella nostra terra. So inoltre che ha chiesto lei di venire in Sardegna, sicuro che questa fosse un'isola vergine e ricca di opportunità. Si è mosso male, Saporito, molto male. Sebbene io abbia ammirato il salvataggio di quelle povere salme durante lo sciagurato corteo funebre. Ora, ditemi, avete una pista?

Clara, che si era estraniata cercando di domare il malessere con respiri lunghi e profondi, d'improvviso ritrovò la rotta e sbottò: – Abbiamo due cose per lei, eccellenza.

Pimentel la guardò perplesso. «Che buffa ragazza», pensò. – Mi dica, allora.

Clara sentí un rigurgito risalire in gola e stavolta fu lei ad avvinghiarsi alla mano di Rodolfo sotto il tavolo. Il tenente le andò subito in soccorso: – In occasione del rientro da un interrogatorio di una nota meretrice, in cui ella ci informava che…

Pimentel batté i pugni sul marmo: – Usi un linguaggio che non sembri un verbale, per favore!

– Scusate, – Rodolfo ripartí come una palla di cannone: – Ci hanno teso un agguato. Eravamo di ritorno dall'interrogatorio della madre di uno dei piciocus morti, una sifilitica ricoverata presso il lazzaretto. Insomma, siamo stati presi a fucilate.

– A fucilate? Non risulta da alcun rapporto, – il procuratore era colpito.

– Lo so, diciamo che non mi è stata messa fretta di redigerlo.

– Ah!

– A dirla tutta ciò che ci aveva rivelato la povera donna, ovvero nulla, spegneva ogni perplessità. È stato in virtú di quell'agguato che ha ripreso corpo il sospetto. Anzi, la certezza che dietro la morte dei bambini e le sparizioni ci fosse qualcosa di losco. Nonostante voi abbiate diramato una nota che dichiarava il caso archiviato come incidente di mare. Però, vostra eccellenza, se non sbaglio questa è una consolidata tecnica investigativa.

– Non sbaglia, lei è un giovane ufficiale sveglio, – Pimentel lo guardò con crescente interesse. Rivolse poi un'occhiata a Clara, che tanto si era dannata per non essere esclusa da quella riunione e che invece si era tramutata in una statua. – Tuttavia la devo interrompere, Saporito. Cosí facendo, chiunque vi abbia sparato, come lei stesso ha detto, ha rimesso in moto il meccanismo del dubbio e dunque dell'investigazione.

– Dite bene. Ma nella vostra carriera, quanti criminali imbecilli avete conosciuto che hanno mandato a monte i propri piani per un errore partito dalle viscere?

– Ho conosciuto pochi geni del malaffare e molto bestiame. Per questo abbiamo le galere piene –. Il procuratore del re si pizzicò i baffi con pollice e indice e domandò: – E la seconda cosa?

– Esiste un intreccio di interessi fra il maggiore Capraia e il conte Cappai Pinna. In occasione del funerale dei fanciulli è stato un uomo del conte, Maullu Antonio, il capo delle guardie dei forzati della salina, a operare da agent provocateur con alcuni suoi sodali. Mi spiace ammetterlo, ma è avvenuto con la copertura del mio superiore.

– Hanno un interesse comune, – disse lapidario Pimentel. – E immagino le sia chiaro. O anche lei mi è diventato un fautore del socialismo?

– Sia mai, eccellenza. Ma sappiate che, con me, il maggiore Capraia ha strenuamente sostenuto che l'agguato fosse opera di banditi, di rapinatori. Una castroneria che sa di menzogna. In seguito, durante un colloquio segreto, ha redarguito il conte Pinna per averci scatenato contro i suoi uomini. O meglio, per aver messo paura alla signorina Simon e al signor Fassberger, che con i loro articoli fomentano il movimento dei lavoratori.

– Ah! E chi le ha dato questa notizia?

– Un mio fidato informatore, – tagliò corto Rodolfo senza tirare in ballo Ugo.

Clara si lasciò andare a un mezzo sorriso.

– Vada avanti, tenente, – ordinò il procuratore.

– La mia fonte ha ascoltato la conversazione segreta tra Cappai Pinna e Capraia, durante la quale il conte, al rimprovero del maggiore, avrebbe risposto con altrettanta determinazione e una buona dose di stizza che mai e poi mai aveva impartito tale ordine. Ciò rafforza la tesi che chi ci ha sparato abbia a che fare con la morte e la sparizione dei bambini, almeno del povero Pisciurrè. Sempre che Cappai Pinna non abbia mentito al maggiore. Voi che dite?

– Che c'è il conte Pinna dietro la sparizione dei bambini, e che a spararci è stato Maullu, – di colpo la voce di Clara rimbombò ed ebbe l'effetto di una detonazione.

Rodolfo, risentito, le lasciò la mano. Pimentel afferrò una delle maniche della camicia e la srotolò sino al polsino, poi fece lo stesso con l'altra. Si infilò la giacca, e tornando ad ammantarsi del proprio ruolo disse: – Signorina Simon, non si faccia travolgere dai sentimenti personali –. Quindi prese una sedia e si accomodò di fronte a lei. – Se nella mia vita avessi dovuto accusare tutti quelli che mi sono stati invisi, che mi hanno fatto un torto... Be', credo che, nonostante la nostra isola ospiti parecchi istituti di pena, ce ne sarebbero serviti altrettanti, per contenervi ogni vigliacco, ogni malvagio che mi ha sbarrato la strada.

Clara deglutí: – Mi perdoni... A nulla vale che dietro una parvenza di perfezione trattino in modo disumano i bambini che ospitano nel loro orfanotrofio? L'ho potuto constatare con i miei occhi.

– Lo trovo completamente slegato, – scattò d'istinto Pimentel. – E badi che ogni accusa deve essere confortata da una prova. Se lei vede un nesso, deve provare che questo esista e sia fondato. Non sarò di sicuro io a fermarla. Ma se vuole far tesoro della mia esperienza...

– Certo, eccellenza... – s'intromise Rodolfo per mitigare la situazione. – E voi, diteci, cosa pensate di tutto ciò?

– Dico che è molto interessante. Sono queste le due cose che portate in dote, a parte l'orfanotrofio?

– Sí, signore, – rispose Rodolfo. Clara aveva una faccia lugubre, offesa.

– La morte dei bambini è l'unico mistero che mi rimane da dipanare in questa città. Il resto mi è oramai molto chiaro, – continuò Pimentel fissando Clara. – Come in ogni capoluogo del regno, è in corso una lotta tra fazioni. Qui divergono su ogni cosa, persino su dove lasciare che i cagliaritani facciano il bagno. Cosí come mi è chiaro che lo scopo di Pinna sia di mettere in cattiva luce i lavoratori civili per poter utilizzare nella salina solo i detenuti, piú arrendevoli e meno pagati. In un tempo non troppo lontano la salina sarà dotata di moderni macchinari, e non ci sarà piú bisogno né di uomini liberi né di galeotti. Servirà solo un'esperta squadra di manovratori. A questo Pinna si sta preparando; la sua concessione gli verrà quindi rinnovata in eterno dal nostro re, che gliel'ha conferita certo che il conte gliel'avrebbe fatta fruttare piú di ogni burocrate. Al momento opportuno, per Cappai Pinna sarà piú facile rispedire in cella i galeotti che rendere conto a sindacati e socialisti. È qui che s'innesta l'interesse comune con quelli che devono mantenere l'ordine in città, – Pimentel si alzò e puntò il dito contro Rodolfo. – Voi, i carabinieri. Ma questo, in fondo, non mi preoccupa. Sono i tempi moderni che avanzano e hanno bisogno di assestamenti, seppur dolorosi. Mi impensieriscono, invece, le sparizioni e le morti. E, certo, anche le schioppettate. Non le nego che ho fatto filtrare quella velina all'«Unione» come ultima carta, perché i miei investigatori sono impantanati. La cosa non mi stupisce, la polizia giudiziaria gode ancora di troppa autonomia, da anni stiamo aspettando una riforma che la metta alle nostre dipendenze. Perché troppa autonomia significa anche... – Pimentel non volle dire davanti al giovane carabiniere quella parola che lo feriva al solo pensiero: «corruzione». – Or dunque, tenente, io immagino che cercasse il mio sostegno, un muro dove poggiare la schiena. Bene, ha l'incarico di indagare. Non ufficiale, ma ce l'ha.

– Signore, in verità... – Rodolfo tentennò.

– Dica, tenente, si faccia coraggio.

– Se devo indagare, seppur non in via ufficiale, non posso continuare a prestare servizio al battaglione. Non ora che il maggiore Capraia mi terrà sotto stretto controllo. Ho solo pochi giorni di licenza e non credo basteranno.

– Capisco, tenente. Lei magari vorrebbe che io la facessi trasferire nel corpo della giudiziaria. E forse questa è una cosa che aveva in cuore da tempo...

– Sí, ecco... – farfugliò Rodolfo.

– Sarebbe una mossa sbagliata. Desteremmo sospetti. E lei, invece, qui non si è mai presentato.

– No, eccellenza.

– Ha poco tempo?

– Sí, lunedí riprendo servizio.

– Cerchi di farselo bastare. Del resto, al suo fianco ha un'alleata. Ogni uomo ne deve avere una, – aggiunse sibillino. Saporito deglutí imbarazzato.

– Ora andate al San Giovanni di Dio, ripartite da lí per capire chi ha accoltellato quella povera creatura. Indagate per risalire il corso della verità. Saporito, non si lagni se ha poco tempo. Mi sembra di capire che lei brami tante cose, – disse il procuratore del re sfoderando un'aria sarcastica e guardando prima Rodolfo, poi Clara. – Ma non se ne vergogni, è umano. Disumano sarebbe il contrario. Bene, e adesso: gradite un tè?

28.

Abbandonando il roccioso e deserto colle di Tuvixeddu, il Milordino a quattro ruote di proprietà delle Navigazioni Simon rimbalzava tra i sassi sulla ripida discesa e sbandava a ogni curva. Clara, le mani guantate, spronava il baio, che iniziava a soffrire. Il caldo era soffocante, ma se quella povera bestia non si fosse accasciata prima, in meno di quindici minuti sarebbero giunti all'ospedale San Giovanni di Dio.

– Sono almeno un'altra ventina, – ansimò Clara.

– Cosa? – chiese Rodolfo aggrappandosi a una sponda della carrozzella. Soffriva di un malessere che partiva dallo stomaco, come se si fosse trovato in alto mare fra le onde.

– I bambini, Rodolfo. I piccoli che mancano all'appello sono circa una ventina negli ultimi due anni. Me lo ha confidato la contessa Pimentel, quando a tutti i costi mi ha voluto mostrare la sala giochi dei bambini. Una scusa. Qui non si tratta solo di Carboneddu e degli affogati.

– Venti? E sono tutti scomparsi dalla città? – chiese Rodolfo.

– Chi ha detto venti? – gli si rivoltò contro Clara.

– Tu hai detto venti... – si difese stupito.

– No! Io non ho detto venti, ho detto «una ventina». Diamo un peso alle parole, Rodolfo. Una ventina vuole dire anche di piú, o qualcosina in meno...

Rodolfo scosse la testa e si domandò se fosse davvero certo di voler costruire una vita assieme a una persona tanto umorale. Quindi azzardò: – Non mi sembra ci sia una grande differenza.

– È la stessa differenza che passa fra un carabiniere che conosce la città dove presta servizio e subito sa dell'accoltellamento di una bambina e uno che a bocca aperta se lo deve far svelare.

– O Madonna santissima di Pompei. Adesso va a finire che è colpa mia, se hanno accoltellato quella lí.

– Martinica! Martinica, si chiama. E non bestemmiare!

– Non bestemmio, però... Potrei dire lo stesso di te che fai la giornalista. La verità, Clara, è che non abbiamo avuto neppure il tempo di saperlo. Io da ieri non ho fatto rientro in caserma, e tu al giornale. Non essere troppo severa, né con me né con te stessa. E poi, per favore, puoi rallentare? Rischi di farmi rigettare il tè e i pasticcini!

Clara non lo ascoltò neppure. Anzi, quando fu in prossimità dell'ingresso della città schioccò la frusta sopra la criniera del cavallo, che provò ad aumentare ancora il ritmo. Con scarso successo.

– Finirai per ammazzarlo! – sbottò Rodolfo, lo stomaco in subbuglio.

Clara non lo degnò neppure di uno sguardo, ma tirò appena le redini a sé, facendo rallentare l'andatura. Rodolfo lo interpretò come un segnale di distensione. – Sono una bella squadra, i Pimentel, non credi? – trovò la forza di dirle. – Dovremmo esserlo anche noi.

– Cosa intendi? Che lei comanda lui? – chiese Clara.

– No, non questo. Che sono scaltri e in sintonia.

Clara rimase in silenzio, quasi la preoccupazione per Martinica le impedisse di ragionare bene. Quindi rallentò ancora il procedere del cavallo.

Dopo poco il Milordino arrivò ai piedi del colle di San Lorenzo, uno dei sette poggi su cui la città provava a innalzarsi al cielo. S'inerpicò per una salita molto ripida e giunse su un contrafforte presidiato dall'imponente carcere di Buoncammino, un casermone minaccioso che sfidava l'azzurro del cielo. Il cavallo era ormai stremato e Clara lasciò che tenesse un'andatura rilassata.

In tre mesi Rodolfo non aveva mai fatto ingresso a Cagliari da quel lato. Si sorprese per il panorama che lo accolse. Davanti a lui si stagliavano le mura candide di Castello, che sigillavano la vecchia Calaris sul fronte nordovest. Alla sua destra comparve la città, che degradava sino al mare. Da lí sembrava perfetta e inanimata. Un dipinto di marinerie. Pensò a certi quadri che ritraevano la sua Napoli semplice e rassicurante persino nello sbuffo del Vesuvio. Pitture buone solo per una cartolina d'auguri, incapaci di carpire l'anima contraddittoria della città, si disse Rodolfo provando finalmente sollievo allo stomaco.

Percorsero un viale cinto da pini, bagolari e ficus ancora giovani, poi Clara indirizzò il calesse in basso. Lambendo le mura avvistarono infine il colonnato del San Giovanni di Dio. Clara pensò a Martinica. Dentro di lei si fece largo una sensazione di sconforto, che aumentò quando chiese al povero cavallo un ultimo, coraggioso sforzo. Il calesse riprese la sua corsa pazza, mettendo a dura prova le viscere già sconquassate di Rodolfo.

Arrivati all'ingresso dell'ospedale, Clara e Rodolfo si affrettarono a lasciare la carrozza nel giardino sul retro per entrare nel nosocomio. Superata la grande porta a vetri, quasi finirono per sbattere su una piccola fila di donne assiepate lungo un corridoio secondario.

– Le sigaraie? Che ci fanno qui? – esclamò Clara.

Una di loro la riconobbe e diede una gomitata alla vicina, che fece altrettanto con un'altra. Lentamente si avvicinarono a Clara, accerchiandola.

– Signorina Simon, grazie! Mille grazie per quello che ha fatto per Sarrana.

– E grazie anche per Martinica, – l'ultima scoppiò in lacrime.

Rodolfo assistette alla scena stupito: – Perché siete qui? Cosa sta succedendo? – chiese.

– Siamo state convocate attraverso la Società operaia dal professor Rombi, – parlò per tutte la piú giovane, avrà avuto al massimo diciassette anni. – La bambina è stata operata e siamo state chiamate per infonderle del sangue. Ne aveva perso cosí tanto, – disse portandosi le mani al viso. – Ma non ci siamo solo noi. Piú avanti ci sono anche i galeotti delle saline, – l'operaia si interruppe e domandò preoccupata a Rodolfo: – Piuttosto, lei sta bene? Ha una faccia pallida…

Rodolfo guardò Clara. Non serví una parola per decidere che a quel punto era meglio trovare un bagno e darsi almeno una rinfrescata. Prima di congedarsi, però, Rodolfo fece un azzardo, si accostò alla guancia di Clara e la sfiorò con le labbra per poi bisbigliarle: – Sarò rapido. Non posso starti lontano troppo a lungo.

– Hai l'alito cattivo, – lo gelò Clara dandogli le spalle di scatto, per evitare che il viso fosse specchio di un sentimento piú tenero. Quindi si diresse dai detenuti. Camminò decisa, ma dopo pochi metri fu costretta a rallentare. Un odore pungente le scosse i sensi. Una miscela di sale e sudore, stallatico e fatica si fece sempre piú forte. Clara si arrestò qualche passo prima di raggiungere la coda dei carcerati incolonnati in fila per uno. Prese dalla borsetta un fazzoletto e si coprí il naso, la bocca e persino gli occhi. Come se nel mettersi al riparo volesse annullare ogni contatto con quell'insopportabile afrore.

– Non abbiamo avuto il tempo di lavarci, – le disse uno dei forzati. Clara si tolse il fazzoletto dal viso ed ebbe un sussulto. – Non si spaventi, signorina, oggi la mia mente non vacilla –. I capelli rasati e i baffi curatissimi, il naso piccolo e due guance rosee: ogni tratto di quell'uomo stonava con la casacca logora e lurida che indossava e con la muscolatura massiccia. Non sembrava la stessa persona che, indemoniata, le si era buttata ai piedi alle saline.

– Africo, giusto? – quasi balbettò Clara.

L'ex secondo capo della marina si limitò a un cenno della testa; il solo rivelarle chi gli aveva dato quel soprannome avrebbe fatto molto male a entrambi. Clara lo incalzò: – Prima o poi avrò bisogno della sua memoria e della sua verità –. Africo abbassò il capo e la lasciò parlare: – A quanto pare lei è l'ultima persona ad aver visto mio padre, e potrebbe dunque essermi d'aiuto. Mi prometta che, quando avrà finito di scontare la sua pena, ci sarà un momento di confronto tra noi.

– Sí, glielo prometto. Dicono che a breve arriverà l'amnistia, – fu tutto ciò che l'uomo riuscí a dire prima di essere interrotto.

– Lei non può stare qui! – A braccia conserte, il capo Tonio Maullu si piazzò come un muro fra i due. Dando le spalle ad Africo non aggiunse altro, e con lo sguardo sfidò Clara. Lei lo ricambiò con un'espressione carica di disprezzo.

Un rumore di passi secco, sicuro, da padrone di casa spezzò la tensione. Clara si voltò e vide venirle incontro il professor Rombi, accompagnato da un drappello di persone, tutte in camice bianco, tutte giovani, tranne una.

– Signorina Simon, – la salutò Rombi preparandosi al baciamano e ignorando Maullu, che ne approfittò per far procedere con modi bruschi la fila, primo fra tutti Africo, – mi consenta di presentarle il direttore del bagno penale di San Bartolomeo, il dottor Saverio De Martino. Uomo illuminato e magnanimo. Ci siamo permessi questo esperimento e, grazie a Dio, i risultati sono stati ottimi.

– Abbiamo accompagnato i nostri detenuti con un unico scopo, – spiegò De Martino in tono compiaciuto: – Salvare la vita di una infante innocente. E spero che lei sia qui affinché «L'Unione» ne dia conto. Del resto la recente scoperta, appena cinque anni fa, dell'illustre professor Landsteiner che, come ci insegna il professor Rombi...

Clara si preparava a sorbirsi una lezioncina sulla rivelazione dei gruppi sanguigni e la loro conseguente applicazione in campo medico, ma per sua fortuna comparve la dottoressa Paola Molinas, che interruppe l'arringa del direttore del bagno penale.

– Clara, cara, è un piacere e un onore averti qui fra noi, – la prese a braccetto. – Immagino tu voglia vedere la bambina. Se vuoi seguirmi, con il permesso del professor Rombi ti accompagnerei a constatare di persona lo stato di salute della piccola, – concluse guardando il primario, che con un cenno del capo diede il proprio assenso.

– Ottima idea, – si intromise De Martino. – E mi raccomando, signorina Simon, nel verificare con i suoi occhi, dia il giusto risalto sulle pagine del giornale al fatto che scienza, tecnica e nobili sentimenti umani, messi a collaborare sullo stesso piano, possono contribuire al fiorire, sotto i migliori auspici, di questo nuovo secolo –. De Martino prese fiato, quindi si rivolse a tutto l'uditorio, composto perlopiú da giovani medici. – Cosa sono la matematica, l'ingegneria e financo la chirurgia senza...

Il resto delle parole si perse alle spalle di Clara e Paola che, rasentando la maleducazione, si erano già staccate dal gruppo per dirigersi al piano di sopra, dove era ricoverata Martinica.

– Grazie, Paola, – disse Clara, – mi hai salvata. Come sta Martinica?

– In miglioramento; il peggio è passato. La lama non ha toccato organi vitali. Temevamo per il fegato, ma è stata fortunata. Certo, ha perso molto sangue. Confidiamo però che... – Paola s'interruppe e si fermò davanti a una porta. – Prima di entrare, dimmi la verità: sei davvero qui per il giornale, oppure... Oddio, capisci bene, non voglio farmi gli affari tuoi, lo dico solo perché c'è già un tuo collega.

– E chi? – chiese Clara stupita. Paola Molinas spalancò la porta e, seduto accanto al lettino, la faccia stravolta e una barbetta rossiccia figlia di un giorno di non rasatura, si palesò Ugo Fassberger.

Distesa su un lettino protetto da una fitta zanzariera, Martinica godeva d'un sonno profondo. I suoi lunghi capelli biondi erano adagiati sul cuscino come raggi di sole. La faccia scura spiccava tra le lenzuola candide.

29.

Ugo si alzò di scatto, era senza giacca. La sua camicia da cerimonia era lorda di sangue rappreso. Anche i pantaloni candidi erano chiazzati di rosso. I capelli scarmigliati. La bocca impastata. Si sentí subito in dovere di giustificarsi. – Sono sempre stato sveglio. Non l'ho lasciata per un secondo, da che l'hanno riportata dalla sala operatoria.

Clara ritrovò in quella reazione il bambino con cui era cresciuta, e le venne naturale dargli una lieve carezza sul viso. – Non ho dubbi, Ugo. Non ho dubbi, – disse osservando Martinica che dormiva profondamente.

Fassberger si lasciò sfiorare, mettendo da parte il risentimento e la rabbia del loro ultimo incontro. Ansimando riprese a raccontare con una foga che non gli apparteneva: – Stavo lasciando l'*Elvetico* per andare al pranzo della festa, e dal lato opposto della strada ho visto il carretto trainato da due disperati arrancare per la salita del largo. Tutt'intorno la gente urlava terrorizzata. Mi sono fermato. Ho guardato. L'ho subito riconosciuta. Ma anche se non fosse stata lei avrei fatto altrettanto. Te lo assicuro, Clara.

– Sí, Ugo, ti credo, ma ora calmati, – Clara lanciò un'occhiata preoccupata a Paola Molinas, che subito capí: – Signor Fassberger, lei avrebbe bisogno di riposarsi. Il suo comportamento è stato encomiabile. Ora le vado a prendere qualcosa per distendere i nervi, – concluse uscendo dalla stanza.

Ugo si risedette, poggiò i gomiti sulle ginocchia e portò la testa alle mani, poi riprese il suo monologo concitato: – Li ho bloccati, l'abbiamo caricata sulla mia carrozza, sai, quella vecchia... forse nel trasportarla le ho fatto battere la testa, non è moderna come l'altra –. Clara lo guardava impensierita e provò a tranquillizzarlo: – Sí, Ugo, ma non importa. Ora lei è qui e sta meglio.

– Dicono che se non avessi preso la bambina e non l'avessi portata di gran lena in ospedale non ce l'avrebbe fatta.

– Ecco, vedi? Sei stato bravissimo.

– La situazione è grave, Clara, se ora accoltellano anche le bambine. È gravissima. Allora mi sono detto, adesso tu, Ugo Fassberger, ti piazzi qui e le fai la guardia tutta la notte e non la lasci un secondo. Perché i carabinieri, dopo avermi fatto due domande, se ne sono andati via subito. E sai cosa? Ci ho visto bene a rimanere: stanotte qualcuno ha cercato di entrare in questa stanza.

– Ma no, Ugo, potrebbe essere stato un medico... o un infermiere, – disse Clara, seppure la rivelazione non l'avesse lasciata indifferente.

– No, Clara. Un medico o un infermiere non sarebbero scappati via quando mi sono alzato di scatto e gli ho urlato contro: «Chi è là?»

– Ah!

– Esatto, Clara. *Ah!* Ora, io sarò pure agitato perché non capita spesso di tenere fra le braccia una bambina morente, però ho ancora senno. E sí, certo, avrei bisogno di dormire, non lo nego. E di sicuro un bagno e un cambio d'abito mi gioverebbero.

La porta si aprí, ma non era la dottoressa Molinas: era Rodolfo.

Ugo si sollevò: – Pure tu qua!

– Pure io qua.

Clara ringhiò: – Andiamo fuori di qui. Almeno, se vi dovete azzuffare, non lo farete dinanzi a questa povera bambina.

Come due pecorelle guidate dal cane pastore, Ugo e Rodolfo uscirono dalla stanza. Clara li scortò sino alla fine del corridoio e li fece sedere su una panca. In piedi li arringò: – Allora, Ugo, qui non ci sono carogne o traditori. Rodolfo ha ricevuto dal procuratore del re l'incarico segreto di indagare.

– Ah! Complimenti! – rispose sarcastico Ugo cercando di staccare con un'unghia una crosta di sangue rappreso dal pantalone.

– E al procuratore ha anche riferito quanto scoperto da te. Fatto che Pimentel ha molto apprezzato.

– Perdinci! – Ugo cambiò tono di voce e guardò Rodolfo. – E gli hai anche detto che sono stato io a scoprire l'intreccio tra il conte e il maggiore?

Rodolfo e Clara si guardarono in cerca di un rapido accordo, della risposta giusta che non riaccendesse malumori e rivalità. Tentennarono un attimo e Ugo se ne accorse: – Allora? – insistette nervoso.

– No, Ugo, – rispose Rodolfo. – So bene che le fonti vanno protette. È una sacra regola, sia per noi investigatori sia per voi giornalisti. Quindi no, ho preferito celare la tua identità.

Ugo Fassberger restò in bilico tra l'apprezzare il gesto e il risentirsi perché non gli era stato riconosciuto il giusto merito. Scacciò via con un colpo d'unghia un'altra crosticina all'altezza della coscia e sentenziò: – Lo capisco. Ora però non sottovalutate ciò che ho detto a Clara: stanotte, qualcuno ha cercato di introdursi nella stanza della povera Martinica.

– No, non è da sottovalutare, anzi, – disse Rodolfo alzandosi e tendendogli la mano.

Ugo si sollevò con piú lentezza, si stiracchiò, guardò Clara, e alla fine decise di stringere la mano del tenente Saporito. – Qual è la prossima mossa?

– Appostarci durante la notte e vedere se e chi si presenterà da Martinica, – disse senza indugi Clara.

– D'accordo, – risposero all'unisono Ugo e Rodolfo. In quel momento, all'inizio del corridoio spuntò Paola Molinas, che andando loro incontro disse: – Signor Fassberger, ho qui le gocce per lei. Se posso permettermi, però, mi sentirei di darle un consiglio.

– L'ascolto, – disse Ugo.

– La vedo stanco e provato, si regge a malapena in piedi. Dovrebbe riposare e mangiare qualcosa. Nel sottopiano abbiamo allestito una mensa di fortuna per chi ha donato il sangue alla bambina, potrebbe andare a rifocillarsi. Non si aspetti bistecche al sangue o pesce fresco, ma abbiamo disposto una sostanziosa zuppa di legumi.

– Va bene, grazie. Mi accompagna?

– Mi dia però il tempo di recuperarle un camice, non può certo andare in giro cosí sporco. Sembra un macellaio.

Nessuno aveva avuto da ridire. Le condizioni di Martinica erano stabili: le prime trasfusioni stavano dando il risultato sperato. Era stato il professor Rombi in persona ad acconsentire affinché i tre amici si alternassero nell'assistere la bambina durante la notte. Aveva pensato che, in quel modo, Martinica appena sveglia avrebbe visto una faccia conosciuta. Paola Molinas, invece, di ritorno dal pranzo in compagnia di Ugo con una nuova luce in volto, non ne aveva compreso la ragione. Clara aveva dovuto sferrare un calcio alle caviglie dell'amico, perché quello scemo era stato sul punto di svelare il vero motivo della loro decisione. Offeso, Fassberger era andato al giornale e si era poi ripresentato distrutto dalla stanchezza al San Giovanni di Dio a tarda sera.

– Quel pidocchioso del guardiano non mi voleva far entrare. Gli ho dovuto regalare non uno ma ben due sigari. Sembra che in questa città siano la merce di scambio piú preziosa. I sigari e il sale, – disse nel raggiungere Rodolfo, appostato nel buio piú assoluto sulla panca del corridoio fuori dalla stanza di Martinica.

– Come è andata con la tua dottoressa? – gli domandò Rodolfo.

– Non è Clara. Però... – gli rispose Ugo facendo spallucce. Quindi restarono in silenzio. In attesa. Passarono le ore. Alla fine Ugo si accasciò esausto sulla spalla di Rodolfo e Rodolfo si addormentò appoggiato al muro. Come due vecchi amici stremati da una nottata di bisbocce. Seduta sulla sedia nella stanza di Martinica, Clara, gli occhi spalancati grazie a una robusta dose di caffè, vegliava. Ogni tanto la gamba le ballava, insieme ai pensieri. Si disse che, se l'appostamento non avesse dato buoni risultati, ricomporre i tasselli di quel mosaico sarebbe stato lungo e difficile. Avevano poco in mano, soprattutto considerato che, come aveva suggerito Pimentel, sarebbe stato piú saggio mettere da parte la pista del conte Cappai Pinna.

Fu quando stava per cedere al sonno che percepí dei passi ovattati in arrivo dal corridoio. Spense il lume che irradiava una luce fioca, e attese al buio. Non era troppo agitata, sicura che pure i suoi soci fossero in allerta, pronti a bloccare alle spalle chiunque si sarebbe presentato nella camera.

La porta si aprí, Clara distinse solo una figura. Sentí il cuore batterle forte. Rimase immobile. Attese che l'intruso avanzasse e che comparissero Rodolfo e Ugo. Ma la sagoma si fece piú vicina, ormai era a un soffio dal letto e da lei, e di quei due neanche l'ombra. Li maledisse. Dove diavolo si erano andati a cacciare? Tremando si alzò e, con un gesto rapido da predatrice, allungò la mano per provare ad afferrare il braccio della persona misteriosa. Quella arretrò e fuggí via.

– Fermo! – gridò Clara. – Fermo!

Richiamati dalle urla, Ugo e Rodolfo si svegliarono di soprassalto, giusto in tempo per vedere un tizio in fuga e Clara alle sue calcagna nel corridoio. Quindi balzarono in piedi e si misero anche loro all'inseguimento.

Clara correva a perdifiato, ma il fuggitivo, che le sembrava di altezza media e molto magro, si rivelò piú veloce di una lepre e si lanciò rapido verso lo scalone principale. La lunga gonna, inoltre, non le facilitò la discesa degli ampi gradini. Perse terreno e fu superata da Rodolfo, mentre Ugo, affiancandola, la prese per un braccio e la trascinò, rischiando che entrambi rovinassero a terra.

Terminate le scale Clara vide Rodolfo girare a destra e sparire dietro una porta che ben presto anche loro raggiunsero. Si infilarono dentro e si ritrovarono nella cappella dell'ospedale. Era deserta e appena illuminata da un pugno di candele accese davanti a una statuetta della Madonna di Bonaria. Rodolfo ansimante, le mani sui fianchi, balbettò. – Dove diavolo è finito?

Come un fulmine Clara andò sotto l'altare e strappò via dai piedistalli i due ceri piú grandi. Uno cadde a terra, ma non si ruppe e rotolò sino ai piedi di Ugo.

– Prendi e accendilo, – gli ordinò Clara. Quindi passò l'altro a Rodolfo. – E tu fa' altrettanto.

I due si guardarono stupiti. – Non state lí impalati come baccalà! Forza! – urlò, poi si spostò di fronte alla teca che accoglieva la statua di san Giovanni e, memore di ciò che era accaduto nei giorni precedenti, appoggiò l'ombrellino, si inchinò e frugò nel basamento. Non trovò però la chiavetta.

– Miseria! – imprecò muovendosi carponi come un'indemoniata, sotto gli occhi allibiti di Ugo e Rodolfo. Sinché alla fine, abbandonata accanto all'inginocchiatoio di una panca, trovò la piccola chiave. Sempre carponi tornò indietro e la inserí nella toppa alla base della scultura. La teca si mosse, la statua si spostò e dinanzi agli occhi increduli di Ugo e Rodolfo – che tenevano in mano le candele come due improbabili chierichetti – si palesò un tunnel.

Ugo sbottò: – E tu perché conosci questo...

– Forza, dentro! – li esortò lei. – E di corsa! La galleria è lunga!

30.

Se qualcuno avesse avuto la fortuna di avvistarli sarebbe rimasto di stucco nel trovarsi testimone di una bislacca sfilata. Forse avrebbe riso. Perché, ogni tanto, il dramma sconfina nel ridicolo.

Due giovani uomini vestiti con un certo gusto correvano a perdifiato lungo una galleria con due ceri in mano, accompagnati da uno stuolo di topi, e seguiti da una giovane donna, munita d'ombrellino e con la gonna sollevata sino alla cintola.

Ma Clara, Rodolfo e Ugo avevano ben poca voglia di ridere, soprattutto quando il tunnel sboccò in un'ampia grotta da cui si diramavano tre cunicoli. Clara non sapeva bene quale decisione prendere: fece ricorso alla sua memoria e pregò di non sbagliare, infilandosi in uno dei tanti tunnel ciechi: – Quello a destra! – ordinò a Rodolfo che apriva la marcia. Dopo poco meno di cento metri sbucarono all'aperto, in un cortile colmo di alte erbacce e stretto tra le mura posteriori dei palazzotti che si affacciavano sulla piazza in cui troneggiava la statua del re tiranno Carlo Felice. – Dannazione! – sbottò Ugo. Ad accoglierli, una foschia densa, fitta, figlia degli sbalzi di temperatura di fine estate: il caldo africano del giorno e la frescura della notte.

– Nebbia vigliacca! – disse Clara muovendosi cauta e mettendosi alla testa del gruppetto. Con fatica, tentoni, trovò un cancelletto in ferro battuto arrugginito e lo aprí con un calcio. L'inferriata guaí come un cane bastonato. Entrarono nell'androne di una vecchia costruzione abbandonata e tetra. Lo percorsero rapidi, ondeggiando fra mattonelle divelte o spaccate, sino al portone principale. Era accostato, segno di un recente passaggio. Una spinta e si trovarono in una viuzza angusta e ripida.

La nebbia qui era ancora piú densa. Rodolfo percepí dei passi proprio davanti a sé: l'andamento tipico di chi sta percorrendo delle scale.

– Giú, è giú, – bisbigliò intravedendo il primo gradino di una lunga e strettissima scalinata in pietra fra le mura di due edifici. – La nebbia è nemica anche per lui. Se corre rischia di rompersi l'osso del collo. Procediamo cauti, – disse con voce tenue.

– Cos'ha detto? – chiese Ugo.

– Di procedere cauti. Passa tu in testa, che le scalette del canonico Spano le conosci come le tue tasche da quando eri bambino, – gli disse Clara afferrandolo per una spalla e spingendolo.

Ugo superò anche Rodolfo: – Appoggiati a me, – gli disse iniziando con prudenza la discesa e cercando, sulla destra, un corrimano a cui aggrapparsi. Al secondo tentativo lo trovò e lo afferrò con forza. – Mantieni un ritmo costante, – aggiunse, – e in pochi minuti saremo giú. Avverti Clara di fare altrettanto e... – Ugo Fassberger non ebbe il tempo di finire la frase. Il banco di bruma che li avvolgeva cominciò a diradarsi lento, e pian piano mostrò loro la via, seppur non nitida.

– Andiamo! – disse Ugo scendendo la stretta scalinata con piú sicurezza, seguito a ruota dagli altri due, un po' meno audaci nei loro passi. Sbucarono infine sul bel lastricato di via Manno, deserta e silenziosa come non sapeva essere di giorno, quando il via vai fra i negozi la rendeva una giostra di vanità. La tagliarono in orizzontale e si buttarono su una seconda scalinata, molto piú ampia e breve: una delle porte per la Marina.

Ugo fece i gradoni a due a due: – Ha svoltato laggiú in fondo! – disse indicando uno dei vicoli angusti del quartiere del porto e gettando a terra il cero.

– Benedetto il giorno in cui anche noi potremo indossare i pantaloni come voi, – si lamentò Clara, che seguiva a fatica Rodolfo e Ugo nella rincorsa al fuggitivo.

Tra i banchi di foschia che fluttuavano nel buio appena rischiarato da uno spicchio di luna, Clara intravide Ugo infilarsi in una piccola traversa, di recente intitolata al conte di Cavour. Rodolfo la attendeva. Insieme girarono l'angolo. Un passo e si ritrovarono inghiottiti da un budello caliginoso alla fine del quale, come una fiammella che tiene viva la speranza, brillava tenue una lanterna rossa. Avanzarono. Clara usò il suo ombrellino come il bastone di un cieco. Lo poggiò al muro e lo fece scorrere, provocando uno stridio fastidioso che però la guidò. A pochi passi dalla lanterna, le braccia incrociate, Ugo li accolse ancora ansimante: – Ho l'impressione che sia qui dentro, – dichiarò indicando un uscio stretto, senza porta ma celato da un pesante tendaggio color porpora da cui filtrava una luce giallastra. – E io, qui, è inutile che entri, – concluse sibillino.

Clara esitò. Non aveva immaginato cosí il ritorno fra la sua gente, che rimandava oramai da tempo. – E sia, entro io. Voi tornate indietro e percorrete la stradina parallela a questa, sinché non troverete un piccolo arco –. Ugo si limitò a fare sí con la testa, sapeva bene a cosa Clara si riferiva. – Se è qui e proverà a fuggire, non lo farà dalla porta principale.

– Intesi, – commentò Rodolfo. – Ma sei sicura di voler entrare da sola?

– Con voi non mi farebbero varcare neppure la prima porta, – tagliò corto Clara spostando la tenda e sparendo dentro.

Non metteva piede in quel luogo da almeno un anno. Era una stanza enorme, cupa, illuminata appena da una lampada a petrolio posta sopra un tavolino basso a lato di una porta massiccia foderata da diverse lastre di ferro punzonate tra loro. Clara strinse l'ombrello e usò il manico come un batacchio. Due colpi, una pausa, due colpi, una pausa. Attese. Ripeté l'operazione. Dopo pochi secondi una delle lastre si scostò rivelando uno spioncino. Quasi all'istante, nella saletta rimbombarono i rumori secchi degli ingranaggi di una serratura.

– Cugina Maylin, – disse un omone dai tratti cinesi, ma in abiti occidentali: una camicia bianca senza colletto su cui spiccavano due bretelle che reggevano pantaloni ampi e scuri.

– Cugino An, – disse Clara.

– Una notte movimentata e speciale, se persino tu ti presenti qui. E a quest'ora, – aggiunse l'uomo in un italiano impeccabile facendo cenno a Clara di entrare. Una volta dentro, richiuse la porta alle sue spalle.

Clara tentò di parlargli in cinese, incespicando. Ma An le rispose ancora in italiano: – Non sforzati, cugina. È chiaro che non pratichi la nostra lingua da tanto. Immagino tu non ne abbia avuto piú occasione. Del resto siamo cosí pochi e cosí indaffarati, in questa città, che ti sarà mancata la circostanza.

Clara si sentí in colpa e umiliata, ma anche sollevata di non dovere proseguire quel dialogo in cinese. – Cugino, vado dritta al sodo…

– Non devi dirmi nulla, Maylin. Ho già capito, – la interruppe l'uomo. – Seguimi, stammi attaccata. Lo sai… non sono gradite donne, qui, soprattutto la notte.

Clara annuí. L'uomo la scortò lungo un corridoio poco illuminato su cui si affacciavano diverse stanze protette solo da pannelli di bambú. Il forte aroma di incenso non la trovò impreparata, la colpirono di piú altri afrori, ma preferí non indagare sulla loro esatta origine. Alcune delle stanze erano in penombra, altre totalmente buie. Da qualcuna sentí giungere dei gemiti. Tirò dritto, seguendo di una spanna la sua guida. Insieme sbucarono in una sala divisa da numerosi séparé. Riconobbe forte, inconfondibile, l'odore dell'oppio.

– Là dietro. È appena arrivato. È da settimane che trova rifugio qui da noi. Non fuma neppure. Dorme e all'alba è già fuori. Non fa storie e, se è in fuga da quei bastardi là, per adesso può anche non pagare, – disse An.

– Quali bastardi? – domandò stupita Clara.

An la guardò con sussiego. – Dovresti frequentare di piú e piú spesso la tua famiglia cinese, Maylin. Anzi, Clara, come preferisci farti chiamare. Scopriresti molte cose sul quartiere e i suoi affari, – concluse spostando il séparé.

Su un paglericcio lercio, una figura esile si stava levando la maglia, che in quel momento gli copriva la testa. Clara l'afferrò per un braccio e quello, d'istinto, le sferrò un calcio. Clara si piegò, trafitta da un dolore tremendo. Il tizio si rimise la maglia e gettò un cuscino contro An, poi, scalzo, si precipitò verso il fondo della sala facendo cadere alcuni séparé, che rivelarono uomini stesi, dormienti o intontiti dalla droga. Clara si riprese. Conosceva quei luoghi da quando erano adibiti solo a magazzini e la comunità cinese era ancora sparuta. Si lanciò all'inseguimento, superò la sala e imboccò in un corridoio secondario. Alle sue spalle An bofonchiò: – Corri, corri, cugina Maylin, non è una nostra battaglia, questa. Come non lo erano tutte quelle che hai combattuto sinora.

Il corridoio si aprí su una seconda saletta in cui una porta spalancata faceva filtrare la luce di una luna che non soffriva piú la stretta della nebbia. Pochi rapidi passi e Clara fu in una corte su cui si affacciavano diversi palazzotti di epoca spagnola. La superò e oltrepassò l'arco che la delimitava. Trafelata, trovò finalmente il suo fuggitivo: faccia a terra, Ugo e Rodolfo sopra di lui lo tenevano fermo.

– Chi sei? – gli domandò lei con la voce spezzata.

Quello non rispose.

Ugo lo costrinse a girarsi e la luce bianca della luna riuscí a malapena a rischiarare quel volto scuro e corrucciato.

– Ma è un ragazzino, – sbottò Ugo.

– Chi sei? – domandò ancora Clara chinandosi stupita su di lui.

– Mi chiamano Carboneddu! – sbraitò il ragazzino sputandole in faccia. – E voi, chi cazzo siete?

31.

– Adesso che ti sei calmato, vogliamo ragionare? – Clara cercava di mettere a proprio agio il ragazzino, di fargli capire che poteva fidarsi di lei. Di loro.

– E ragioniamo, – disse Massimiliano Pilittu, per quelli del rione della Marina semplicemente Carboneddu, sollevando le spalle e puntando gli occhi sulle tavolette di cioccolato impilate in ordine di grandezza, le ciambelle alla marmellata, i biscotti di frutta secca ricoperti di zucchero e custoditi sotto le campane di vetro del *Caffè Elvetico*. D'istinto si toccò la pancia con una mano e degluti.

Ugo capí e guardò Clara e Rodolfo, che lo ricambiarono conniventi. Poi andò dietro il bancone, prese alcuni piatti, li riempí alla rinfusa di tutto ciò che era a portata di mano e versò il latte freddo in una caraffa. Quindi si sedette con gli altri e insieme iniziarono a sbocconcellare. Tutti tranne Carboneddu, a cui non fu offerto nulla.

– Perché hai fatto del male a Martinica? – Rodolfo andò dritto al nocciolo della questione.

– Ma cosa stai dicendo? Martinica è una mia amica! Non le ho fatto niente, io! – si agitò Carboneddu, legato per la vita alla spalliera di una sedia Thonet, alla quale era stato immobilizzato al suo concitato arrivo, quando l'orologio del locale stava per segnare le tre del mattino.

– E allora perché sei scappato? – gli domandò Clara.

– Perché mi avete rincorso.

– Io adesso questo lo prendo a schiaffi, – sbottò Rodolfo. – Scappa solo chi ha qualcosa da temere, bugiardo che non sei altro.

– Ti ho detto che non sono stato io!

– E allora chi è stato?

– È stato quel pezzente di Cozzina, è stato un incidente, in realtà. Quello è troppo tonto pure per fare del male. Ma state tranquilli che ha avuto ciò che si merita.

– Che significa? – chiese Rodolfo poggiando il bicchiere colmo di latte a un soffio dal ragazzino.

– Significa che l'ho pestato, e adesso se lo scorda di venire a lavorare con noi. Scimpru e pezzente.

– Lavorare, dove? – chiese Clara fingendo indifferenza e addentando un pezzo di cioccolato.

Carboneddu si chiuse di nuovo in sé e smise di parlare. Guardò latte e ciambelle e si passò la lingua sulle labbra color liquirizia.

– Qui sono tutti preoccupati per te e ti cercano, sai?

– Capirai...

– Da quanto non torni a casa? – insistette Clara.

– Boh... parecchio, – rispose lui ritrovando l'indolenza iniziale.

– Te lo dico io: un mese, – intervenne Rodolfo inzuppando un biscotto nel latte. Ugo si alzò, si spostò di nuovo dietro il bancone e sbadigliando cominciò a preparare i caffè. Un buon aroma profumò la sala. Lo stomaco di Carboneddu gorgogliò come una vecchia tubatura. – E slegatemi! – sbraitò.

Clara guardò Rodolfo. Il giovane carabiniere si lisciò baffi e pizzetto. Alla fine decise di fidarsi e slacciò i nodi.

Braccia incrociate, gambe allungate e sguardo basso, Carboneddu si sistemò meglio sulla sedia in paglia di Vienna e, senza smettere di fissare le palline ricoperte di glassa bianca al limone, cercò di volgere le spalle al tenente.

Clara avvicinò a sé un piattino di savoiardi, si serví e riprese: – Avanti, parlaci del tuo lavoro, racconta dove sei stato, qui ti stanno cercando da tempo. Sai che la tua mamma è molto in pena? Non capisce cosa possa esserti successo. La signora Tedde, poi...

– Non è successo proprio niente. Vacci tu a vivere in un bordello con tua madre, – Carboneddu cambiò atteggiamento e la sua voce si fece rabbiosa. – Andateci voi, a spaccarvi la schiena per due soldi... piciocus de crobi, ci chiamano. E allora, sai che c'è? Che se uno ti offre qualcosa di meglio, prendi e te ne vai.

– Va bene, va bene, ma ora per conto di chi lavori? – continuò Clara avvicinando il piatto ormai dimezzato verso il ragazzo.

– Sono affari miei, questi, – Carboneddu squadrò ognuno di loro da capo a piedi. – Adesso la musica è cambiata. Carboneddu è cresciuto, Carboneddu è rispettato. Tutti sanno chi è Carboneddu, – disse battendo il pugno sul petto e tirando su la testa. – Ora posso avere qualcosa di forte da bere? – chiese spavaldo. Poi provò ad allungare il braccio verso il piatto dei biscotti, ma Rodolfo gli soffiò l'ultimo da sotto il naso. Ugo si avvicinò con i caffè, alzò gli occhi al soffitto affrescato prima di aprire bocca. Quando stava per travolgere il ragazzetto gli bastò un'occhiata di Clara per rinunciare e si limitò a portare via il piatto vuoto.

– E a me, da mangiare non me ne date? – la domanda di Carboneddu arrivò alle orecchie di Saporito come un segnale di resa.

– Da quanto non mangi? – chiese Clara.

– Manco me lo ricordo piú un pasto decente.

– Signori, gradite un altro giro di dolci? – urlò Ugo da dietro il bancone.

– E io? – La richiesta suonò come una supplica.

– Certo, latte anche per te? – chiese Ugo.

– Corretto con l'acquavite, grazie.

Ugo scosse la testa e bisbigliò: – Ma dimmi tu questo...

– Senti un po', – Rodolfo cercò di tornare sul tracciato, – se vuoi bere e mangiare partiamo da capo. Allora, perché scappavi? E in che modo sarebbe cambiata la musica, poi, se adesso non mangi da giorni?

Carboneddu sbuffò, abbassò gli occhi. Tacque. Ma lo stomaco gli mandò un segnale inequivocabile.

– Ho avuto paura, va bene? Ho avuto paura. Che ne sapevo chi c'era... al buio, lí in ospedale. Tra vedere e non vedere, uno scappa. Quella è gente loffia...

– Quelli che hanno accoltellato Martinica?

– Mabbà, te l'ho già detto, ita ses surdu?

Rodolfo guardò Ugo in cerca di un aiuto.

– Ah, non lo capite il sardo? – li canzonò il ragazzino. – E certo, siete stranieri, voi... Oppure sordi? E dringhidi. La mia amica, Martinica, è stata ferita da quello stupido di Cozzina. *Quelli* non c'entrano, oja!

– Chi sono «quelli»? – lo incalzò Clara porgendogli piatto e bicchiere.

– Lo so io, chi sono. Non è gente qualunque. Non posso parlare... – il ragazzino si avventò sui biscotti.

– Sí che puoi, di noi ti devi fidare, – Ugo chiuse il cerchio con la sedia e aggiunse qualche goccia di acquavite al latte.

– Abbonda, esagera, – Rodolfo gli soffiò l'invito nell'orecchio.

– Allora, chi sono? – riprese Clara.

– Gente del continente, – farfugliò Carboneddu con la bocca piena. – Gente con l'accento uguale al suo... – aggiunse indicando Rodolfo e controllando in sala, come se avesse paura che ci fossero altri ad ascoltare. – Ma non solo.

Rodolfo non disse nulla, si alzò, circumnavigò il tavolino, poi si appoggiò di spalle al bancone.

– E che fanno questi continentali? – domandò Clara.

– Ci sono anche dei sardi. Pochi, ma ci sono... – bofonchiò Carboneddu, impegnato a strafogarsi.

– Va bene, ma che fanno? – sbottò Rodolfo dando un pugno sul marmo del bancone.

– Io so cosa facciamo noi, – rispose il ragazzino con la faccia impiastricciata di latte e briciole.

– E cosa fate voi? – Clara riuscí a mantenere la calma.

– Ci hanno dato una casa e un compito. Ci pagano bene, abbiamo da fumare e da bere.

– Che casa? – insistette Clara.

– Un vecchio magazzino in fondo allo stagno di Molentargius.

– Alle saline? – esclamò Clara. – Allora avevo ragione io a pensare che lí succede qualcosa. L'ho sempre detto che il conte... Alle saline dove? Eh? Dove?

– Io non conosco nessun conte. Comunque: in fondo, verso Quartu Sant'Elena, – disse Carboneddu. – Oh, mi date altri biscotti?

– No, adesso finisci di raccontare, – disse Clara severa.

– Va be', stiamo lí tranquilli, poi vengono il sabato notte, non ogni settimana ma quasi, e ci portano in un punto del canale principale della salina; noi carichiamo le sacche sulle chiatte. Montiamo a bordo e fuori dal porto ci aspetta una nave, scarichiamo tutto nelle stive e ciao! Ecco qui. Ci spacchiamo la schiena per una notte e siamo liberi di andare a spasso. E vaffanculo.

– Che sacche? – domandò Clara.

– Cosa contengono? – insistette Rodolfo.

– Eh, ne volete sapere di cose. Ancora latte, grazie!

Ugo preparò un altro piattino e un sostanzioso bicchiere con una robusta aggiunta di distillato e si disse che, se fosse stato possibile far confessare cosí tutti i criminali, commissariati e tenenze dei carabinieri sarebbero diventati delle offellerie. Ma era chiaro che quello che avevano davanti non era un criminale.

– Allora? – gli domandò allungandogli una nuova razione.

– Ma siete stupidi? È chiaro cosa facciamo: borsa nera! Contrabbando! Uffa! Ma ve lo deve dire io, cosa si produce in gran quantità a Cagliari?!

– Sale e tabacchi! – fece Clara.

– Porca di una miseria! – commentò Rodolfo. – Ma è ovvio!

Al *Caffè Elvetico* piombò per qualche istante il silenzio, rotto solo dal masticare smodato di Carboneddu, che si sentiva rifocillato ma anche un po' stordito. Ugo aveva abbondato nella coda alcolica al latte.

– E capirai che conquista. Dal fare il servo al mercato a fare il servo per i contrabbandieri, – lo punzecchiò Clara, a cui non era passato inosservato l'occhio liquido di Carboneddu.

– Mica faccio il servo! Li ho procurati io, i ragazzini! Tutti quelli che sono scappati da quella merda di mercato, dal porto, lo devono a me. Erano stufi di dover mangiare gli avanzi come quello stupido di Cozzina, e di vivere con un cesto in testa.

– Anche quelli che hanno trovato morti, vero? Eh? – insistette Clara. – Ma ti rendi conto? Li hai mandati tu a farli ammazzare? Cos'è successo? Non hanno eseguito bene i tuoi ordini? Hanno minacciato di parlare? Volevano piú soldi? Forza, racconta!

– No! Che dici! – Carboneddu stava cominciando a

perdere la bussola. – Pisciurrè e Caddozzu sono stati con noi solo qualche giorno, poi li hanno presi per un altro lavoro insieme a Tontu. Ma io non ne so nulla. E infatti quando li hanno trovati morti mi sono spaventato.

– E sei scappato via anche dai contrabbandieri...

Carboneddu alzò le spalle ed ebbe un lieve capogiro.

– E bravo il nostro coraggioso Carboneddu, – commentò Rodolfo.

– E che dovevo fare? – si lagnò lui. – Io glieli porto per farli lavorare e quelli me li ammazzano. Poi l'altro giorno anche Martinica... io le voglio bene, a Martinica. Ho provato pure a farla lavorare con noi, ma non l'hanno voluta, è ancora troppo piccola. Manco un sacco di sale riesce a caricarsi, e Su Lupu non la voleva, – disse mentre con un braccio scansava dal viso un po' di zucchero.

– Chi è Su Lupu? – chiese Clara.

– Il capo dei sardi, quello che mi è venuto a cercare. Ha detto che conosceva mio padre e sapeva che di uno dei figli del Tunisino, pure se fill'e bagassa, ci si poteva fidare.

– Ah! – disse Clara. – Tuo padre è tunisino?

– Ma che ne so, e chi l'ha mai visto, io sono cresciuto con le bagasse di quella gran bagassa della Tedde. E di sicuro piemontese non sono, – disse Carboneddu ridacchiando e pizzicandosi il braccio ambrato.

Ugo e Rodolfo non fiatarono.

– Dimmi meglio di questo Lupo, – lo pressò Clara.

– Su Lupu! Non Lupo! Ma che ne so, lo vedo solo il sabato, e manco sempre. È per lui che ho messo insieme il gruppo, tanto siamo tutti gente senza famiglia o con famiglie del cazzo. Lavoriamo, ci pagano, ci dànno un bel po' di tabacco, di sale e arrivederci. Comunque, Su Lupu è uno che non bisogna far arrabbiare.

– Di sabato... – rifletté Clara. – Domani è sabato!

– In pratica è già sabato, – la corresse Ugo indicando l'orologio.

Clara fissò Carboneddu, poi lanciò uno sguardo a Rodolfo e a Ugo, che la ricambiarono con un rapido cenno del capo. – E tu, bello mio, domani sera ci porti alla salina nel punto d'imbarco. Se è giorno di contrabbando, per loro sarà l'ultimo giorno di libertà.

A quelle parole Rodolfo Saporito, tenente dei carabinieri, rise e pensò che la ragazza che aveva di fronte era incredibile, sarebbe potuta diventare un eccellente comandante dell'Arma. Poi si rabbuiò: in tre non sarebbero riusciti a fermare una banda di contrabbandieri. E iniziò a pensare a chi avrebbe potuto coinvolgere, fra i colleghi, senza mettere in allerta il maggiore Capraia.

– Allora? – insistette Clara.

Carboneddu, satollo e mezzo ubriaco, trovò dentro di sé ancora un pizzico di arroganza. – Eja, ma voglio una cosa in cambio.

– Cosa? – chiese Clara.

– Se li troviamo, mi fai imbarcare con la Compagnia di Navigazione Simon. Giuro che mi levo dai coglioni per sempre.

– Se li troviamo, – promise Clara tendendogli la mano.

32.

L'amnistia scattò alla mezzanotte del sabato e, come recitava l'atto di clemenza, rimise in libertà i detenuti che si erano macchiati di reati commessi «in occasione di moti popolari, pubbliche manifestazione e tumulti». Le carceri di mezza Italia non riuscivano piú a contenerli tutti e la decisione fu interpretata come il tentativo da parte del governo di lanciare un segnale di distensione.

Quando l'immenso portone della prigione del colle di Buoncammino si spalancò, le prime a sciamare via furono le ospiti della sezione femminile, per lo piú sigaraie e panettiere, nonché qualche dattilografa. Fra loro Maria Boi, detta Sarrana.

L'ex caposquadra della Manifattura dei tabacchi si guardò intorno, ma non riconobbe nessun volto amico in mezzo alla folla di parenti in attesa. Mariti, mogli e figli, con indosso gli abiti della festa – perché quella era una festa –, erano assiepati sin dall'alba nel viale che correva lungo la facciata del carcere. Allertati da alcuni sindacalisti ben informati, attendevano impazienti le scarcerazioni davanti all'ingresso principale di quella tremenda galera. Una tomba senz'aria né luce, che aveva spinto al suicidio, cosí si mormorava, il suo progettatore, logorato dal rimorso d'aver concepito un simile inferno.

Sarrana osservò le famiglie ricongiungersi, i baci e gli abbracci che accolsero le sue compagne. Provò una lacerante malinconia e una punta d'invidia. No, nessuno si era recato sino al poggio per lei. Se ne fece una ragione. Forse la voce non era corsa per tempo alle orecchie delle sue sorelle, oppure, piú probabile, erano impegnate alla manifattura. Sabato o no, alla fabbrica dei trinciati si lavorava sodo, domeniche comprese, e per tredici lunghe ore. Alzò lo sguardo al cielo. Era una splendida mattina di metà settembre, il caldo di lí a poco si sarebbe fatto sentire, ma valutò che non sarebbe stato opprimente. Le avrebbe scaldato le ossa intirizzite e inzuppate d'umido per i quattro giorni passati in quella malsana gattabuia.

– Sarrana, che farai ora? – le chiese una delle compagne di sventura. – Dicono che ci riprenderanno tutte, tranne...

– Tranne le caposquadra, – completò la frase Maria Boi, evitando alla compagna la pena della rivelazione.

– E dove andrai? – le domandò un'altra giovanissima sigaraia abbracciandola e scoppiando in lacrime.

– Non piangere, Serenella, – la consolò Sarrana, – un'idea ce l'ho. Mi servirebbe però che qualcuno m'accompagnasse al Poetto.

– Ti ci porto io! – la voce si levò da un drappello di uomini che, a braccia incrociate, attendevano all'ombra di un grande ficus. Erano vestiti di scuro, come neri erano i fiocchi che portavano al collo.

Sarrana si massaggiò la grossa ferita mal cicatrizzata sul sopracciglio destro. Strizzò gli occhi e infine riconobbe il tizio biondastro che, staccandosi dal gruppo, si era fatto avanti. – Aniceti Anacleto, bastardo di un anarchico! – sbottò lasciandosi abbracciare.

Africo inspirò a pieni polmoni e l'odore pungente dei pini marittimi gli giunse nuovo, diverso, anche se quella strada morbida come farina l'aveva percorsa ogni mattina e ogni sera nei giorni della detenzione. Con la sacca in spalla e il berretto marinaresco ben calato, decise di non voltarsi neppure per un ultimo addio ai bracci del bagno penale. Arrivato a un bivio si arrestò e non poté fare a meno di buttare un occhio alla stradina che, degradando sotto il livello del mare, portava a un tunnel sotterraneo. Una galleria che sbucava alle spalle dello stagno, prima del ponte principale, realizzata per far giungere in maniera piú rapida i detenuti nel luogo di fatica.

Sbuffò, si inchinò, raccolse una manciata di terra sabbiosa, si rialzò e proseguendo nel cammino la buttò alle spalle per tre volte: – Mai, piú, – si disse. Si diresse verso il cancello del basso muro di cinta, presidiato da due guardie.

– A si biri, Africo! – disse una di loro ridacchiando. – Tanto, prima o poi, vi rivediamo tutti.

L'ex secondo capo della reale marina Gregorio Moro non fiatò. Infilò la mano nella tasca della sua giubba blu e consegnò un foglio. La guardia non lo lesse neppure, fece un cenno al collega piú giovane che, al comando, aprí l'inferriata. Africo passò oltre e fu libero.

Sentí i due uomini bofonchiare alle sue spalle.

– Altri, ne devono uscire, oggi?

– No, è l'ultimo condannato politico che avevamo.

– Socialista, anarchico, asino?

– Ahahaha! Mabbà, ha solo cambiato i connotati a un capitano dell'esercito.

– Eh! Dio santo! E per quale ragione?

– Perché non pagavano i vitalizi ai reduci di guerra.

– Ah! E il capitano che c'entrava?

– C'entrava, perché, quando i reduci hanno provato a farsi ricevere dal prefetto, il capitano gli ha fatto trovare un manipolo di soldati a sbarrargli la strada.

Furono queste le ultime parole in arrivo dal bagno penale

di San Bartolomeo che Africo udí. Gli scappò persino un sorriso. Un lieve increspamento del labbro superiore. Affrettò il passo e puntò verso la città. La sua prima meta sarebbe stata la sede della Compagnia di Navigazione Simon.

All'incrocio con lo stradone per il borgo dei pescatori di Sant'Elia vide arrivare dalla sua sinistra una carrozza vecchio stile, nera come il cavallo che la trainava. La vettura avanzò e gli tagliò la strada. Quindi si arrestò sollevando un polverone. Africo infastidito cercò di mettere a fuoco e riconobbe alla guida un viso amico. I due si guardarono. Non ebbero però neppure il tempo di salutarsi che, da una delle porticine, una voce lo invitò a salire: – Gregorio, prego, accomodati –. Africo titubante tirò appena su la visiera del berretto e lanciò un'occhiata interrogativa al guidatore, che lo rassicurò: – Tranquillo, ti portiamo noi a Cagliari.

Africo scosse la testa, calò di nuovo la visiera e riprese la sua strada. Non udí la carrozza ripartire, e nemmeno i passi, attutiti dal terreno sabbioso, di chi lo inseguiva. L'ultima cosa che percepí, prima di cadere in un sonno profondo, furono le braccia forti che lo afferravano per il collo, cosí rapidamente da non dargli il tempo di reagire, mentre una mano piú delicata gli copriva il viso con un panno imbevuto di un liquido che sapeva di mandorla.

Avevano riposato poco e male, tranne Carboneddu. Rodolfo, ai fuochi, stava facendo bollire un sugo ricavato da qualche pomodoro raggrinzito trovato nella dispensa, mentre Ugo, seduto al tavolo della cucina, grattugiava un pecorino cosí stagionato da sembrare pietra. Se qualcuno si fosse accorto di cosa era accaduto al villino Simon avrebbe gridato allo scandalo. Due uomini e un ragazzino avevano dormito sotto lo stesso tetto di quella scellerata della cinese dei Simon. Poco importa se Saporito si era accomodato sul divanetto in vimini del patio, soffrendo per l'aria pungente del primo mattino, e che Ugo si era dovuto accontentare di una delle due poltrone del salotto. Né che Clara aveva passato quel poco che restava della notte stesa sul suo letto a rimuginare senza tregua e senza pietà, con una severità verso sé stessa degna di una penitente. Altro che Nellie Bly, altro che Sherlock Holmes!, si era detta. Erano una compagnia di scalcagnati, incapaci di indagare, a cui solo la fortuna aveva permesso di incrociare sul proprio cammino Carboneddu. E ancora di piú si era incaponita nel pensare che, se il contrabbando partiva dalla salina, non poteva che esserci lo zampino di Cappai Pinna. Il conte da una parte forniva lo Stato e dall'altra lo derubava alimentando il contrabbando. Alla fine si era alzata, aveva riannodato i lunghi capelli in una grossa coda, aveva indossato il costume e si era diretta in spiaggia, passando dinanzi a Ugo che ronfava sulla poltrona e a Rodolfo rannicchiato sul divano sotto il patio. Aveva controllato pure in direzione del casotto a lato del villino, quello sotto i due pini dai tronchi piegati dal vento, dove avevano rinchiuso Carboneddu per paura che fuggisse.

Petto in fuori e testa alta, era andata in spiaggia, giú, sino alla battigia, si era dedicata ai suoi esercizi muscolari e con passo spedito aveva iniziato una lunga camminata. Quando aveva sentito il sole bruciarle la pelle, era entrata in acqua, si era immersa per un po', e infine era tornata a nuoto, bracciata dopo bracciata.

Una volta di fronte al villino, aveva notato che sulla staccionata di recinzione, fra la vecchia cavalla e la carrozza di Ugo, c'era una bicicletta. Era entrata in casa dal retro e aveva trovato in cucina, comodamente seduti e pronti a pranzare, Ugo, Carboneddu e, affamati e sorridenti, Aniceto e Sarrana.

– E voi, qui? – esclamò lanciando un'occhiata a Rodolfo che, pacifico come un'abile massaia, girava gli spaghetti nel pentolone. – Vedo che vi siete ben acclimatati tutti –. Non ebbe il tempo di proseguire, che Sarrana si alzò e l'abbracciò talmente forte da levarle il fiato. – Ti serve per caso una governante? – le chiese speranzosa.

– Ha saputo di Martinica? – domandò Clara accarezzandole con un dito la grossa cicatrice al sopracciglio. Maria Boi annuí. Fra loro non ci fu bisogno di dire altro.

– Se vuoi mangiare, Clara, ti consiglierei di cambiarti subito, – le disse Rodolfo.

– Bontà vostra, – rispose Clara imboccando una piccola porta che dava su uno sgabuzzino. Tornò poco dopo con indosso un'elegante e soffice vestaglia a righe. – Io sono pronta, mangiamo?

Il pranzo serví a fare il punto della situazione. E mentre Carboneddu passava e ripassava il dito sul piatto per grattare gli ultimi rimasugli di sugo – in casa non erano riusciti a trovare neppure un vecchio avanzo di pane –, Clara cercò di far siglare l'accordo.

– E no, gli anarchici no! – esclamò Rodolfo.

– Tenente, io di per me starei pure con i contrabbandieri, che gabbano questo Stato carogna che impone balzelli anche sul sale, – gli rispose Anacleto slacciandosi il fiocco nero dal collo e servendosi un bicchiere di vino che, seppur spunto, aveva trovato gradimento tra i convenuti alla povera tavola. – Ma se si tratta di far luce sulla morte di quei fanciulli, metto da parte ogni ideologia. Lei dovrebbe fare altrettanto. Del resto, se non può arrivare dritto con uno squadrone a cavallo a stringergli i ferri ai polsi, mi sembra che abbia piú d'un problema. Sicché decida lei, io sono a disposizione, e pure armato, – concluse tirando fuori una rivoltella dalla tasca interna della giacca.

Rodolfo si lisciò baffi e pizzetto, non troppo ordinati quella mattina, a dir la verità. Fece quindi un rapido calcolo. Tra i carabinieri poteva contare solo su Elmas e Copez, su loro non aveva dubbi. Nessun altro. E se il conte Cappai Pinna era coinvolto, passare per le vie ufficiali avrebbe compromesso l'operazione.

– Va bene, Aniceti, basta che, come vostra abitudine, non vi portiate appresso qualche bomba, – convenne alla fine Rodolfo. – Con voi saremo in quattro.

– In quattro? – sbottò Clara.

– Giusto, cinque, scusami, – si corresse Rodolfo.

– Sei, – s'intromise Sarrana. – Sono meglio io di quel ciccione di Copez.

– Lo conosci? – domandò Ugo.

– È mio cugino, quel balosso, – rispose la donna.

– Sei. Sette, con te, Ugo… – Rodolfo si portò una mano alla fronte e maledisse il giorno in cui aveva chiesto di essere trasferito in Sardegna.

33.

Carboneddu guidava la marcia a testa bassa, si dirigeva senza indugi tra gli stretti camminamenti che dividevano le saline in grandi rettangoli. Appezzamenti liquidi e maleodoranti che, con l'ultimo sole, brillavano ora di ocra, ora di rosso, ora di un bianco schiumoso, a seconda della densità dell'acqua e dei suoi minerali. In certi punti era obbligatorio procedere in fila per uno, in bilico tra una vasca e l'altra, a volte su un terreno sassoso, altre sabbioso, ma sempre candido.

Dietro di lui, appiccicato come una mosca al culo di una vacca, c'era Rodolfo Saporito in divisa da campagna, la stessa tenuta indossata dal brigadiere Elmas e dall'appuntato Copez, che chiudevano la piccola carovana. Si erano detti che, al momento dell'irruzione, palesarsi subito come carabinieri avrebbe avuto un effetto dirompente fra i contrabbandieri.

Prima della partenza Rodolfo e Clara, nonostante l'accordo ufficiale in cucina, si erano scontrati parecchio, in privato, sull'opportunità che il ramo femminile di quella improbabile banda partecipasse all'operazione. Alla fine erano giunti a un accordo: le donne sarebbero state nelle retrovie e allo scattare del blitz sarebbero rimaste di copertura, armate di due fucili staccati dalla rastrelliera del villino Simon, dove dimoravano da tempo immemore in attesa di una fantomatica caccia alle anatre.

Clara indossava un ampio pantalone che aveva lasciato di stucco i compagni. «Col cavolo che me ne sto in seconda fila», si era detta stringendo la mano a Rodolfo e siglando l'accordo. «Col cavolo che se ne starà alla retroguardia», si era detto Saporito ricambiando la stretta.

Carboneddu accelerò il passo e si diresse oltre le grandi vasche artificiali, verso uno stagno e una piccola pineta, un'oasi fra quegli acquitrini. Portandosi il dito alla bocca raccomandò di rimanere in silenzio, anche se in effetti, sin dalla partenza, carichi di tensione e con le mandibole contratte, i partecipanti non avevano fiatato. Il tenente Saporito fece cenno ai suoi carabinieri di farsi avanti e impugnare i moschetti. Ugo e Anacleto sfoderarono le rivoltelle. Rodolfo ordinò a Clara e a Sarrana di fermarsi e nascondersi dietro alcune piante. Clara obbedí, suo malgrado, e si appiattí dietro un tronco con il fucile ben saldo tra le mani.

Carboneddu proseguí abbandonando il sentiero maestro, e s'inoltrò fra gli alberi sempre tallonato da Rodolfo. Dopo pochi metri la piccola pineta cominciò a diradarsi, sinché innanzi a loro non si palesò una radura, al centro della quale spiccava un casale di mattoni color ocra. Rodolfo esortò i suoi a disporsi in semicerchio, pochi gesti delle mani che Elmas e Copez compresero al volo; Ugo e Aniceto ci impiegarono qualche secondo di piú. Quindi il tenente armò il cane della pistola, uno scatto metallico secco, cui seguí un avanzamento allo scoperto di Carboneddu.

– Che fai, imbecille? – sibilò rabbioso Rodolfo. Il ragazzino passò dalla camminata alla corsetta.

– Ci sta tradendo, il bastardo! – sbottò a mezza voce Ugo, quando la loro giovane guida sparí oltre il caseggiato.

– Fill'e bagassa! – urlò Elmas correndo dietro al ragazzo con l'arma stretta al petto. Anche gli altri uscirono dalla boscaglia con le armi in pugno, pronti allo scontro. Sentendo la concitazione, Clara e Sarrana si addentrarono nella pineta e sbucarono nella radura, proprio nel momento in cui gli uomini si precipitavano verso il lato nascosto del casale.

Non ci fu però neppure il tempo di fare o pensare altro.

Carboneddu ricomparve davanti a loro e urlò: – Sono andati via! Non c'è piú nessuno! Siamo fortunati, oggi è il sabato giusto! – Poi si soffermò a guardarli, allibito e un po' spaventato: – Ma che cazzo fate? Che cazzo fate? Giú quelle armi!

– Parla bene, ragazzino, – disse Sarrana sganciandogli un ceffone sulla nuca. – Parla bene, gran cafone!

– Aia! Boga is manus! – si lagnò Carboneddu, e li apostrofò: – Ma cosa vi credevate, che vi tradivo?

– Eh sí… – commentò Clara raggiungendo l'ingresso del casale. Scostò il doppio portone, svelando un ambiente unico e bizzarro. Restò colpita: i suoi stivaletti fecero cigolare le assi in legno del pavimento, ricoperto in buona parte da vecchi tappeti. Si era immaginata un misero sterrato, quindi restò basita quando le si palesò un salone. Alcune poltrone, un paio di divani nemmeno troppo logori, e poi tavoli e tavolini, seppur sbilenchi, e sedie, lumi, e un comò. Persino un grande orologio a pendolo, accanto a una massiccia stufa in ghisa, arredava quello sperduto deposito. Alzando gli occhi al soppalco, notò anche una triplice fila di letti a castello.

– Ma dimmi tu, 'sti ragazzini.

In quel rifugio, i piccoli padroni di casa avevano ricreato l'ambiente domestico ideale. Un miraggio che nella vita da piciocus de crobi avevano potuto solamente ghermire, un attimo appena, nelle case in cui esausti depositavano la spesa. E provò uno strano sentimento.

– Chissà da dove li avranno trafugati, – fu il commento senza pietà di Rodolfo.– Andiamo, Clara. Stando a quanto dice Carboneddu, non abbiamo molto tempo.

L'aria si era fatta pungente. Coperta da un alto canneto, su una lunga duna che sovrastava il canale, la squadra era in attesa. Sotto, una schiera di circa venti ragazzini stava caricando su tre chiatte le sacche di sale, le balle di tabacco e parecchie scatole di sigari già confezionati. Il loro lavoro era illuminato da alcune fiaccole conficcate nel terreno fangoso e dalle lampade che una decina di uomini teneva in mano. Nessuno fiatava. L'atmosfera era irreale. Ciò che Clara e i suoi compagni avevano davanti era una sorta di formicaio umano in cui ciascuno conosceva a menadito solo il proprio incarico. Sulla prima chiatta, che aveva la prua puntata verso il mare, un uomo grande e grosso, intabarrato e con un cappellaccio nero calato in viso, dirigeva le operazioni, con pochi comandi a mezza voce.

– Su Lupu, – bisbigliò Carboneddu, accovacciato tra Rodolfo e Clara.

L'attenzione di Clara si fissò però su un altro contrabbandiere: indossava un pastrano insolitamente pregiato, con cappuccio, e controllava ogni singola operazione. Le mani sui fianchi, un piede a terra e uno sulla passerella che portava alla seconda chiatta, l'uomo aveva tutta l'aria di essere al comando. Nonostante la penombra e la distanza, a Clara sembrò che calzasse scarpe di ottima fattura. Se ne convinse. E il suo sospetto si fortificò. – Il conte, – si disse.

Rodolfo aveva dato ordine di scattare solo quando le chiatte fossero state cariche, perché sarebbero state piú lente qualora avessero tentato la fuga. Sarrana e Ugo si erano distesi sul terreno morbido – terribilmente umido e infestato da ogni specie di insetto –, trovando conforto per le gambe indolenzite. Gli altri stavano accosciati, muti.

Dopo un'ora Sarrana, stufa della stessa posizione, tentò di rialzarsi. Prima di muoversi, però, si assicurò che da basso nessuno la notasse; quindi si soffermò a osservare meglio i contrabbandieri. Disposti in fila per due, illuminavano le passerelle che portavano alle chiatte, mentre i ragazzini issavano gli ultimi sacchi. Di lí a poco i barconi sarebbero salpati. All'improvviso la sigaraia sentí una botta al cuore. – Sant'Efisio santissimo! – le scappò, e si portò la mano alla bocca. – Ma è quel crumiro bastardo di Rais!

Dal canale due o tre uomini si voltarono allarmati in direzione della duna e del canneto. Rodolfo capí che non c'era piú tempo da perdere. Si tirò su, scaricò due colpi di pistola al cielo e urlò: – Carabinieri, a me!

Scoppiò la baraonda.

Elmas e Copez si lanciarono giú per la duna, seguiti a rotta di collo da Ugo e Anacleto. Giunto sulla sponda, Elmas si arrestò, prese la mira e sparò un colpo al timone della prima imbarcazione, ma la pallottola scheggiò appena il legno. Copez, invece, centrò quello della seconda, rendendola ingovernabile e di impedimento al procedere della terza.

I contrabbandieri risposero al fuoco. Anacleto si pentí di non aver portato neppure un candelotto di dinamite.

– Fermi, siete in arresto! Giú le armi! – urlò Rodolfo mentre i ragazzini lo superavano. Tornarono però subito indietro, impauriti da una doppia schioppettata al cielo: ritte sulla duna, Clara e Sarrana avevano deciso che un buon fuoco di copertura avrebbe intimorito chiunque avesse tentato di fuggire via terra. E cosí fu. I piciocus, terrorizzati, fecero dietro front e si lanciarono verso la prima chiatta, che stava iniziando a muoversi spinta da quattro malviventi armati di lunghi remi. Come disperati, i ragazzini provarono a saltarvi sopra.

– Fermi, bastardi! Fermi! Cosí ci fate ribaltare! – urlava Su Lupu nel tentativo di respingerli, aiutato dall'uomo col cappuccio che brandiva una pagaia. – Giú, maledetti, o affonderemo tutti! – Quelli però sembravano topi impazziti e almeno in dieci riuscirono a salire sulla chiatta, facendola oscillare malamente.

– Via! Figli di puttana! – urlò Su Lupu, che sferrò un cazzotto a uno degli ultimi piciocus balzati a bordo. Centrato in pieno volto, per evitare di cadere in acqua il ragazzino si aggrappò al lungo mantello dell'uomo col cappuccio. Insieme ondeggiarono e la chiatta si piegò su un lato. Il piciocu con un salto si gettò a prua, mentre l'uomo, imbrigliato nel lungo soprabito, perse l'equilibrio e cadde nel canale.

– Bagassa troia! – urlò Su Lupu nel vederlo, e si tolse il cappellaccio nero, rivelando la propria identità.

– Maullu! – urlò Clara, lanciandosi giú per la duna. – Maullu! Lo sapevo! – ripeté. – Fermatelo!

Rodolfo, che con gli altri stava cercando di chiudere l'assedio sui contrabbandieri, si voltò di scatto: il movimento gli fu salvifico. Un proiettile gli sibilò a un soffio dal viso. Si girò di nuovo e vide uno dei banditi con la pistola ancora in pugno puntata nella sua direzione. Era il piccoletto, il crumiro Rais, quello che Sarrana aveva identificato poco prima. Saporito non esitò, prese la mira e gli sparò al braccio. Fu come un segnale. A ripetizione, senza accordo ma in sintonia, Ugo, Anacleto, Elmas e Copez scaricarono le loro armi ad altezza d'uomo. Un crepitio bestiale. Quattro contrabbandieri caddero a terra morti.

I ragazzini che non erano riusciti a imbarcarsi, approfittando della confusione, si dileguarono oltre il canneto, Carboneddu compreso.

– Fermi! O vi ammazziamo come cani! – urlò Rodolfo. Intanto, alle sue spalle, la chiatta guidata da Maullu spariva, inghiottita dal buio, lungo il canale che l'avrebbe portata al mare. – Bastardi! – gridò sparando a vuoto un ultimo colpo al cielo stellato.

Clara, ansimante, era discesa dalla duna e proseguiva la sua corsa verso la sponda, decisa a bloccare l'uomo caduto nel canale. A un soffio dall'acqua si accorse che il contrabbandiere stava annaspando, appesantito dal mantello. Oramai di lui si vedevano solo le braccia che si agitavano disperate. Clara strillò in direzione degli amici: – Il conte! Il conte sta affogando!

Esitò un secondo, un pensiero perfido la trafisse. Una smorfia compiaciuta le si piazzò sul viso. Attese, e vide le mani dell'uomo sparire sotto la superficie dell'acqua, appena illuminata dal fuoco di una torcia.

E mentre Rodolfo e Ugo le correvano in soccorso, Clara gettò il fucile a terra e si tuffò.

34.

– Respira.

Distesa sulla riva del canale, accanto al corpo dell'uomo che aveva appena salvato, Clara riconobbe la voce di Ugo. – Meno male, – gli disse, e il suo fiato si trasformò in una nuvoletta. Guardò il cielo, gli abiti le gelavano la pelle.

Rodolfo si accosciò vicino a lei. – Su un barcone abbiamo trovato qualche coperta e alcuni vestiti non troppo sozzi. Di certo non saranno di tuo gusto, ma devi cambiarti subito, se non vuoi beccarti un malanno.

Clara, prima di mettersi in piedi, volse lo sguardo alla sua destra: – Allora, conte Cappai Pinna, come si sente ora che sta per finire al bagno penale fra i suoi salinieri?

In risposta ebbe solo un balbettio che somigliava al lamento di un bambino.

– Abbiamo perso la parola e la boria, mi sa, – aggiunse lei, ignorando l'aiuto di Rodolfo che le aveva offerto la mano per rialzarsi.

Si piazzò davanti al conte. Quindi, stranita, guardò prima Rodolfo, poi Ugo. Fissò di nuovo il conte. Le mancò il fiato. Strappò dalle mani di Fassberger la lanterna e tentò di osservare meglio, incredula.

– Eh sí, – disse laconico Rodolfo.

– Chi cavolo è questo? – domandò Sarrana, giunta con le coperte e un fagotto di abiti in mano. Alle loro spalle, intanto, i due carabinieri contavano i morti e Anacleto Aniceti faceva la guardia al ferito.

– Saverio De Martino, il direttore del bagno penale di San Bartolomeo, – disse Ugo. – Un uomo buono, pacato, ma evidentemente avido, sfruttatore e assassino di bambini.

A quelle parole De Martino, bagnato e tremante, puntò i gomiti, si sedette e piagnucolò: – No! Assassino, no!

– Eeeh! Assassino no, vedremo, – disse Rodolfo lanciandogli una coperta.

– Voglio parlare solo con il procuratore del re, – annunciò De Martino avvolgendosi sino alla testa.

– Ci state parlando! O meglio: state parlando con l'uomo incaricato da sua eccellenza Pimentel in persona, – proclamò solenne Rodolfo.

– No, io voglio parlare solo con lui, – insistette De Martino, mentre anche Clara si imbacuccava con la coperta. – Non c'entro niente con la morte di quei ragazzini. Sono venuto questa notte proprio per assicurarmi che ciò che diceva Maullu fosse vero: noi non abbiamo niente a che fare con le morti. I nostri ragazzi stanno bene. Giuro. Io...

– Lei, cosa? – domandò Clara puntandogli il dito sul petto.

– Io, – De Martino abbassò gli occhi, – non sono...

– Cos'è, allora? Abbia il coraggio di ammetterlo.

– Signorina, quanto pensa che guadagni il direttore di una delle cinque colonie penali sparse in questo schifo di vostra isola, eh? – De Martino a poco a poco stava ritrovando dentro di sé un barlume di autostima, ma stava unendo male i punti della sua difesa. – E mantenere una moglie e due figlie che pretendono di fare la vita delle gran signore? E... e... cercare di farsi accettare nell'alta società di questa pidocchiosa Cagliari, che ha l'ardire di credersi città regia ma è solo una misera colonia? Quanto crede che valga?

– Non certo la morte di due bambini! – lo interruppe Clara battendogli ancora e con forza il dito sul petto.

Il direttore si difese. – Io non c'entro! Ve l'ho già detto! Ho solo concesso l'uso dei nostri terreni...

– E chiuso un occhio sui furti di sale, – lo incalzò il tenente Saporito. – Insomma, vi siete fatto pagare il pizzo e avete messo il vostro Maullu a guardia, affinché tutto filasse liscio. O sbaglio? E quello, che ha il viziaccio di lavorare per piú padroni, ha anche arruolato la manovalanza giusta per i contrabbandieri. Abbiamo un testimone! – concluse Rodolfo guardandosi intorno per capire dove fosse finito Carboneddu.

De Martino, intirizzito, non fiatò. Si tirò su la coperta che gli era scivolata. – La sequenza... – balbettò il direttore, – la concatenazione dei fatti non è proprio questa, e la spiegherò solo davanti a sua eccellenza Pimentel. Ma con i bambini morti non c'entro nulla, lo giuro, non erano nostri trasportatori. Almeno, cosí mi ha assicurato... – tentennò, – Maullu.

– Eh! Non c'entro nulla! Si fa presto a dirlo, – la voce arrivò dalle loro spalle. Tutti si voltarono. Inginocchiato e con il braccio fasciato, il crumiro Rais li guardò spavaldo. – Caro direttore, le paghiamo una bella somma per poter svolgere i nostri affari qui. E nessuno ha voglia di finire in carcere a vita per la morte di quei ragazzini. Però lei deve dire la verità, se no, se non si trova un colpevole, andrà a finire che faranno pagare tutto a me. E forse anche a lei.

De Martino tremò e abbassò il capo.

Sarrana si avvicinò a Rais. – Crumiro, ladro, e pezz'e merda, – lo apostrofò. – Io l'ho sempre sospettato che quando noi eravamo in sciopero voi facevate in fabbrica i vostri porci comodi. E allora avanti! Visto che hai deciso di cantare, parla tu, ché tanto questo non fiata.

– Vedi, Sarrana, tu sei una poveraccia. Per te è tutto nero o bianco, – disse Rais. – Ma da dove credi che arrivi la gran parte di quelle balle di tabacco, di quelle scatole di sigari? Come credi che abbiamo iniziato? Sono la nostra paga, la nostra paga sottobanco per i servizi che prestiamo ai padroni!

– Diavoli! – commentò lei.

– E sí, poi ci abbiamo preso gusto e a ogni vostro sciopero ci siamo dilettati a pagarci da soli, – proseguí Rais. – La domanda c'era, come dicono lor signori, e noi abbiamo messo a disposizione l'offerta per gli amici continentali, – aggiunse indicando i cadaveri. – E sai com'è venuta, a loro, l'idea di trafugare il sale? Eh? Lo sai? Gli è venuta quando li hanno spediti qui alla salina a scontare la pena. E una volta usciti hanno pensato al modo per mettere a frutto anni di lavori forzati. Hai capito, fessa di una sigaraia? Tutto è molto piú complicato di quanto non vi spieghino i vostri amici socialisti, burricus. Ma dice bene il direttore: noi, con quei due morti, non c'entriamo nulla. Noi, i ragazzini li paghiamo, e bene. Gli diamo da fumare e da mangiare. Persino un tetto sotto cui vivere, gli abbiamo regalato. In fondo siamo dei benefattori. Altro che società degli operai.

– Stronzate! – lo interruppe Sarrana.

– Straparli, – lo rimproverò Clara.

– Vai dritto al punto, chiacchierone, – lo incalzò Rodolfo.

– Il punto è che io qualche anno di galera come contrabbandiere sono pronto a farlo. Sempre che si decida di portarmi a processo. Perché non farà piacere a nessuno sapere in che maniera è iniziato questo circo, e da dove sono arrivate le prime balle che abbiamo introdotto sul mercato nero. Detto ciò, spetterà al giudice Pimentel decidere il da farsi. Ma assassino non sono. Pisciurrè e quell'altro… sí, insomma, quei piciocus, con noi non sono stati manco una settimana. Non servivano, anche se quella merda di

Carboneddu insisteva. Uno zoppo e mezzo matto, forse aveva già la sifilide. E l'altro sempre stralunato, si faceva venire degli insoliti attacchi, si gettava a terra, schiumava bava e tremava come una foglia. *Casi umani*. Eh?, diretto', cosí avete detto quando li avete affidati alle cure di quel vostro amico lí, o sbaglio?

Tutti gli occhi si spostarono su De Martino. Sarrana non capí, ma Clara, Ugo e Rodolfo non ebbero bisogno di altre spiegazioni.

– Per il bene della scienza, – balbettò Saverio De Martino, direttore del bagno penale di San Bartolomeo. Poi cominciò a piangere.

La squadra fu sciolta e le strade si divisero. Anacleto Aniceti e Sarrana rimasero a guardia di Rais e dei cadaveri, con la speranza che nessuno comparisse a reclamarli. Il brigadiere Elmas e l'appuntato Copez ritornarono al villino Simon, con l'ordine di prendere la carrozza di Ugo, correre a svegliare il procuratore Pimentel e riferire ogni cosa senza tralasciare nessun particolare. Fassberger in un primo momento era stato un po' recalcitrante, ma aveva chiuso la questione limitandosi a dire: «Non correte troppo, e abbiate pietà: quella è una vecchia cavalla».

Clara si lasciò andare a un sorriso. Rodolfo lo notò: – Che hai da ridere? – le domandò.

– Non rido, sorrido al pensiero che un anarchico e una socialista rimangano di guardia come due gendarmi.

Rodolfo le fece una lieve carezza sulla guancia. – Sei buffa con questi abiti da uomo e questo berretto, – le disse. – Sembri uno scugnizzo.

– Un che? – gli domandò Clara trattenendogli la mano, affinché restasse ancora un po' a contatto con la sua faccia infreddolita. Poi starnutí.

Ugo sbuffò, alzò gli occhi al cielo e diede un colpo alle redini del carretto requisito ai contrabbandieri. Trainata da due possenti e veloci muli, la vettura – nascosta sulla sponda opposta del canale, che avevano raggiunto grazie a una delle chiatte – partí rapida. Due lumi inchiodati sugli assi frontali spezzavano il buio e annunciavano il loro avanzare.

Armati e determinati, Clara, Ugo e Rodolfo avevano ancora nelle orecchie le indicazioni del direttore De Martino. «Non lo troverete né a casa né al lavoro. Ma...», nonché le sue proteste quando, per non farlo addentrare in contorte spiegazioni sulla via da percorrere, lo avevano legato come un salame e issato nel cassone del carruccio, per farsi guidare senza ulteriori perdite di tempo.

35.

Il faro di Capo sant'Elia svettava come un ciclope sulla baia. Una sventagliata di luce spezzò il buio e illuminò il carro che avanzava sul colle. Le bestie che lo trainavano non si intimorirono nel percorrere la mulattiera ripida, rubata alla roccia, a strapiombo sul mare. Anzi, sembrava che la loro vita fosse stata creata per giungere a quel momento di fatica e pericolo.

L'odore del mirto e della salsedine si fondeva in una miscela che in un'altra occasione avrebbe stordito Clara. Non quella notte.

Al bivio oltre il bagno penale, De Martino aveva dato indicazioni chiare sulla strada da intraprendere. A bordo del carro lo sgomento aveva tolto la parola a tutti quando erano sfilati di fronte al tetro tempio della quarantena: il lazzaretto.

Ugo non aveva esitato a spingere i muli verso lo sconosciuto sentiero che il direttore aveva segnalato con la mano tremante. Una stradaccia: per un primo tratto rasentava una piccola spiaggia, ma subito dopo iniziava la pendenza a filo con una scogliera via via sempre piú scoscesa.

Il carro stava procedendo in salita da circa cinque minuti, quando Clara sentí arrivare un primo soffio, tiepido e appiccicoso. – Si sta levando il vento, – disse, mentre Ugo rallentava l'andatura per meglio affrontare uno stretto tornante. La manovra non era facile. Una ruota faticò a superare un masso sporgente, slittò, il carro sbandò e il direttore De Martino, ancora legato nel cassone, rischiò di finire giú per la scarpata, dritto in bocca ai pesci. Con una mossa rapida Ugo riuscí a far ritrovare l'assetto al carro. Fiutato il pericolo, i due tenaci muli s'incaponirono e con uno scatto diedero un'accelerata. La vettura schizzò oltre la curva e quasi planò su un largo terrazzamento. Le bestie, ansimanti, si fermarono in attesa di un ordine che non arrivò.

– E questa? – esclamò Clara.

Davanti ai suoi occhi, illuminata a tratti dalla luce del faro, si palesò una struttura circolare, arroccata su uno sperone della scogliera e protetta, sul lato che dava sulla strada, da un basso muretto di calce bianca. Sembrava una torre tagliata a metà.

– Direttore, che diavolo è questa? – domandò Rodolfo balzando giú dal carro e acciuffando De Martino, avvolto nella coperta. – Forza, scendete, – gli disse strattonandolo in malo modo. Il direttore, ritto dinanzi al tenente dei carabinieri, balbettò: – Una volta era l'alloggio del distaccamento a guardia del lazzaretto e del suo direttore, ma è da anni e anni che...

– Di chi è? – lo incalzò Clara.

De Martino non rispose subito, le parole gli si incagliarono in gola.

– Allora?

– Una pertinenza del bagno penale, – farfugliò.

– Che lei ha ceduto al suo amichetto... – commentò Clara.

Rodolfo sfoderò la pistola, Ugo fece lo stesso. Clara afferrò il fucile dal carro e se lo mise a tracolla. – Ci faccia strada, – disse al direttore.

– Ma io non ho mai superato quel muretto, – si lagnò De Martino indietreggiando timoroso.

– Aaaah, – Rodolfo si portò il pugno alla bocca e se lo morse, – io mi domando secondo quale criterio un essere della vostra fattura sia stato messo a capo...

– Lasciamolo qua, – suggerí Clara, – ben legato a una ruota del carro.

E cosí fecero. Ugo staccò una lanterna dai legni della loro vettura e procedettero. Scostarono un cancelletto che non cigolò, segno di una buona oliatura e di un assiduo e recente uso. Si trovarono in una corte e udirono uno scricchiolio, non costante ma dal ritmo cadenzato.

– Ci sono mulini ad acqua in questa zona? – chiese Rodolfo dirigendosi verso l'ingresso.

Non ci fu risposta, semmai un tonfo. – Che cavolo! – Ugo era inciampato.

– Che succede? – si allarmò Clara.

– Piano, fate piano! – li rimproverò Rodolfo.

– Ho infilato il piede in una griglia, – disse Ugo rialzandosi.

– Una trappola? – azzardò preoccupato Rodolfo.

– No, una... una... – Ugo rischiarò il punto dove era incespicato. Davanti a sé c'era una buca non molto profonda, chiusa da una grata. Rodolfo si avvicinò, osservò e la riconobbe: – È una fossa per cani da combattimento.

– Non capisco, – commentò Clara.

– Vi si gettano i cuccioli per annientarne la volontà e plasmarli secondo il volere dei padroni.

– Perché? – sbottò Ugo.

– Scommesse, denaro, – tagliò corto Rodolfo. – Attenzione, ce ne potrebbero essere delle altre, e magari non vuote.

– Non credo, – biascicò Clara accosciata accanto a Ugo, ritraendo il braccio che aveva infilato nella buca. – Questo è un piccolo cappello, – disse mostrando un panno lercio.

– Un cappello? – si meraviglio Rodolfo.

– Cosa ti ricorda, Ugo? – Clara gli tolse il lume di mano.

– Uno dei copricapi che usano i piciocus de crobi per non farsi scalfire il cranio dai cesti che portano in testa, – fece lui terrorizzato.

Clara illuminò meglio il terreno, e tutti insieme rabbrividirono scoprendo intorno a loro altre due fosse sigillate da altrettante grate.

«Signore santissimo, – pensò Clara, – fa' che siano vuote. Oppure, se c'è qualcuno, che sia in vita». Con il cuore che le batteva all'impazzata, mentre il vento si alzava prepotente, si gettò a terra e levò i chiavistelli che chiudevano le inferriate. Vuote. Sospirò e ringraziò l'Altissimo, ma non fu comunque un omaggio liberatorio. – Andiamo! – ringhiò tirandosi su. Il mare rispose rantolando, le prime onde cominciarono a incresparsi e a battere sulla roccia.

Clara puntò dritta verso la porta. Incurante, senza alcuna precauzione, la spalancò con un calcio e si trovò dinanzi a un ingresso semicircolare, spoglio, neppure un arredo. Sentí lo scricchiolio farsi piú forte e d'istinto si diresse alla fonte di quello strano rumore. Fucile in spalla e lanterna in mano, fece luce davanti a sé e vide che, pochi metri piú in là, aveva inizio una scalinata. La imboccò decisa. Rodolfo seguí la sua fioca scia. Ugo, arrivato con qualche istante di ritardo, si perse avvolto dal buio.

Clara scartò gli ampi gradoni di una scalinata dal tracciato ellittico. Immaginò che quel che emergeva sulla strada fosse solo parte di una profonda casamatta che proseguiva perpendicolare al costone. La sua intuizione fu supportata dal rombo delle onde che, oramai cresciute, le parvero bussare contro il muro. La gradinata terminò in una vasta sala ovale.

Clara rimase di ghiaccio.

Alla luce del suo modesto lume si manifestò una scena che non seppe subito decifrare. Un tizio di spalle scalava i gradini di un lungo cilindro di legno, che le ricordava vagamente le pale a ruota dei battelli fluviali. Un mostruoso marchingegno collegato a una macina, che costringeva il poveretto a una salita infinita, con lo scopo di polverizzare il grano. L'uomo, bloccato da una catena a un'asta di quella strana ruota, non si voltò neanche e proseguí nella sua pena.

Senza fiato, Clara si domandò se ciò che aveva di fronte non fosse il frutto di una allucinazione. Travolta dall'angoscia, spostò la luce su Rodolfo, adesso al suo fianco, e lo guardò allibita. La spostò ancora e scorse, sulla parete accanto, un cumulo di sacchi di grano. Osservò meglio, e le sembrò di percepire un movimento.

In effetti, qualcosa fra le sacche si mosse.

– Chi siete? – chiese una voce proveniente dai sacchi.

Clara passò la lanterna a Rodolfo, si sfilò il fucile dalla spalla e lo puntò. Rodolfo illuminò la parete nel preciso istante in cui da quei sacchi si issava un uomo.

– Chicchirichí! Signore del cielo, che ci fai tu qui? – esclamò Clara.

Il giovane era incredulo, poi trovò il coraggio e la forza di parlare: – Lo volevo salvare... – biascicò tremante. – Lo volevo... – ripeté provando ad avanzare. Ma una catena, fissata al pavimento da un lato e agganciata a un anello stretto alla sua caviglia dall'altro, lo bloccò.

D'improvviso una luce abbacinante, irradiata da una possente lampada, invase la sala. – Un sacrificio solidale, per il fratello che ha salvato il fratello, – una voce irruppe insieme al chiarore. Comparve la sagoma di uomo che, con gran flemma, accese alcune lanterne appese alle pareti. Grazie alle luci diffuse si rivelò il professor Callisto Rombi, direttore del nosocomio San Giovanni di Dio, docente di Medicina legale presso il regio ateneo cagliaritano, e futuro preside di facoltà.

Clara abbassò il fucile. – Professore...

– Cosa avete combinato? – domandò stupefatto Rodolfo indicando l'uomo ancorato a quella strana scala. Di cose stravaganti nella sua vita ne aveva saggiate diverse, ma quella le batteva tutte.

Il professor Rombi allargò le braccia, come un santo pronto alla rivelazione di un mistero. – Nulla. Seguo le vie della scienza.

– Lei però ha preso una brutta scorciatoia, mi sa! – lo aggredí Clara.

– La scienza pretende tributi e celerità, – disse Rombi superando Chicchirichí con fastidio, come quando si scarta un topo per strada. – Vero, Gregorio? – aggiunse avvicinandosi alla ruota. – Ora puoi fermarti e girarti, Chicchirichí non pagherà pegno.

Africo si voltò, e parve a tutti un demone incatenato, gli occhi infuocati, i muscoli del viso contratti. – Signorina Simon! – esclamò appena la vide. Tentò di portarsi le mani in faccia, disperato, ma la catena che lo bloccava alla macchina glielo impedí.

– Ossessivo, violento... E ne avrei, da aggiungere, ma mi fermo qui, – sentenziò Rombi come se si trovasse davanti a una platea di studenti. – Sa cos'è questa ruota, signorina Simon? Una *treadwheel*, l'hanno inventata gli inglesi per le loro carceri. Solo che non ne hanno compreso la portata. L'hanno usata per punire i detenuti costringendoli al moto perpetuo, una sublime pena dantesca. Per spezzare loro le reni e produrre, a costo zero, della pessima farina. Stolti! Avevano fra le mani un miracoloso mezzo di azzeramento, propedeutico alla novella programmazione di una mente malata. Si fa tabula rasa, per poi ripartire. E l'annientamento del pensiero avviene con la mortificazione di ogni sentimento. Peccato che siate arrivati. Eravamo appena agli inizi. L'uomo è riluttante e si attiva solo se minacciamo di far del male al suo amico.

– Mi ha tradito, professore, mi aveva promesso ben altro! – gridò Chicchirichí.

– Se questi scellerati non fossero giunti qui, stanotte, con molti sacrifici avremmo conquistato il primo gradino della cura, – disse Rombi fissando un punto nel vuoto dove solo lui vedeva un piano ben tracciato. Ansimò, e con un gesto della mano cancellò le sue equazioni, che si dissolsero nell'aria. Guardò Clara. – Anche il giovanotto, in fondo, è un alienato. Eccessivo senso di gratitudine verso il suo salvatore. Poteva godersi la vita in tranquillità. È figlio di una buona famiglia di bottegai quartesi, i famosi Milia, lo sa, signorina Simon? Ha preferito però impiegarsi alla salina per stare accanto al suo benefattore. Ed è disposto a tutto, pur di ripagare il debito. Ma anch'egli è un tipo interessante. Sospetto in lui una nota deviata.

– Ma cosa dice! – urlò furibondo Chicchirichí. – Pazzo e truffatore! E pazzo io che mi sono fatto ammaliare dalle sue teorie. Stupido! Imbecille che non sono altro! Io e quello sciagurato parvenu del direttore De Martino. Solo noi potevamo darle credito. E infatti, lei è costretto a nascondersi per fare i suoi scellerati esperimenti. Altro che genio incompreso. Se ha il coraggio, vada dinanzi agli illustri colleghi a sciorinare certe corbellerie da folle. La squarterebbero.

Rombi gli riservò un'occhiata carica di disprezzo: – Le mie teorie, le mie pratiche hanno precursori e trovano proseliti non solo in Europa, ma persino nelle Americhe. E non è lontano il giorno in cui saremo noi a irridere voi, sciocchi cavernicoli.

– Anche ai bambini voleva dare una novella programmazione? – s'intromise Clara.

– Vi erano alcuni casi degni di interesse. Deviati ai limiti della follia.

– E li avete chiusi in quelle fosse.

– Solo quando erano poco inclini al cammino di cura. Non è stato facile, sapete, costringerli alla *treadwheel*. Nessuno di loro provava abbastanza empatia per le pene inflitte a un compagno da convincersi a scarpinare.

– Lei è un mostro! – gridò Clara.

– Mors tua vita mea. Sono cresciuti secondo regole selvagge, animali, – proseguí Rombi, quasi entusiasta di spiegare la propria teoria. – Eppure con uno eravamo entrati nella seconda fase: l'estirpazione delle infezioni che, come temono alcuni colleghi stranieri con cui ho intrapreso una fitta corrispondenza, potrebbero essere alla base di pazzia e devianza.

– Cosa gli avete fatto? – lo minacciò Clara, puntandogli addosso la canna del fucile.

– Non strepiti. Noto in lei, e da tempo, una vena di isteria, di necessità all'azione, che nasconde una tendenza a cadere nelle peggiori malinconie, – disse chirurgico Rombi, facendole accapponare la pelle. – Gli abbiamo cavato solo quei denti marci. Certo, sul momento non è stato piacevole per lui, e neppure sappiamo se questa strada avesse un vero senso. Ma si prova e si riprova, signorina Simon. La scienza ha bisogno delle sue cavie.

A Clara tornò subito alla mente il corpo di Pisciurrè adagiato sulla battigia e la sua bocca priva di denti.

– Cavie che alla fine avete ammazzato, – si intromise Rodolfo. – Cos'è andato storto in questa novella programmazione di cui straparlate, eh?

– No. Qui non si uccide nessuno. Non scherziamo. I nostri ospiti sono un bene prezioso. Hanno solo scelto la via sbagliata per la fuga, – disse Rombi indicando una porta dietro la ruota e spostandosi per aprirla.

– Fermo lí, – lo minacciò Clara. Rombi non la ascoltò, abbassò la maniglia e la porta si spalancò su una terrazza. Uno schizzo d'acqua lo bagnò e una folata di vento accompagnata dal ruggito delle onde invase la stanza. – Sciocchi ragazzini. Bisogna conoscere l'andamento delle maree per scappare via mare.

– Non faccia un ulteriore passo! – gli ordinò Clara. – Sleghi Africo e Chicchirichí! Subito!

Rombi, indolente, tirò fuori dal taschino del gilet un mazzetto di chiavi e fece scattare la serratura che teneva imprigionato Africo alla catena. – Va bene cosí?

– Avanti! Ora sganci anche Chicchirichí e non si azzardi a...

– No! Non azzardarti tu, Clara Simon! – una voce arrivò dalla scalinata alle loro spalle.

Clara e Rodolfo si voltarono. Ferma su uno degli ultimi scalini, nella penombra, una figura li teneva sotto tiro con un fucile a doppia canna.

Clara riconobbe subito quella voce. Rodolfo no. Con l'arma ben salda fra le mani, fece un passo avanti la dottoressa Paola Molinas.

36.

Un ghigno strafottente si piazzò al centro del viso del professor Callisto Rombi.

– Forza, buttate le armi! – ringhiò la dottoressa Paola Molinas appoggiando le canne del suo fucile alla nuca di Clara. Senza indugi Rodolfo gettò sul pavimento il suo revolver, che subito Rombi afferrò, dimostrando scarsa dimestichezza con le armi da fuoco. Un boato lo fece sobbalzare. Il mare alle sue spalle si era ingrossato, dalla porta che dava sulla terrazza stava entrando acqua.

Clara non obbedí al comando e tenne ben salde le mani sul fucile da caccia.

– Buttalo, Clara. Non fare fesserie, – insistette la dottoressa. – Buttalo, oppure…

– Oppure ci spari, come hai fatto sulla strada del borgo, senza coraggio e ben nascosta dietro un muretto a secco, – la apostrofò Clara lanciando uno sguardo ad Africo che, insieme a Chicchirichí ancora incatenato, assisteva immobile alla scena.

– Ma cosa dici? – disse infastidita la dottoressa. – Cosa dici, qui nessuno…

– Allora avete delegato la commissione a quella bestia di Maullu! – l'attaccò Clara senza cedimenti. – Miserabile!

– Io non so cosa abbia o non abbia fatto Maullu, – Paola Molinas era sempre piú stizzita.

– Noi lo paghiamo solo per vigilare, – s'intromise Rombi indicando i sacchi di grano, – affinché nessuno mini la riservatezza di questo luogo.

– E per procurarvi i ragazzini, – lo incalzò Rodolfo.

– No, mio caro tenente, la devo deludere. I piciocus sono venuti di loro spontanea volontà, – gli rispose borioso il medico. – Hanno pensato potesse rappresentare un miglioramento della propria condizione, piuttosto che spaccarsi la schiena per…

– Per il contrabbando, – lo interruppe Rodolfo. – Sappiamo ogni cosa. E l'altro vostro procacciatore di cavie, De Martino, è qua fuori, legato come un salame.

Un secondo fragore rimbombò nella sala, e l'acqua spinta dalle onde allagò il pavimento dove era ancora accucciato Chicchirichí.

Il professor Rombi non si scompose: – De Martino è un uomo che si è instradato sulla via della scienza. Certo, egli all'inizio era sedotto piú dalle porte aperte che dalla mia frequentazione. Ma non lo tratti cosí, è ancora un essere pieno di debolezze, è evidente. E chi non lo è? Pensi però che gesto magnanimo e rivoluzionario ha compiuto: portare i detenuti a donare il sangue per la salvezza di una bimba. Non sia tranchant, Saporito. Non tutto è bianco o nero. Osservi anche questo luogo con una nuova ottica, ragioni. In fondo, a quale destino abbiamo sottratto quei bambini, forse uno di agio e spensieratezza? Quale sarebbe stato il loro futuro? Ci pensi bene, noi…

– Voi li avete traditi! – sbottò Clara. – Punto e basta.

– Oh, insomma! – intervenne Paola Molinas, – Clara Simon, hai stufato! Smettila di fare sempre la morale a tutti! Cosa credi? Anche per noi è stato un duro colpo perdere quei ragazzi. E adesso basta con le chiacchiere! Butta a terra quel dannato fucile!

– Che faccia tosta, – sbuffò Clara ancora di spalle e stringendo ben salde le mani sull'arma.

– Sei insopportabile, Clara! Tu e la tua prosopopea. Straparli di ultimi, di diversi e di diseredati! Come se non bastasse, una continua autocommiserazione ti sprizza da ogni poro. Brava, brava! Se non dovessi tenere questo fucile fra le mani ti farei un applauso, per quanto sei brava a recitare.

Clara Simon diventò paonazza: – Che diamine dici?

– Ti sei scelta un ruolo e interpreti bene la parte, senza la quale saresti una qualsiasi donnetta della borghesia cittadina. Invece cosí puoi essere Clara Simon la ribelle! Quella che al solo passaggio richiama tutta l'attenzione. Ti ho studiata, sai? – Paola Molinas le premette le canne sulla nuca con piú forza. – Quando entri in una stanza, stai sempre ben attenta a che gli occhi dei maschi presenti siano puntati su di te, e che le donne bisbiglino il tuo nome. Ti bei addirittura che due uomini ti scaldino i fianchi, ma lungi da te sceglierne uno.

Clara digrignò i denti. Da fuori, l'ennesima ondata feroce si abbatté sulla terrazza, e altra acqua invase l'enorme stanza.

– Fai la rivoluzionaria al caldo della ricchezza di casa Simon, – Paola Molinas era una furia. – Non chini il capo davanti alle prepotenze del potere. Oh, ma che eroina! Non certo perché sei piena di coraggio. No, la verità è che sei capricciosa e te lo puoi permettere. Ti puoi permettere di non lavorare, di vivere nel lusso nel tuo eremo al Poetto, o nel palazzo che guarda i bastimenti con il tuo cognome inciso sulle fiancate. Non sei coraggiosa, Clara, sei solo bizzosa, una bambina. E tu! – S'interruppe e spostò il il fucile su Rodolfo che, approfittando della discussione, si stava avvicinando a Rombi. – Cicisbeo! Sta' fermo, o ti impallino come un tordo! Non credere che non ne abbia il coraggio: dalle mie parti siamo cresciute con il timore di Dio, ma non certo dei carabinieri italiani!

Rodolfo arretrò, Clara tese i muscoli del collo e urlò: – E tu chi sei, eh, Paola Molinas? Falsa amica, falsa benefattrice, mostro, tu chi sei? – esplose Clara. – Forse una poveraccia senza arte né parte giunta chissà da quale paesello sperduto della Gallura. Forse un'arrampicatrice che si è attaccata alle braghe del suo superiore per fare carriera, per essere accolta fra la gente che conta e accettarne ogni nefandezza in nome di una rivalsa?

Paola Molinas scoppiò a ridere. – Sei proprio una babbea. Ma quale paesello e paesello. Era la versione migliore di me da raccontarti, quella che ti avrebbe fatto subito immedesimare, visto che non la smettevi di ficcare il naso a destra e a manca. Sei banale e scontata, cadi negli stessi errori di chi critichi. In realtà...

– In realtà molti dei miei progressi li devo alla dottoressa Molinas, – si intromise il professore. – Ella ha avuto la fortuna di specializzarsi nella clinica del Massachusetts diretta dal mio caro amico di penna, il dottor...

– Oh! Ma voi non avete idea! Questo posto è un mostruoso dedalo! – Come una palla da cannone, dalla stessa porta da cui era apparso Rombi, nello stanzone sbucò Ugo Fassberger, che scivolò sul pavimento bagnato rischiando di spezzarsi l'osso del collo: – Ma che diavolo... Africo? Paola? Ma... – esclamò esterrefatto, riuscendo per un soffio a non cadere. – Paola! – ripeté.

La dottoressa Molinas si girò verso di lui. Clara ne approfittò e la colpí allo stomaco con il calcio del fucile. Paola si piegò in due, ma non mollò l'arma.

– Ferma o ti sparo! – Impugnando goffo la rivoltella, Rombi minacciò Clara.

In quell'istante Africo, come una belva feroce, si lanciò sul medico e cercò di disarmarlo. Il braccio in aria, la mano ben stretta sulla pistola, Rombi rivelò una forza inaspettata. Resistette, e sparò un colpo che centrò una delle lanterne. Nella sala la luce si fece piú cupa. Africo urlò pieno di rabbia e, raccogliendo le poche forze rimaste dopo le ore passate a macinare scalini, diede uno spintone al professore. Insieme ruzzolarono oltre la porta che dava sulla terrazza.

Un'ondata li travolse. Abbracciati come lottatori, nessuno dei due aveva intenzione di cedere. Sotto, il mare ribolliva.

Frattanto Paola Molinas, ripresasi dalla botta, aveva colpito Clara sulla schiena col fucile facendola stramazzare a terra. Rodolfo provò quindi a bloccarle il passo, ma Paola gli puntò il fucile in faccia. – Levati! – gli urlò inducendolo a scansarsi. Poi spostò la mira su Ugo, che cercava di estrarre la pistola dalla cintola: – E tu, cascamorto, non provare a muoverti! – Con un gesto rapido buttò a terra i lumi superstiti inchiodati alle pareti. Il salone piombò nel buio. Con un balzo Paola Molinas fu sulla terrazza. Un'onda meno aggressiva superò il basso parapetto e le sferzò il volto. Lei non si perse d'animo: prese la mira per colpire Africo, avvinghiato a Rombi. Esitò per paura di colpire il professore, ma solo per poco, perché sentí che gli altri la stavano raggiungendo. Mise da parte ogni esitazione, poggiò il dito su uno dei due grilletti e sparò nel preciso istante in cui un rombo scosse la scogliera. Una fiammata, e il botto dell'arma si confuse con quello dell'onda che, come la zampata di un predatore, si abbatté sui due uomini.

L'acqua si ritirò, ma di Africo e Rombi non c'era piú traccia.

Il mare sembrò prendersi una tregua.

Paola, a terra e completamente zuppa, riacciuffò il fucile, si tirò su e corse verso il lato opposto della terrazza, sul quale si affacciava una seconda porta. Scaricò l'ultima cartuccia sulla serratura e la aprí. Fu accolta da un lungo cunicolo. Indugiò un attimo. Il cielo cominciava a rischiararsi. Si voltò e intravide il corpo senza vita del professore in balia dei flutti e degli scogli. Poi sparí nel cunicolo.

Quando Clara, ansimante, si affacciò dalla balconata, albeggiava. Disperata guardò in basso e cercò il corpo di Africo in quel ribollire di acque. Invano. Provò una fitta, una stilettata al petto. Pianse fissando l'orizzonte. L'unico uomo che avrebbe potuto svelarle la verità su suo padre era stato inghiottito dal mare.

37.

Sotto lo sguardo marmoreo dei numi tutelari e dei benefattori dell'ospedale San Giovanni di Dio, sei mezzibusti severi, la camera ardente fu allestita nell'atrio del nosocomio fregiato a lutto. Festoni neri bordati d'oro e tende pesanti color porpora levavano ogni possibilità alla luce di farsi spazio nonostante fuori splendesse un sole prepotente.

Quando Clara Simon vi mise piede, fu travolta dall'odore pungente che emanavano i fiori e le foglie recise e intrecciate per comporre le decine di corone poste intorno alla bara. Lesse distrattamente alcune dediche: «All'amato mentore e maestro, gli allievi del corso», «Al cittadino esemplare, sua eccellenza il sindaco», e provò un forte senso di fastidio, tanto da non riuscire a completare la lettura.

Si aspettava una grande folla e rimase stupita nel rilevare un lento e sporadico avvicendarsi di qualche medico dell'ospedale, alcuni frettolosi colleghi di università del defunto, un maresciallo e un brigadiere, inviati dalla guardia di finanza a deporre l'omaggio floreale per conto del loro comandante impegnato altrove.

– Non godeva di vero affetto, – disse Clara avvicinandosi a Ugo Fassberger, appostato sotto la statua di Gaetano Cima, fondatore del nosocomio. – Pensavo a una maggiore partecipazione almeno da parte dei suoi studenti.

– Saranno impegnati a genuflettersi, a fingere ammirazione e stupore dinanzi al suo successore, – commentò

Ugo giocherellando con la matita che stringeva fra pollice e indice. – Per lo meno, per adesso ci siamo risparmiati ulteriori accomodamenti della realtà.

– Menzogne, – tagliò corto Clara.

– Menzogne. Tra l'altro, vedrai che al corteo funebre compariranno tutti, e in gran spolvero. Nessuno vorrà mancare –. Fassberger tirò fuori dalla tasca della giacca un taccuino, utile per redigere una «striminzita cronaca», parole del direttore Pisano, come modesto era stato lo spazio concesso al tragico incidente che due giorni prima aveva portato alla morte, durante una sfortunata gita domenicale, del professor Callisto Rombi. Un passo falso e l'uomo era piombato giú dalla scogliera, spaccandosi il cranio.

– Lei però non è voluta mancare neppure ai preliminari, – aggiunse Ugo indicando con la matita l'ingresso, e segnando rapido un nome sul taccuino: «Contessa Maria Vittoria Dessy Pinna».

Clara vide la nobildonna, scortata da due suore, avanzare spavalda verso il centro dell'androne, farsi il segno della croce dinanzi alla bara – imitata dalle accompagnatrici, che aggiunsero anche una mezza genuflessione –, e subito impartire ordini: – Qui metteremo il coro degli orfanelli, qui… – la contessa Dessy Pinna s'interruppe quando notò la presenza dei due giornalisti. Guardò intensamente Clara, e puntò dritta nella sua direzione.

– Mi raccomando a lei per una cronaca sentita e rispettosa, – le disse ignorando Ugo. – Mi dicono che le sia stato offerto il reintegro nel corpo giornalistico. E visto che, cosí pare, non possiamo fare a meno di lei, almeno si distingua. Qualche insegnamento, al circolo della lettura, gliel'ho pure dato, signorina Simon. Lo metta a frutto.

– Non ho ancora deciso se accettare, – le rispose Clara.

– Ah, no? E, se è lecito, come mai?

– Una questione di coscienza.

– Già, la *coscienza*… – la contessa corrugò le labbra. – Se mi posso permettere, signorina Simon, questa è l'occasione per fare pace con quella fetta di città con cui non ha mai cessato di duellare. Credo sia giunto infine il momento di farsi accogliere. Sono sicura che ognuno accantonerà i reciproci rancori. Accetti, saremo tutti piú tranquilli quando su questa triste vicenda sarà posata una pietra tombale, come oggi pomeriggio faremo con il professor Rombi e i suoi peccatucci. È la sua opportunità per dimostrare di essere una di noi.

La contessa riuscí persino ad abbozzare una parvenza di sorriso, e porse la mano guantata a un soffio dalla bocca di Clara, che non accolse l'invito. La nobildonna rimase con il braccio a mezz'aria per alcuni interminabili secondi. Si sacrificò Ugo: chinò la testa e sfiorò con le labbra la mano di Maria Vittoria Dessy Pinna, dando il via a un congedo dignitoso per tutti.

– Mi dicono che la dottoressa Paola Molinas abbia fatto ritorno al suo paese distrutta dal dolore, – informò la contessa voltando le spalle e tornando ai preparativi per il funerale.

– Questa è una città imbastita con il segreto e la menzogna, – fu l'unico commento di Clara che, abbandonando lí Ugo, si diresse dalla parte opposta, uscí e si fermò sulla scalinata d'ingresso, oltre il colonnato, decisa a godersi un po' di aria fresca.

Offrí la faccia al sole senza aprire l'ombrellino. Fuori da quella sala mortuaria, la città brulicava di vita. Un piccolo gruppo di uomini le sfilò davanti, si tenevano a braccetto e indossavano foulard rossi, uno intonò un canto e subito fu seguito da un coro compatto: «Rosso un fiore in petto c'è fiorito! Una fede ci è nata in cuor!» Un gruppetto di piciocus de crobi con in testa i cesti carichi di spesa trottava lungo lo stradone che portava in Castello. Trainati da placidi buoi con le lunghe corna, o da baldanzosi muli, alcuni carri carichi di sacchi si dirigevano al porto; le massaie vocianti entravano e uscivano dalle basse case degli artigiani di Stampace. Uno strillone scalzo passò davanti a Clara urlando: – Nuove rivelazioni sulla banda dei contrabbandieri sgominata dai reali carabinieri! Tutto sull'«Unione»!

Clara scosse la testa, puntò l'ombrello su uno scalino, abbassò il capo e si perse in mille pensieri. Rimase cosí diversi minuti. Quasi tramortita. Troppe cose erano successe, e troppo velocemente. Sentí il fiato mancarle, e una piccola ma profonda vertigine. Si concentrò e radunò le forze, facendo perno con entrambe le mani sul pomo dell'ombrellino. Non si accorse neppure del drappello di uomini che le stava passando accanto, né delle parole che le erano state rivolte.

– Clara... Clara... Clara...

Solo quando sentí una mano toccarle la spalla, tornò al presente.

– Clara, tutto bene? – le chiese il tenente Rodolfo Saporito.

Clara lo guardò stranita, poi notò il brigadiere Elmas e l'appuntato Copez. Erano tutti in abiti civili, come era d'uso nella polizia giudiziaria.

– C'è una persona qui per te, – le disse Rodolfo. – Ti attende nella cappella.

– Se è sua eccellenza Pimentel, non credo che abbiamo molto altro da dirci, – gli rispose Clara con sguardo ostile. – Ognuno ha avuto ciò che voleva da questa storia, giusto, tenente? O ti devo già chiamare capitano?

– Ti prego, non ti costa nulla, – Rodolfo abbassò lo sguardo e provò a prenderle la mano, ma fu respinto. Clara sbuffò. Senza aggiungere altro rientrò, e sotto gli occhi preoccupati di Ugo si diresse verso la piccola chiesa dell'ospedale, pronta a incontrare il procuratore del re Sebastiano Alfredo Pimentel. Durante il breve tragitto si domandò cos'altro le avrebbe chiesto dopo che, suo malgrado, era stata costretta ad aderire a una versione di comodo, pur di non dare in pasto alla popolazione una verità che avrebbe infiammato i già roventi animi. Un secondo sciopero generale si annunciava in tutta la regione e questa volta, si mormorava, avrebbe persino coinvolto i forzati della salina. Il prefetto Calcaterra aveva messo in allerta l'esercito, in barba allo scellerato coinvolgimento durante lo sciopero dei minatori di Buggerru, che l'anno prima aveva portato alla morte di quattro operai.

Clara spalancò la porta, che si richiuse alle sue spalle con un rumore secco: una legnata che rimbombò tra l'altare e la fonte battesimale. Trasalí. Davanti a lei non c'era il procuratore del re. In piedi, la mano poggiata a una panca, l'accolse la contessa Simona Cao Pimentel. Accanto, il conte Roberto Cappai Pinna.

Clara deglutí e fece per tornare indietro.

– Mi dicono che devo esserle grato per avermi levato i ladri di casa, – disse il conte avvicinandosi a lei.

Clara si bloccò e si voltò. – Io le sarò grata il giorno in cui si fiderà di piú dei suoi lavoratori, che hanno a cuore il destino dei propri luoghi di fatica quanto, se non piú, di voi padroni. Lo dica anche ai suoi amici dirigenti della Manifattura dei tabacchi. Perché se ci si affida a dei lupi alla catena, come ha potuto vedere, questi sempre lupi restano.

Il conte Cappai Pinna afferrò la mano di Clara, si inchinò, mimò un baciamano e bisbigliò: – Nemici come prima –. Quindi uscí dalla cappella facendo sbattere con forza l'anta sugli stipiti.

La contessa Cao Pimentel si accostò a Clara e le prese entrambe le mani: – Clara, la giustizia perfetta è solo quella divina. L'ho imparato in anni di vita accanto a mio marito. Quella di questi giorni è la forma piú vicina all'equità in cui si poteva sperare. Chi doveva pagare ha pagato. De Martino ha pianto come un vitello quando è stato trasferito a Pantelleria, perché, glielo assicuro, è una galera anche per chi ci lavora. Il maggiore Capraia è finito alla caserma della colonia penale di Castiadas, un altro inferno.

Clara scosse la testa. La contessa si permise di sfiorarle la guancia, quasi una carezza. – E non sia cosí severa con il suo Rodolfo: gli uomini ambiziosi, se dotati, vanno incoraggiati. Sono gli ambiziosi tonti che vanno temuti. E lui non è quel genere d'uomo.

– Che ne sarà di quello schifoso crumiro di Rais?

– Sconterà una pena ridotta per aver collaborato, ma soprattutto perché tenga la bocca chiusa su ciò che sa.

Clara reagí con una smorfia di disappunto.

– Mia cara, non si può...

– Siamo alle solite. Persino Maullu l'ha fatta franca fuggendo chissà dove. E sono certa che nessuno si prenderà mai la briga di cercarlo.

– Signorina Simon, accetti anche lei il peso del potere e dell'età adulta. A volte una verità può fare piú danni di un saggio silenzio.

– L'ho sentita troppo spesso, questa frase, – Clara scosse la testa. – Comunque, non abbiate paura di me, lo riferisca al procuratore. Cosa vuole che conti la parola della cinese dei Simon contro quella di suo marito?

– Allora acconsenta a essere reintegrata. Sarà molto piú utile alla causa come giornalista, piuttosto che come correttrice di bozze.

– Ci penserò, – promise Clara tendendole la mano.

La contessa Cao Pimentel gliela strinse e le riservò un ultimo sorriso. Quindi si diresse verso la statua di san Giovanni, si inchinò, estrasse dal basamento la piccola chiave, aprí il passaggio segreto e vi sparí dentro soddisfatta.

Clara restò basita, il suo piede sinistro ballò sui marmi della chiesa. Rodolfo entrò e le si parò davanti: – Posso permettermi di accompagnarti a casa?

– Non credo proprio, *capitano*. Sono ancora troppi, i bocconi amari che mi sono rimasti indigesti –. Quindi uscí, percorse rapida il lungo corridoio, sbucò nell'atrio, lo attraversò, si lasciò il colonnato d'ingresso alle spalle e finalmente fu sulla strada, dove trovò ad attenderla una carrozza nuova di zecca. Sopra c'era Ugo. Salí. Non una parola, solo uno sguardo rodato da vent'anni d'amicizia, poi Fassberger fece rotta verso «L'Unione».

38.

Ottavio Simon aiutò la nipote a scendere dalla sua fiammante automobile e Clara benedisse il momento in cui rimise i piedi a terra. Evitò di dirgli che gli sarebbe servita qualche lezione in piú per imparare a manovrare meglio quel meraviglioso giocattolo. «A volte un silenzio può essere piú utile di un'amara verità», pensò, ma cacciò indietro quella frase che rischiava di farle tornare il nervoso.

Il cavaliere si avvicinò a un gruppetto di operai e un ingegnere: guidati dal sindaco Ottone Bacaredda, saggiavano la possibilità di tracciare una snella linea tranviaria che avrebbe portato, di lí a pochi anni, frotte di bagnanti sulla spiaggia del Poetto. Con loro, il cavalier Carboni, per nulla contrario ad aprire un lido gemello al suo Città di Cagliari e incurante del latrare dei conservatori che in ogni modo, dentro e fuori il consiglio comunale, osteggiavano il progetto.

– Non li fermerà nessuno, quei tre vecchi pazzi, – commentò Clara. Dal villino, Sarrana e Martinica le stavano andando incontro.

– E tutto questo bendidio? – domandò Sarrana, notando che i sedili posteriori della macchina erano occupati da cesti colmi di pane, salumi e formaggio. – Non dirmi che sono per quei fetenti dei piciocus di Carboneddu che vivono ai limiti dello stagno! Clara, no, per favore, no! Ci mancano solo loro…

Clara sorrise e accarezzò la testa della bambina: – Posso contare sul vostro aiuto o devo arrangiarmi da sola?

Non fece in tempo a finire la frase che Martinica si stava già arrampicando sull'auto e provava a farsi carico dei pacchetti piú piccoli.

– Ferma là, tu, – tuonò Maria Boi, – o ti si riaprono le ferite! – E rimboccandosi le maniche cominciò a scaricare le ceste. – Ma in questa benedetta città non smette mai di fare caldo! – si lagnò tergendosi il sudore che le colava sulla fronte, e deviava all'altezza della grossa cicatrice rosea sull'arcata destra, che le disegnava un secondo, irregolare, sopracciglio.

Dal fondo della strada due operai, che avevano osservato la scena senza mai levare gli occhi dall'esotica signorina Simon, si precipitarono in aiuto di Sarrana.

– Permette, signora? – disse il piú giovane, la pelle cotta dal sole, caricandosi sulla spalla una delle ceste. – Facciamo noi.

– E fate voi, – acconsentí Sarrana, – ma lasciate tutto sul loggiato, non vi voglio in casa con quegli scarponi sporchi di sabbia e polvere!

– Sia fatta la sua volontà! – rispose il secondo operaio afferrando ben due ceste, neanche quella fosse una gara per dimostrare alle signore chi fra loro era il piú prestante.

Clara non vi badò nemmeno, né si accorse che, terminate le operazioni di scarico, Sarrana offrí ai due faticatori un bicchiere di vino sul loggiato. La sua attenzione era rivolta al posto del conducente dell'auto. Circumnavigò la macchina. Si posizionò dinanzi allo sportello. Rimase per qualche istante a osservare i comandi, dubbiosa e titubante. Aprí la portiera e si sedette alla guida. Saggiò con le dita il volante. Sospirò e un desiderio la travolse. Un colpo di reni e scese di nuovo. Ripercorse con la memoria le poche lezioni che il venditore aveva impartito al nonno, e che con grande riluttanza aveva dovuto concedere pure a lei. Molta teoria e ben poca pratica. «Cavaliere, ma è proprio sicuro di volerlo insegnare anche a sua nipote? Con tutto il rispetto, non è un affare per donne. Per domare questa bestia ci vogliono muscoli e carattere», si era lamentato il venditore della Fiat a Cagliari.

«Mai sfidare un Simon». Con quelle parole che ancora le rimbombavano nella mente, Clara azionò la manovella piazzata all'altezza del motore. La girò con tutta la forza che aveva in corpo, la resistenza era tanta che le parve di spezzarsi un braccio. Una fitta profonda, poi il motore prese a gorgogliare.

Rapida, Clara montò di nuovo alla guida. Sganciò il freno e ripeté a memoria le operazioni. L'auto si impennò come un cavallo per nulla disposto a farsi domare, poi scattò in avanti lasciandosi dietro un polverone e le imprecazioni di Ottavio Simon, che con le mani sugli occhi e digrignando i denti bofonchiò: – Cos'ho fatto di male per meritarmi codesto inferno?

Clara non sapeva bene in che modo avrebbe arrestato la bestia. Dopo una partenza spedita procedeva a singhiozzo, a seconda del modo in cui attivava i comandi. Se non fosse stato per l'emozione immensa che le anestetizzava i sensi, scossoni, frenate e accelerate le avrebbero provocato la nausea. Superò le saline e in lontananza le parve di avvistare la cupola della basilica della Madonna di Bonaria. Sentí il motore borbottare; l'automobile sobbalzò e l'andatura rallentò. Infine la macchina si arrestò, all'inizio di un filare di pioppi. Clara si meravigliò.

«Ecco qua, mi sono ficcata in un altro guaio», pensò con un certo compiacimento.

Staccò le mani dal volante e vide nello sportello una tasca di cuoio che, oltre a un paio di guanti, custodiva una scatola di sigaretti e una di zolfanelli. Li afferrò entrambi, scese, si poggiò alla fiancata sinistra dell'auto, e serena alzò lo sguardo al cielo. – Va bene cosí, – si disse. Presto o tardi qualcuno sarebbe arrivato in suo soccorso, o magari sullo stradone sarebbe spuntato un carro diretto in città. Portò un sigaretto alla bocca, lo accese, e con la prima sbuffata di fumo scacciò via una parte di ansie, che da tempo le ristagnavano nello stomaco e nell'anima. Assaporò anche la seconda boccata, con fare esperto. Non era la prima volta, ma anche questa avveniva in solitudine.

Fu quando si reputò soddisfatta che avvistò un carro a motore, scoperchiato e carico di merci imballate, giungere dal lato opposto della strada. Appena le fu vicino, il conducente, un omone dai baffi a manubrio, rallentò urlando: – Signorina, serve un aiuto?

– Credo di aver terminato il carburante e non so ricaricarlo! – rispose Clara.

– Ci pensiamo noi! – le disse un giovane sbucando dal cassone del carro su cui campeggiava la scritta «Premiata drogheria Milia & Figli, Quartu Sant'Elena».

Si riconobbero subito.

– Come sta, Graziano? O la devo ancora chiamare Chicchirichí? – disse Clara.

– Mi chiami come le è piú gradito, signorina Simon, – con un balzo l'ex saliniere smontò a terra provvisto di una tanica. Ordinò all'autista di proseguire senza di lui e, puntando verso l'automobile, aggiunse: – Mi posso permettere di esserle d'aiuto? – Il suo tono si fece serio: – Sarebbe l'inizio di un risarcimento.

– Non dica cosí, – replicò Clara.

– Ha davanti un fesso, signorina. Un imbecille conclamato. Uno sciocco, in costante debito, prima il secondo capo Africo, poi lei… – disse lui alle prese con le operazioni di rifornimento.

– Non è stata colpa sua, Graziano. Lei ha agito spinto dalla disperazione di chi crede nella sacralità dell'amicizia e nel valore della riconoscenza. Ha sacrificato parte della sua vita nell'inferno della salina. Credo che questo pareggi i conti.

– Non saprei, signorina Simon. Mi spiace che sia stata una giustizia a metà, che chi davvero doveva pagare alla fine non abbia pagato, che gli affamatori continuino ad affamare il popolo. Persino quel maledetto infame di Maullu… – Chicchirichí si interruppe: notò che Clara si era incupita. Tacque e azionò con forza la manovella. Il motore borbottò.

– Che farà, ora, giovane amico?

– Ci prepariamo a un nuovo sciopero esemplare. E lei?

– Ho guadagnato nuove speranze e ho perso la piú importante.

– Conoscere la verità sul comandante Simon.

Clara sospirò a fondo. – Credo che questa possibilità sia svanita insieme alle onde che hanno portato via il corpo di Africo. È stato come assistere a una doppia morte, la sua e quella di mio padre.

Clara Maylin Simon abbassò il capo e cercò di concentrarsi sulla punta dei suoi nuovi stivaletti per non farsi cogliere dalla commozione. E fu con la testa china che le giunse lapidaria la voce del giovane.

– Signorina Simon, fossi in lei non sarei disperato. È davvero sicura che Africo sia morto?

Clara incrociò lo sguardo di Graziano Milia, detto Chicchirichí. Una strana luce gli brillava negli occhi. Lo afferrò per un braccio, incerta se quello che aveva di fronte fosse un pazzo o un alleato.

– Forza, salti su, venga con me, – disse indicandogli l'automobile. – È ora che mi spieghi tutto.

Ringraziamenti.

Un ringraziamento particolare va:

A Grazia Pili, giornalista, che ha partecipato attivamente alla realizzazione di questo libro.

A Rosella Postorino e Francesco Colombo, editor, che sono andati ben oltre il loro ruolo professionale, correggendo piú volte, e in maniera salvifica, la rotta e amando da subito Clara Simon.

A Raffaella Baiocchi, editor, per la cura al testo e a Nicolò Migheli, sociologo, per le verifiche storiche.

A Mauro Pusceddu, giudice, per avermi illuminato su ruoli e funzioni di magistratura e polizia giudiziaria negli anni della narrazione.

A Gianni Piredda, bibliotecario della Biblioteca Metropolitana Emilio Lussu di Cagliari, per aver scovato tanti testi utili e per essere stato paziente sui tempi di resa.

A Chiara Melloni, Germana Padova e Irene Pepiciello della squadra Sosia&Pistoia.

Ai miei nonni Pippo Pisano e Giovanna Guicciardi, per avermi sempre raccontato tante storie e leggende sulla vecchia Cagliari e tramandato le gesta del mio bisnonno Rosolino Guicciardi che, da Tirano, insieme a diversi amici dei Grigioni e del Canton Ticino, giunse in Sardegna alla fine dell'Ottocento, e che quando ero bambino mi regalava le meringhe del caffè svizzero *Tramer*.

Per rafforzare la scrittura di questa storia sono state fondamentali le letture delle cronache dell'epoca de «L'Unione Sarda» custodite nel prezioso archivio storico del giornale, nonché dei libri *Guida pratica di Cagliari. 1902* (Pietro Valdés, Cagliari 1902), *Ajò, a Su Poettu* di Giuseppe Podda (Edizioni Abà, Cagliari 2003), *Le carte liberate. Viaggio negli archivi e nei luoghi delle colonie penali della Sardegna* di Vittorio Gazale e Stefano A. Tedde (Carlo Delfino Editore, Sassari 2018), *Storia dei caffè di Cagliari* di Carlo Pillai (AM&D, Cagliari

2002), *Cagliari nelle sue stampe* di Luigi Piloni (Edizioni Della Torre, Cagliari 1988), *Cagliari Stampace. La storia e le storie* di Antonello Angioni (Gia, Cagliari 2019) e *L'antico cuore di una città moderna. Antica toponomastica e soprannomi della città di Cagliari* di Enrico Serra (Artigianarte, Cagliari 1994).

Questo libro è stampato su carta certificata FSC®
e con fibre provenienti da altre fonti controllate.

FSC
www.fsc.org
MISTO
Carta da fonti gestite
in maniera responsabile
FSC® C115118

Stampato per conto della Casa editrice Einaudi
presso ELCOGRAF S.p.A. - Stabilimento di Cles (Tn)

C.L. 21282

Edizione	Anno
2 3 4 5 6 7 8	2020 2021 2022 2023